서문문고
6

가난한 사람들

도스토예프스키 지음
이 동 현 옮김

해 설

이동현(李東鉉)

"톨스토이의 거대한 산봉이 아직도 지평(地平)을 막고 있다. 그러나 산지에 가면, 산 밑에서 멀리 물러설수록 눈앞을 가로막는 산봉우리로 인해 보이지 않던 높고 웅대한 준봉이 그 뒤로 나타나는 것을 보게 될 때가 있다. 이와 마찬가지로 선구적 정신을 가진 많은 사람들은 이미 거인 톨스토이의 등 뒤에서 도스토예프스키의 웅장한 모습이 점점 커져감을 느끼고 있을 것이다. 아직도 반은 가려져 있는 준봉, 산줄기가 서로 얽힌 신비로운 지역, 이것이 바로 도스토예프스키다. 가장 풍요로운 대하의 몇 줄기는 이 지역에다 그 하원(河源)을 두고 있다. 오늘날, 유럽의 새로운 고갈(枯渴)은 이들 대하에 의해 갈증을 면하고 있다……"

앙드레 지드는 그의 ≪도스토예프스키 논(論)≫의 서두에서 이런 비유를 들었다.

도스토예프스키의 문학 세계는 울창한 타이가〔大密林〕, 깊은 동굴과 심연, 무수한 태산 준령으로 이루어진 신비경이다. 그가 서거한 후 100년이 넘게 지난 오늘까지도 수많은 문학가들이 이 신비경을 답사하려고 원시림을 헤치고 들어가 보았지만, 아무도 그 전모를 샅샅이 우리들에게 제시해 주지는 못했다.

그것은 도스토예프스키 문학 세계가 너무나 심오하기 때문이다. 그러나 우리는 이 타이가 속으로 채 발을 들여놓기도 전에 아름다운 관목 숲에 둘러싸인 잔잔한 호수를 발견하게 된다. 이것이 그의 처녀작이며 동시에 출세작인 ≪가난한 사람들≫이다.

빈궁 속에서 허덕이며 문학에 정진하고 있던 무명의 청년 도스토예프스키가 처녀작 ≪가난한 사람들≫의 발표를 계기로 하여 일약 대가의 지위를 획득하게 된, 마치 꿈만 같은 성공은 러시아 문학을 논하는 사람들 사이에서 이미 널리 알려진 이야기다.

1844년 가을에 도스토예프스키는 자기 형에게 보낸 편지에서 ≪가난한 사람들≫이 거의 완성되어 가고 있다고 했으나, 실제로 마지막 추고(推敲)가 끝난 것은 그 이듬해 5월이었다. 작품이 완성되자, 그의 친구 그리고로비치는 그 원고를 가지고 자기 선배인 신진 시인 네크라소프를 찾아가서 그것을 낭독했다. 주인공 마카르가 바르바라와 이별하는 마지막 대목에 가서는 낭독을 하던 그리고로비치 자신도 감정을 억제하지 못하고 흐느끼기 시작했다. 네크라소프는 벌써부터 울고 있었다. 손수건을 얼굴에 대고 책상에 엎드려 어깨를 들먹거리며 소리내어 울고 있었다. 이 걸작이 주는 지고한 사랑의 정신이 그의 폐부를 찔렀던 것이다. 네크라소프는 이 작가를 마음껏 포옹

하고 싶은 충동에 못 이겨, 깊은 밤중이었는데도 불구하고 그리고로비치의 안내를 받아 빈민굴로 도스토예프스키를 찾아갔다. 세 사람은 굳게 부둥켜안고 한참 동안 아무 말도 하지 못했다. 희열과 흥분에 싸인 그들의 눈에서는 새로운 감격의 눈물이 줄지어 흘러내렸다.

네크라소프는 ≪가난한 사람들≫의 원고를 들고 당시 러시아 문단에서 '제왕적(帝王的) 지위'에 있던 평론가 벨린스키에게 달려가서, "새로운 고골리의 출현입니다."라고 외쳤다. 이 말에 벨린스키는, "요즈음엔 새로운 고골리라는 게 우후죽순처럼 튀어나오거든!" 하며 비웃는 말투로 대꾸하고 좀처럼 상대하려 들지 않았다. 그러나 마지못해 원고를 받아들고 몇 장 읽어 내려가던 그는 금방 작품에 끌려들어가, 이윽고 감탄사를 연발하며 당장 이 작가를 불러오라고 했다. 얼마 후에 도스토예프스키가 찾아오자, 벨린스키는 이 새로운 천재의 출현을 기뻐한 나머지 감격에 넘친 어조로 미친 듯이 말했다.

"자네가 쓴 것이 얼마나 깊은 진리인지 알겠나? 아니, 스물몇 살밖에 안 된 자네는 아마 그걸 모를 거야! 자네에게는 천재성이 부여되었어. 그 천재성을 소중히 하게. 그러면 틀림없이 위대한 예술가가 될걸세!"

이듬해인 1846년에 ≪가난한 사람들≫은 네크라소프가 편집하고 있던 〈페체르부르그스키 스보르니크〉지(誌)에 발표되었다. 벨린스키는 장문의 논설을 써서 이 작품을 극구 찬양했다. ≪가난한 사람들≫은 곧 독서계의 인기를 독차지해 버렸다.

"형님, 제 명성은 지금 절정에 도달했습니다. 앞으로도 이 이상의 명예는 다시 저를 찾아 주지 않을 것입니다. 저는 가는 곳마다 분에 넘치는 존경과 선망을 받고 있으며, 모든 사람들이 경이의 눈으로 저를 보고 있습니다. 파나예프 백작은, '저런 천재가 나타났으니 다른 녀석들은 흙탕물 속에 가라앉아 버리고 말 거야.'라는 말까지 했습니다. 제가 입을 벌리기만 하면, 도스토예프스키가 이러이러한 말을 했다고, 온 장안에 소문이 쫙 퍼집니다."

이것은 형에게 처녀작의 성공을 알리는 그의 편지의 한 구절이다.

이리하여 창백한 얼굴을 한, 무명 청년 도스토예프스키는 일약 문단의 총아가 되었다.

≪가난한 사람들≫은 하잘것 없는 하급 관리인 마카르와 고아가 되어 갖은 고난을 겪고 있는 불쌍한 처녀 바르바라(바렌카)가 주고받은 감미롭고도 순결한 편지로 이루어진 소설이다. 누더기가 다 된 남루한 의복에 구멍이 숭숭 뚫린 구두를 끌고 다니는 주인공 마카르는, 주위에서 조소와 모멸의 대상이 되어 거의 인격조차 인정받지 못하는 '쓰레기' 같은 인간이지만, 그는 자기 한 몸보다 남을 사랑하지 않고는 못 배기는 위인이며, 가난과 역경 속에서도 수치를 알고 체면과 양심을 잃지 않는 인간이다. 도스토예프스키는 이 고독한 '인간 타이프라이터'의 마음속

을 파고들어가서 가장 귀중한 인간의 보석들— 풍부한 인간미와 진실한 사랑과 관대한 자기 희생의 정신을 파낸 것이다. 바르바라에 대한 마카르의 사랑은 40 고개를 넘어선 사내가 품은 이성에 대한 단순한 사랑도 아니며, 한정된 자선이나 동정은 더욱 아니다. 그것은 더 깊고, 더 높은 절대적인 사랑이다. 마카르의 마음은 곧 인간 도스토예프스키의 마음이기도 하다. 그의 문학은 처음부터 가난하고 학대받는 인간들에 대한 강렬한 애정과 깊은 연민에서 출발했다. 그 애정이나 연민은 보통 인도주의자들에게서 볼 수 있는 그런 종류의 것이 아니라, '학대받는 사람'들과 더불어 모욕과 고난을 겪고 있는 같은 인간끼리의 연민이다. 그러한 사람들에게 동일하고 유일한 것— 톨스토이의 말을 빌리면, '신이 인간에게 불어넣어 준 영혼'에 대한 사랑이다.

때문에 ≪가난한 사람들≫의 밑바닥을 한결같이 흐르는 '사랑의 정신'을 감지하는 사람은 유구한 인류 생활의 참다운 행복의 열쇠를 얻을 것이다. 여기에 19세기 언어로 씌어진 사랑의 복음서인 ≪가난한 사람들≫의 빛나는 영원성이 있는 것이다.

≪가난한 사람들≫은 도스토예프스키 자신이, "우리들은 모두 고골리의 '외투'에서 나왔다."라고 말한 것처럼 분명히 '외투'의 영향을 받은 것은 사실이지만, 인생 관조의 각도로 보나 표현 양식으로 보나, 이 젊은 작가는 이미 그때부터 확연하게 자기의 독자적인 세계를 파악하고 있

었다.

또한 우리는 주인공 마카르의 비굴한 인종(忍從)과 그 밑에 잠재해 있는 반항 의식이란 상극에서 도스토예프스키의 예술— '분열과 모순의 예술'의 싹을 발견할 수 있다.

(번역 대본으로는 1956년 판 도스토예프스키 작품집 ≪СОБРАНИЕ СОЧИНЕНИИ≫ 제1권을 사용했다)

가난한 사람들

오오, 덜 돼먹은 작가들처럼 몹쓸 족속이 어디 있으랴! 그들은 유익하고 유쾌하며 사람들에게 위안을 주는 소설을 쓰려 하지 않고, 땅 속 깊이 숨겨져 있는 온갖 오물 따위만 들추어내고 있을 뿐이다! …… 그러한 소설은 아예 쓰지도 못하게 해야 한다! 그것을 읽으려고 들면…… 서글픈 생각에 빠져들 수밖에 없고, 따라서 수만 가지 망상이 뇌리에 떠오를 뿐이다. 그러니 이처럼 유해한 행위가 다시 어디 있으랴. 그러한 소설은 마땅히 금지되어야 한다. 어떤 일이 있더라도 일체 금지되어야 한다.

— V. F. 오도예프스키 공작 —

4월 8일 — 마카르의 편지

　더없이 귀중한 나의 바르바라 알렉세예브나!
　어제는 정말 행복했습니다. 너무나 행복했습니다. 지나칠 만큼 행복했습니다! 당신 같은 고집쟁이가 그래도 이번만은 내 말을 들어주었군요. 엊저녁 여덟 시경에 잠시 깨어(아시는 바와 같이, 나는 퇴근 후에 한두 시간 잠자기를 좋아한답니다) 촛불을 켜고, 종이를 꺼내 놓고 펜촉(역주 : 거위의 날갯죽지에서 뽑아 만든 옛날 펜)을 깎다가 아무 생각 없이 문득 눈을 들었을 때 내 심장은 그야말로 미친 듯이 뛰기 시작했습니다! 당신은 역시 내가 무엇을 바라고 있었는지, 내 가슴이 무엇을 바라고 있었는지 알아맞히셨군요! 당신 방 들창의 커튼이, 언젠가 내가 당신에게 넌지시 암시한 것과 똑같이, 끝이 접혀서 봉숭아 화분에 걸려 있는 것이 보이지 않겠습니까. 그리고 바로 그때, 당신의 얼굴도 퍼뜩 창가에 보인 듯했습니다. 당신도 역시 그 방에서 이쪽을 바라보며 나를 생각해 주고 있는 것만 같았지요. 귀여운 당신의 얼굴을 좀더 분명히 볼 수 없었던 것이 얼마나 유감스러웠는지 모릅니다. 나도 남들처럼 눈이 밝던 시절이 있었건만, 이렇게 나이를 먹고 보니 하는 수 없군요. 이제는 왜 그런지 자꾸 눈앞이 가물거리고, 저녁에 일을 하거나 무엇을 좀 쓰기만 하면 이튿날 아침엔 눈이 뻘겋게 충혈되고 눈물이 흘러나오곤 해서, 다른 사람 앞에 나가기가 창피할 지경이랍니다. 그렇지만 나의 천사여, 나는 당신의 미소를, 그 부드럽고 상냥스러운 미소를 머릿속에 환하게 그려 볼 수 있었습니다. 그리고 내 심장은—귀여운 나의 천사 바렌카여, 당신은 기억하시는지, 내가 언젠가 당신에게 키스한 일이 있었지요?—바로 그때와 똑 같은 황홀한 전율을 가슴속에 느꼈답니다. 귀여운 벗이여, 엊저녁에 당신은 창가에서 손가락으로 나를 놀리는 흉내를 내셨지요? 나는 그렇게 보았는데 정말 당신이 그런 장난을 하셨는지 안 하셨는지 편지에다 꼭 자세히 써 보내 주십시오.

그건 그렇고 바렌카, 내가 고안해 낸 커튼 신호법을 어떻게 생각하십니까? 참 재미있지요. 그렇지 않아요? 일을 하려고 앉아 있을 때에도, 잠을 자려고 자리에 누울 때에도, 잠에서 깨어날 때에도 나는 잘 알고 있습니다. 저 커튼 속에서 당신도 나를 언제나 잊지 않고 생각하며 몸 건강히 즐겁게 시간을 보내리라고. 커튼이 내려갑니다. 그것은, '마카르 알렉세예비치, 안녕히. 이젠 주무실 시간이 되었어요!'라는 뜻이지요. 커튼이 올라갑니다. 그것은 '안녕히 주무셨어요, 마카르 알렉세예비치!'거나 '어디 편치 않으신 덴 없나요, 마카르 알렉세예비치? 저는 덕택에 아무 탈 없이 잘 지내고 있어요!'라는 뜻이지요. 어떻습니까, 참 그럴 듯한 생각이지요? 그러니까 이젠 편지가 필요없게 되었군요! 묘안이지요, 그렇지 않습니까? 그런데 바로 이 사람이 이런 묘안을 생각해 냈단 말입니다! 그래도 꽤 쓸모 있는 인간이 아닙니까, 바르바라 알렉세예브나?

 귀여운 나의 바르바라 알렉세예브나, 어젯밤에 나는 생각했던 것보다 훨씬 편안히 잠을 잤기 때문에 아주 기분이 좋습니다. 새 집에 이사해서 잠자리가 바뀌면 아무래도 잠이 잘 오지 않는다고들 하는데, 반드시 그렇지도 않은것 같군요. 나는 오늘 아침, 그야말로 홀가분한 기분으로 일어났습니다! 오늘 아침은 어쩌면 그렇게도 상쾌합니까! 창문을 활짝 열어젖히니 태양이 빛나고, 새들은 즐겁게 지저귀며, 대기(大氣)는 훈훈한 봄향기를 풍겨 자연 전체가 활기를 띠고 있지 않겠습니까. 그리고 그밖의 모든 것도 역시 이러한 자연 환경에 알맞게 봄다운 자태를 갖추어 가고 있었습니다. 그래서 나는 오늘 제법 즐거운 공상에 잠기기까지 했답니다.

 물론 나의 공상이란, 바렌카, 언제나 당신에 대한 것뿐이지요. 나는 인간에게 위안을 주고, 자연에 운치를 더해 주기 위해 창조된 하늘의 새와 당신을 비교해 보았습니다. 바렌카, 나는 근심 걱정과 노고 속에 허덕이는 우리 인간이 하늘을 나는 새들의 걱정 없고 천진난만한 행복을 부러워하는 것은 오히려 당연하다고 생각했지요. 그 밖에도 이와 비슷한 공상을 여러 가지로 했답니다. 그러한 공상을 하던 끝에, 나는 더욱더 엉뚱한 비교까지 해 보았지요. 바렌카, 내게 책이 한 권 있는데, 그 책에 이와 똑 같은 감정이 아주 자세하게 씌어 있습니다.

 그리운 임이여, 공상에도 여러 가지 종류가 있기 때문

에, 이런 말을 일부러 쓰는 것입니다. 지금은 봄입니다. 따라서 우리들의 가슴속에는 무조건 유쾌하고 재치 있고 재미 있는 상념만 떠오르며, 줄곧 달콤한 공상만이 날개를 펴는 것입니다. 모든 것이 장미빛에 싸여 있지요. 그래서 나도 이런 달콤한 말만 늘어놓고 있나 봅니다. 그렇지만 사실은 이것도 모두 그 책에 적혀 있는 말들이지요. 그 책에서 작가는 그와 같은 욕망을 다음과 같은 시로 엮어서 표현했더군요.

    어이하여 나는 새가 되지 못했나,
    어이하여 사나운 새가 되지 못했나!

……이런 구절입니다. 그 밖에도 여러 가지 감상이 적혀 있지만, 뭐 그까짓 건 아무 상관 없습니다!

그건 그렇고, 바르바라 알렉세예브나, 당신은 오늘 아침 어디를 다녀왔지요? 나는 아직 출근할 준비도 하지 않고 있는데, 당신은 벌써 봄날의 새들처럼 방에서 튀어나와 사뭇 즐거운 듯이 가벼운 발걸음으로 뜰 안을 건너가더군요. 그러한 당신의 모습을 보며 나는 얼마나 기뻐했는지 모릅니다! 아아, 바렌카, 바렌카! 절대로 슬픈 얼굴을 하고 있으면 안 됩니다. 눈물에 슬픔이 씻겨지는 건 아니니까요. 나는 그것을 알고 있어요. 나의 보배여, 나는 경험을 통하여 그것을 잘 알고 있답니다. 당신은 지금 마음이 아주 평온하고 건강도 약간 회복한 것 같군요. 고마운 일입니다.

그런데 당신과 함께 있는 표도라는 어떻습니까? 정말이지 그만큼 착한 여자는 없을 겁니다! 바렌카, 당신은 지금 그 여자와 함께 지내기가 어떤지, 모든 점이 나 마음에 드는지 어떤지 알려 주십시오. 표도라는 좀 잔소리가 심한 편이지만, 그 점은 당신이 관대하게 봐줘야 할 겁니다. 그래도 그만한 여자도 드무니까요. 여간 착한 여자가 아니랍니다.

우리 하숙집의 체레자에 대해서는 이미 당신에게 써 보냈지만, 그 여자도 역시 착하고 얌전한 사람이지요. 앞으로 편지 연락을 어떻게 해야 하나, 하고 나는 얼마나 걱정했는지 모릅니다. 그러나 하느님께서는 우리들의 행복을 위해 체레자를 보내 주셨더군요. 체레자는 정말 착하고 양순하고 말이 적은 여자입니다. 그러나 우리 하숙집 주인 마누라는 그야말로 무자비하기 짝이 없지요. 마치 무슨 걸레 조각처럼 체레자를 사정없이 부려먹고 있답니다.

바르바라 알렉세예브나, 어쩌다 내가 이런 빈민굴 같은 데 기어들어 왔을까요! 하숙집이라고는 하지만 이건 정말 말이 아닙니다! 아시는 바와 같이, 나는 이 집으로 오기 전까지만 해도 깊은 산속의 새와 같은 생활을 하지 않았습니까. 어찌나 조용한지 파리가 한 마리 날아와도 그 소리까지 들을 수 있었지요. 그러던 것이, 이 집에 와 보니 통탕거리는 소리, 고함치는 소리, 악을 쓰는 소리가 그칠 새 없군요! 그렇지만 당신은 아직 이 하숙집의 구조를 모르시지요? 우선 아주 캄캄하고 지저분하고 기다란 복도를 상상해 보십시오. 그 오른쪽으로는 들창도 문도 없는 평평한 벽뿐이고, 왼쪽으로는 마치 여관방처럼 방문만이 죽 한 줄로 늘어서 있답니다. 말하자면 이것이 셋방들인데, 방 한 칸에 문이 하나씩 있고, 두세 명씩 그곳에 들어 있지요. 그저 뒤죽박죽입니다. 노아의 홍수 때 하나 남았던 그 배와 똑같습니다! 하지만 이 집에 사는 사람들은 모두 교육도 받고 학문도 있는 훌륭한 사람들인 것 같더군요. 관리도 한 분 있습니다. 어떤 관청의 문화 부문을 맡아보는 모양인데, 여러 가지 책을 많이 읽는 사람입니다. 호머나 브람베우스, 그 밖에도 여러 작가들에 대해서 얘기합니다. 어떠한 문제에 대해서도 청산유수랍니다. 굉장히 현명한 인물이지요. 그리고 장교가 두 사람 있는데, 이 친구들은 맨날 도박만 하고 있습니다. 해군 소위도 한 사람 있고, 영국인 교사도 있지요. 조금만 기다려 주십시오, 바렌카. 다음 편지에는 이 사람들에 대한 것을 풍자적으로, 즉 그들이 제각기 어떤 생활을 하고 있는지 아주 자세히 살펴서 당신에게 심심풀이로 써 보낼 생각입니다.

이 집 안주인은 몸집이 작달막하고 꾀죄죄한 노파인데, 온종일 자리옷 바람에 슬리퍼를 신고 집 안을 돌아다니며 한시도 입을 다물지 않고 체레자만 들볶고 있답니다. 나는 부엌에서 살고 있습니다. 아니, 바로 부엌 옆에 방이 하나 붙어 있는데 거기서 거처하고 있다는 편이 훨씬 정확하겠지요. 그러나 이 집 부엌은 깨끗하고 밝아서 아주 훌륭하다는 걸 당신에게 말해 둘 필요가 있을 것 같습니다. 한쪽 귀퉁이에 있는 자그마하고 아담한 방입니다. 좀더 자세히 설명하자면, 이 집 부엌은 들창이 세 개나 달려 있어서 아주 널찍한데, 옆의 벽을 따라 한쪽을 가로막아서 마치 독립된 방이 하나 더 생긴 것처럼 되어 있지요. 그래도 꽤 넓고 편리하며 들창도 있고 무엇이든 있을 건 다 있답니다. 한 마디로 말해서, 그저 그만입니다. 여기가 바로 이 사람의 방이라 그 말씀이지요.

그러나 내가 이런 데 산다고 해서, 어떤 말 못 할 사정이 있을 거라고 생각하면 안 됩니다. 귀여운 바렌카, 어머나, 부엌이라니! 하고 놀랄 것까진 없습니다.

내가 판자로 막은 부엌 한 귀퉁이에 살고 있는 건 사실이지만, 그건 아무 상관도 없습니다. 나는 일부러 모든 사람들에게서 떨어져서 혼자 오붓하고 조용하게 살고 있을 뿐이니까요. 나는 여기다 침대와 책상과 옷장과 걸상 두 개를 들여다 놓았습니다. 그리고 성상(聖像)도 걸어 놓았지요. 사실 좀더 나은 하숙집도 있을 겁니다. 비교가 안 될 만큼 훨씬 좋은 하숙집도 있긴 있을 겁니다. 하지만 무엇보다도 편리한 게 제일이니까요. 나는 특히 편리하다는 견지에서 이런 곳에다 자리를 잡은 겁니다. 그러니까 여기에 대해서 절대로 달리 생각하시지 말기를 바랍니다.

당신 방 들창이 안뜰 하나를 사이에 두고 내 들창과 마주 바라보고 있고, 안뜰이라는 게 좁다랗기 때문에 언제나 쉽게 당신을 볼 수 있습니다. 이것은 언제나 슬픔 속에 빠져있는 내게는 무엇보다도 즐거운 일입니다. 또 방값이 싸다는 점도 있지요. 이 하숙집에서는 제일 값싼 방에 들어도 식사까지 하게 되면 지폐로 35루블은 내야 합니다(역주 ; 러시아에서는 옛날에 은화(銀貨) 1루블이 지폐 1루블의 3배 반의 유통 가치를 가지고 있었다.) 내 호주머니로는 엄두도 낼 수 없지요! 그런데 지금 내가 들어 있는 이 방은 방세가 지폐로 7루블, 식비가 은화로 5루블, 결국 24루블 반밖에 안 되거든요. 전에 있던 하숙에서는 꼭꼭 30루블씩 지불했기 때문에 여러 가지로 돈을 써야 할 곳에 쓰지 못했습니다. 차도 매일같이 마실 수가 없었는데, 이제는 찻값과 사탕값이 공짜로 생긴 것과 다름없지 않습니까. 차도 마시지 않는다는 건 어쩐지 좀 창피한 것 같습니다. 더욱이 이 집에 들어 있는 사람들은 모두 넉넉한 사람들이라서 더욱 떳떳하지 못한 느낌을 가지게 됩니다. 그러니까 말입니다, 바렌카, 다른 사람들 때문에 체면상 겉치레로라도 차를 마시게 되나 봅니다. 그러나 나는 그따위 겉치레 같은 것은 염두에 두지 않는 사람이니까 아무렇지도 않습니다. 그 밖에도 꼭 써야 할 잡비가 있어야 하지 않겠어요. 신발이나 옷과 같은 물건 값을 제하고 난 후, 과연 얼마나 남을까요? 그것만으로도 내 봉급은 전부 달아나고 맙니다. 그렇지만 나는 아무런 불만도 없습니다. 흡족하게 생각하고 있지요. 벌써 몇 해 동안 나는 그것만으로 만족하게 살아오지 않았습니까. 더구나 이따금 상여금도 나오니까요.

그럼 나의 천사여, 안녕히! 당신에게 드리려고 봉숭아 화분 두 개와 제라늄 화분 한 개를 사왔습니다. 뭐 그리 비싼 것은 아닙니다. 당신은 아마 목시초(木犀草)도 좋아하시지요? 그렇다면 알려 주십시오. 그 꽃집에 그것도 있었으니까. 그리고 될 수 있는 대로 모든 것을 자세히 편지에 적어 주시기 바랍니다. 그렇지만 내가 이런 방을 빌린 데 대해 공연히 쓸데없는 추측을 해서 나를 의심하거나 하지는 마십시오. 아무 것도 아닙니다. 그저 편리하다는 점이 마음에 들었을 뿐이니까요. 내가 이 방을 빈 데는 오직 한 가지 편리하다는 이유밖엔 없습니다.

바렌카, 나는 그래도 매달 일정한 금액을 꼭꼭 따로 떼어서 저축을 하고 있답니다. 그래서 내 호주머니는 제법 두둑하다는 걸 알아야 합니다. 이러한 나를, 파리 날개에 얻어맞고도 맥을 못 쓸 정도의 약하디약한 인간이라 생각하신다면 곤란합니다.

귀여운 임이여, 나는 이래봬도 멍청한 등신이 아닐 뿐더러, 확고부동한 정신의 소유자답게 견실한 성격을 가지고 있는 인간이랍니다.

그러면 안녕히, 나의 사랑스러운 천사여! 이럭저럭 편지지 두 장에 거의 가득 썼군요. 벌써 출근할 시간이 된 지도 오랩니다. 귀여운 당신의 손등에 키스를 보내며 이만.

당신의 천한 종이며, 충실한 벗인
마카르 제부슈킨

추신―한 가지 부탁이 있습니다. 사랑하는 나의 천사여, 다름 아니라 될 수 있는 대로 자세한 회답을 주십시오. 귀여운 바렌카, 이 편지와 함께 알사탕 한 근을 보낼 테니 몸을 돌봐서 잡수시기 바랍니다. 그리고 제발 나에 대해 염려하거나 쓸데없는 고집을 부리거나 하지는 말아 주십시오. 그럼, 사랑스러운 벗이여, 이번엔 정말로 안녕히.

4월 8일 ― 바르바라의 편지

경애하는 마카르 알렉세예비치!

이런 짓을 자꾸만 하시면 저는 당신과 싸움이라도 하지 않을 수 없게 된다는 것을 아십니까? 친절하신 마카르 알렉세예비치, 당신에게 분명히 말씀드립니다만, 제게는 정말 당신에게 이런 선물을 받는다는 것이 오히려 가슴 아픈 일입니다. 이런 선물을 주시기 위해서 당신이 어떠한 희생을 감수하고 계시는지, 그리고 자신에게 없어서는 안될 필수품까지도 얼마나 절약하고 계시는지 저는 잘 알고 있어요. 벌써 몇 번이나 거듭 말씀드렸습니다만, 제게는 아무 것도 부족한 것이 없습니다. 정말 아무 것도 필요하지 않아요. 더욱이 저는, 당신이 지금까지 베풀어 주신 은혜만으로 갚을 길이 없습니다. 그런데 무엇 때문에 이런 화분을 또 보내 주세요? 그것도 봉숭아 정도라면 괜찮을지 모르지만, 제라늄은 무엇 때문에 사셨어요? 어쩌다 한 마디 제가 무심히 지껄이기만 하면, 이 제라늄의 경우처럼, 당신은 금방 달려나가서 사보내시곤 하는군요.

 아마 이것은 퍽 비싸겠지요? 하지만 꽃은 어쩌면 이렇게 고울까요! 꼭 진분홍 십자가 같아요. 이렇게 예쁜 제라늄을 어디서 구하셨을까? 저는 들창 한가운데 제일 잘 보이는 곳에 그걸 놓기로 했습니다. 앞으로 마룻바닥에 기다란 의자를 놓고, 그 위에다가도 여러 가지 다른 화초를 올려놓았으면 합니다. 제가 돈을 벌 때까지 조금만 더 기다려 주세요. 네! 표도라가 얼마나 좋아하는지 모릅니다. 우리 방은 지금 천국이나 다름없답니다. 산뜻하고 환하고! 아, 그리고 알사탕은 또 왜 보내셨어요?

 사실 저는 편지를 읽자, 곧 당신에게 무슨 일이 생겼구나 추측했습니다. 천국이니, 봄이니, 향기가 풍긴다느니, 새가 지저귄다느니, 아주 꿈 같은 말만 적혀 있었으니까요. '대체 어떻게 된 걸까, 이쯤 되면 시(詩)라고 할 수도 있지 않나' 하고, 나는 생각했어요. 마카르 알렉세예비치, 당신의 편지가 시로 엮어지지 않은 것만이 참으로 유감스럽군요! 달콤한 감정도, 장미빛 꿈도 시가 될 모든 요소를 다 포함하고 있었으니 말이에요! 그렇지만 커튼에 관한 얘기는 전혀 뜻밖입니다. 아마 제가 화분을 옮겨 놓을 때 저절로 걸렸던 모양이지요. 저는 정말 아무 것도 몰랐어요!

 아아, 그러나 마카르 알렉세예비치! 나를 속이려고 당신이 무슨 말을 꾸며대도, 그리고 받으시는 돈을 전부 자기 자신을 위해서만 쓰는 것처럼 일일이 계산을 해보인다

해도, 당신은 한 가지도 제게 숨길 수 없다는 걸 아셔야 해요. 제가 뻔히 다 알고 있는 걸요. 당신이 저 때문에 정말 필요한 물건까지 희생하고 계시는 건 뻔한 일입니다. 예를 든다면, 당신은 어째서 그런 하숙집으로 옮길 생각을 하셨지요? 당신은 틀림없이 시끄러운 주위 환경에 불안을 느끼고 괴로움을 받고 계실 거예요. 비좁고 불편하기 짝이 없을 거예요. 당신은 조용한 곳에 혼자 계시기를 좋아하시는 분인데, 지금 당신 주위에서는 그런 점을 찾아볼 수 없지 않습니까!

당신이 받으시는 봉급으로 미루어 보면 훨씬 나은 생활을 하실 수 있을 거예요. 표도라의 말에 의하면, 이전에는 지금과 비교가 안 될 만큼 잘 지내셨다고 하더군요. 아무리 그렇더라도 고독과 결핍 속에서 아무런 기쁨도 없이, 정다운 친구의 다정한 말 한 마디 못 듣고, 남의 집 구석방에서 한평생을 살아오셨을 리는 없지 않겠어요? 아아, 그런 생각을 하면, 저는 당신이 가엾어 못 견디겠어요! 마카르 알렉세예비치, 자신의 건강만이라도 부디 생각해 주시기 바랍니다. 눈이 어두워진다고 하셨는데, 그렇다면 제발 촛불 밑에서 글을 쓰시는 일만은 그만두세요. 무엇 때문에 그렇게까지 일을 하셔야 하나요? 그렇지 않아도 당신이 열성적으로 근무하고 계시다는 건 상관들도 잘 알고 있을 텐데.

다시 한 번 부탁드립니다. 저 때문에 그렇게 돈을 쓰지 말아 주십시오. 당신이 저를 사랑해 주신다는 건 저도 잘 알고 있어요. 그러나 당신 자신도 그리 유복한 편이 아니시라는 것도 저는 알고 있으니까요······. 오늘은 저도 역시 상쾌한 기분으로 자리에서 일어났답니다. 벌써 오래 전부터 남의 일을 맡아 하던 표도라가 제게도 일거리를 맡아다 주어서 저는 얼마나 좋았는지 몰라요. 저는 그저 반갑고 기뻐서 비단을 사러 잠시 나갔다가 돌아와서는 곧 일을 시작했지요. 그래서 오전중에는 내내 기분이 좋았고 아주 유쾌했어요! 하지만 지금은 다시 여러 가지 어두운 생각만이 쉴새없이 떠올라 심장의 고동은 기운을 잃고 말았습니다.

아아, 앞으로 저는 어떻게 될까요, 어떠한 운명이 저를 기다리고 있을까요? 앞으로 어떻게 될 것인지 알지도 못하고 또 추측조차 하지 못하며, 미래에 대한 기대도 갖지 못한 채 이렇게 살아간다는 것이 저는 못 견디게 괴롭습니다. 그렇지만 지나간 날을 회상하는 것도 역시 무서워요. 하나하나의 추억이 모두 심장이 터질 것 같은 무서운 슬픔에 싸여 있으니까요. 아마도 저는 자기를 파멸의 심연 속에 몰아넣은 간악한 사람들 때문에 한평생을 눈물로 보내겠지요!

날이 어두워지는군요. 이젠 일을 시작해야겠습니다. 쓰고 싶은 말은 태산 같지만 시간이 없어요. 기일을 정한 일을 맡았으니까요. 그럼 급히 몇 마디만 더 쓰겠습니다. 편지를 주고받는 건 물론 좋은 일이지요. 걱정을 잊게 하니까요. 그러나 어째서 당신 자신은 우리 집에 한 번도 오시지 않습니까? 왜, 오시지 못할 곳인가요, 마카르 알렉세예비치? 이제는 가까운 데 이사도 오셨고, 가끔 여가도 있을 테니 꼭 찾아와 주세요! 당신네 하숙집 체레자는 저도 보았습니다. 어쩐지 몹시 앓고 있는 사람 같아 보여서 여간 불쌍하지 않았어요. 그래서 그 사람한테 20카페이카를 주었습니다.

아, 참! 하마터면 잊을 뻔했군요. 당신이 지금 지내시는 형편이며, 주위 환경에 대해서 될 수 있는 대로 자세히 써 보내 주십시오. 그리고 당신 주위에 사는 사람들은 어떤 사람들인지, 당신은 그 사람들과 사이좋게 지내시는지, 그런 점을 저는 모두 알고 싶어요. 아시겠지요, 꼭 써 보내 주셔야 해요! 편지에 그렇게 쓰셨으니까, 오늘부터는 일부러 커튼 자락을 접어 놓으렵니다. 좀 일찍 주무시도록 하세요. 어제는 밤중까지 당신 방에 불이 켜져 있더군요. 오늘 저는 우울하고 안타깝고 서글퍼서 못 견디겠습니다! 정말 참을 수 없는 하루였어요! 안녕히.

당신의 바르바라 도브로셀로바

4월 8일 — 마카르의 편지

친애하는 바르바라 알렉세예브나!

귀여운 임이여, 그리운 벗이여, 가난하고 불운한 내게 오늘은 또 왜 이다지도 슬픈 하루가 되고 말았습니까! 그렇습니다. 바르바라 알렉세예브나. 당신은 이 늙은 놈을 놀리셨군요! 하기는 나 자신이 나빴어요. 모든 잘못은 내게 있습니다! 머리털이 빠진 이 나이에 새삼스럽게 연애시 비슷한 걸 늘어놓다니 꼴불견이었지요……. 그러나 귀여운 벗이여, 나는 또다시 입을 놀려야겠습니다. 인간이란 정말 이상한 동물입니다. 아주 괴상한 동물이에요. 무엇이든지 지껄이기 시작하면, 이따금 얼토당토않은 소리가 튀어나오는 법이지요! 그런데 그 결과가 어떠냐, 무슨 이익이 있느냐, 하면 아무 것도 없습니다. 결국은 스스로 비명을 울릴 만큼 어리석기 짝이 없는 결과를 초래하게 마련이지요!

이런 말을 한다고 해서, 뭐 내가 당신에게 화를 내고 있는 건 아닙니다. 다만, 내가 그따위 어리석은 편지를 신이 나서 썼다는 것을 돌이켜 생각할 때, 나 자신이 원망스러울 뿐입니다. 오늘 나는 매우 의기양양해서 출근했습니다. 가슴속에는 환하게 밝은 빛이 넘쳤지요. 어쩐지 무조건 즐겁기만 했습니다. 마음의 명절!이라고나 할까요. 나는 부지런히 서류를 뒤적이기 시작했습니다. 그러나 그 다음은 어떻게 되었겠습니까? 눈을 들어 주위를 한번 살펴보자, 모든 것이 금방 전과 같이 어두컴컴한 잿빛으로 변하고 말지 않겠습니까. 똑 같은 잉크 자국, 똑 같은 책상과 서류, 나 자신도 이전과 조금도 다름없는 초라한 꼴을 하고 있었지요. 도대체 어떻게 해서 내가 페가스(역주 : 그리스 신화의 뮤즈 신(神)이 타고 다닌다는 날개 돋친 말)에 올라앉은 것 같은 기분이 되었을까? 정말 어떻게 해서 그렇게 되었을까? 해님이 내려다보고 있었기 때문일까? 하늘이 푸르게 개어 있었기 때문일까? 아아, 그러나 우리 집 들창 밑 뜰 안에서 느낄 듯 말 듯 풍겨오는 그 봄 향기를 어떻게 설명할 수 있겠습니까! 하기는 내가 공연히 그렇게 생각한 데 지나지 않는지도 모르지요. 사실 사람이란 때로, 자기 자신의 감정 속에 빠져들어 엉뚱한 바보짓을 하는 수가 있으니까요. 그러니 그것은 모두 쓸데없는 마음의 흥분 상태에서 오는 것이라고 밖엔 말할 수 없을 것입니다.

나는 집으로 돌아왔습니다. 아니, 돌아왔다기보다 기다시피 하여 간신히 찾아들어 왔다는 편이 옳겠지요. 아무 이유도 없이 머리가 쑤십니다. 분명히 기분이 좋지 않아서 그렇겠지요. 어쩐지 등골이 으스스했습니다. 나는 봄이 왔다고 좋아하며, 바보같이 얇은 외투를 걸치고 나갔었답니다.

그러나 친애하는 바렌카, 당신은 내 심정을 잘못 알았습니다! 당신은 내 심정의 표현을 전혀 다른 방향으로 해석하고 있습니다. 나를 움직인 것은 아버지가 딸에게 갖는 그런 애정입니다. 바르바라 알렉세예브나, 아버지가 가지는 순수한 애정 이외의 아무 것도 아니라는 것을 알아 주십시오. 고아라는 불쌍한 처지에 있는 당신에게 내가 대신 아버지 노릇을 해주고 있는 셈이니까 말입니다. 나는 충심에서 순수한 심정으로 그리고 친척의 한 사람으로서 이렇게 말하는 것입니다. 비록 내가 당신에게는 '사돈의 팔촌'이라고나 할, 촌수가 아주 먼 친척이기는 하지만, 어쨌든 피가 섞인 친척임에 틀림없고 또 현재로는 가장 가까운 친척이며 동시에 보호자라 할 수 있지 않겠습니까. 왜냐 하면 누구보다도 친절하게 당신을 보호하고 돌봐 주어야 할 사람들에게서 오히려 당신은 배신을 당하고 모욕을 받았으니까요.

그리고 시에 대해서 말하자면, 나 같은 나이에 시를 쓴다는 건 격에 맞지도 않는 짓입니다. 사실, 시 같은 건 별로 대수롭지 않은 것이지요! 요새는 소학교에서조차 시 쓰는 법을 가르치며, 어린애들에게 매질을 하고 있는 형편이니까요…… 가히 알 만한 일이 아닙니까.

그런데 바르바라 알렉세예브나, 당신은 무엇 때문에 편지에다 위안이니, 휴식이니, 또 뭐니뭐니 하는 말을 써 보냈습니까? 나는 별로 까다로운 성미도 아니고 이랬으면 저랬으면 하는 요구가 많은 인간도 아닙니다. 그리고 현재보다 더 훌륭한 생활을 한 적은 한 번도 없었지요. 그런데 무엇 때문에, 지금 이 나이에 별안간 사치스럽게 살아야 할 필요가 있겠습니까? 먹을 건 먹고, 입을 건 입고, 신을 건 신고, 아무 것도 부족한 것이 없는데, 이 이상 욕심을 낼 필요는 없지 않습니까! 귀족도 아닌데 말입니다. 우리 아버지는 귀족 출신이 아니었고, 게다가 처자식을 많이 거느리고 있었기 때문에 그 수입으로 봐서 현재의 나보다 훨씬 궁색하게 살았다고 할 수 있지요. 나는 고생 모르고 자란 귀한 집 자식이 아니랍니다!

하기는 바른 대로 말한다면, 이전에 있던 하숙이 모든 점에서 비교가 안 될 만큼 좋았고 또 살기도 편했습니다. 그야 물론 지금 이 집도 좋기는 좋지요. 어떤 면에서 오히려 더욱 유쾌하다고 할 수도 있습니다. 눈에 보이는 것이 변화가 많아서 재미있는 점도 있으니까요. 여기에 대해서는 조금도 반대할 수 없을 겁니다.

하지만 역시 예전 하숙집에 미련을 갖게 되는군요. 대체로, 우리들처럼 나이 지긋한 인간들은 왜 그런지 예전 것에 대해 친밀감을 느끼게 되는 모양입니다. 아시는 바와 같이, 그전 하숙으로 말하면 방은 굉장히 좁고 또 그 벽은…… 그러나 새삼스럽게 이런 말을 하면 뭘 합니까! 벽은 어디나 다 똑 같지요. 조금도 다를 바가 없습니다. 다만 지난날의 온갖 추억이 나를 하염없는 생각에 잠기게 할 뿐입니다. 지나간 일은, 그것이 비록 괴로웠던 것이라도 돌이켜 생각할 때는 어쩐지 즐거운 느낌을 주는 법입니다. 그 당시에는 몹시 불쾌했던 사실이나 원통했던 사실까지도 추억 속에서는 그 불쾌했던 면이 깨끗이 사라지고 그립고도 매혹적인 모양으로 눈앞에 떠오릅니다.

바렌카, 우리는 조용히 살았답니다. 하숙집 주인 할머니와 나 단 둘이었지요. 그 할머니는 이미 세상을 떠나셨지만, 지금도 나는 그 할머니 생각을 하면 공연히 슬퍼지는군요! 참으로 착한 사람이었지요. 방세도 비싸게 받지는 않았습니다. 그 할머니는 석자나 되는 기다란 뜨개바

늘로 여러 가지 헝겊 조각을 맞붙여 가지고 홑이불을 만들곤 했습니다. 날마다 하는 일이 그것뿐이었습니다. 촛불을 둘이서 함께 썼기 때문에 우리는 한 책상에 마주 앉아서 일을 했습니다. 마샤라는 손녀딸이 하나 있었는데, 그때만 해도 아주 어린애였지만 지금은 아마 열서너덧 살이나 먹은 소녀가 되었을 겁니다. 어찌나 까불고 재롱을 잘 부리는지 언제나 우리를 웃겼답니다. 그러니까 말하자면, 우리는 셋이서 그날그날을 보내고 있었지요. 기나긴 겨울밤엔 둥그런 식탁에 바짝 붙어 앉아서 차를 한 잔씩 마시고는 다시 일을 시작하곤 했습니다. 주인 할머니는 마샤가 심심하지 않도록, 그리고 장난을 하지 않도록 곧잘 옛날 얘기 같은 걸 들려주었습니다. 그런데 그 옛날 얘기가 얼마나 재미있었는지 모릅니다. 그것은 철없는 어린애뿐만 아니라 분별 있고 똑똑한 어른까지도 귀가 솔깃해지는 것이었어요. 정말입니다! 나 자신도 담뱃대를 입에 문 채, 할머니가 하는 얘기에만 정신이 팔려서 일하는 것까지 잊어버리기 일쑤였답니다. 그 장난꾸러기 어린애야 더 말할 것도 없지요. 꼼짝 않고 앉아서 조그마한 손으로 불그레한 뺨을 받치고 예쁘장하게 생긴 입을 멍하니 벌린 채 정신없이 듣고 있었습니다. 그러다가 조금이라도 무서운 얘기가 나오게 되면, 할머니의 겨드랑 밑으로 자꾸만 몸을 비비고 들러붙습니다. 그러는 것을 보는 것이 우리는 또 퍽 재미있었지요. 그런 때면, 우리는 촛불이 꺼져 가는 것도 몰랐고, 밖에서 눈보라가 휘몰아치는 소리도 듣지 못했습니다. 참으로 즐거운 생활이었지요, 바렌카. 우리는 이렇게 거의 20년 가까이 함께 살았답니다.

그러나 공연히 이런 쓸데없는 얘기를 늘어놓은 것 같군요! 아마 당신에게는 이런 얘기가 재미없을 테지요. 내게도 이런 회상은 별로 유쾌한 것이 못 됩니다. 지금 같은 저녁 무렵에는 더욱 그렇습니다.

체레자는 무슨 일 때문인지 분주하게 집 안을 돌아다니고 있습니다. 나는 골치가 아프고 등도 좀 쑤시는 것 같고, 꼬리를 물고 떠오르는 이상한 상념까지도 어쩐지 병든 것 같은……. 바렌카, 오늘은 정말 슬픈 날이군요! 그런데 나의 사랑스런 보배여, 어떻게 감히 당신은 그런 말을 써 보냈습니까? 어떻게 내가 당신을 찾아갈 수 있겠어요? 귀여운 바렌카, 내가 당신에게 찾아다니는 걸 본다면 사람들이 무슨 소릴 할지 아십니까? 여기서 당신에게 가려면 뜰 안을 건너가야 하지 않습니까. 금방 우리 하숙집 사람들에게 들키고 말 겁니다. 그러면 꼬치꼬치 캐물을 것이고, 따라서 여러 가지 소문이 퍼지고 나중에는 얼토당토 않은 말이 돌게 됩니다. 그러니까 그것은 안 될 말입니다. 나의 천사여, 그것보다는 차라리 내일 저녁 철야 기도식에서 만나는 편이 좋겠지요. 그 편이 우리 두 사람을 위해서 훨씬 현명하고 안전한 방법입니다.

그건 그렇고, 바렌카, 이렇게 서투른 편지를 보냈다고 나를 나무라지는 마십시오. 처음부터 다시 읽어 보니까, 도대체 무슨 말을 썼는지 나 자신도 알 수 없군요. 그러나 바렌카, 나는 나이 먹고 학문이 적은 사람입니다. 젊을 때 이렇다 할 교육을 받은 일이 없고, 또 지금 새삼스럽게 공부를 시작해 봐야 아무 것도 머릿속에 들어오지 않을 건 뻔합니다. 다정한 벗이여, 솔직히 말해서 나는 글을 쓰는 재주를 갖지 못했습니다. 그리고 내가 무엇을 좀더 재미 있게 쓰려고 애를 써봐야 결국은 우스꽝스러운 문장이 되고 만다는 것은, 일부러 누가 지적해 주거나 비웃지 않아도 나 자신이 잘 알고 있습니다.

오늘 창가에 서 있는 당신을 보았습니다. 덧문을 닫고 있는 걸 보았지요. 그러면 안녕히. 하느님께서 당신을 보살펴 주시도록 빌겠습니다. 그러면 바르바라 알렉세예브나, 부디 안녕히.

당신의 진정한 벗인 마카르 제부슈킨

추신— 다정한 벗이여, 지금 나는 누구에 대해서도 풍자적으로 쓸 수는 없습니다. 바르바라 알렉세예브나, 공연히 우스운 소리를 늘어놓기에는 내 나이가 너무 많은 것 같군요! 그런 짓을 하다가는, '제 얼굴에 침뱉기'라는 속담이 있듯이 나도 남의 웃음거리가 되고 말 테니까요.

4월 9일 — 바르바라의 편지

경애하는 마카르 알렉세예비치!

다정한 벗이며 은인이신 마카르 알렉세예비치, 그렇게 풀이 죽어 공연히 빗나가시다니 그건 너무해요. 뭐 그렇게까지 노여워하실 건 없잖아요! 정말, 어쩌면 좋을까. 저는 곧장 조심성 없이 지껄이는 계집애이기는 하지만, 설마 당신이 제 말에 무슨 가시가 돋쳐 있다고 생각하실 줄은 정말 몰랐어요. 제발 이것만은 믿어 주세요. 저는 당신의 나이나 성격을 꼬집는다거나 하는 생각을 꿈에도 해본 일이 없었습니다. 하기는 모두 제가 경솔했기 때문이지요. 아니, 너무나 답답하고 안타까워서 그런 말이 나왔다고 하는 편이 옳을 거에요. 사실 답답하고 안타까울 땐 무슨 일이든지 저지를 수 있지 않겠어요?

저는 오히려 당신이 그 편지에 일부러 농담 비슷한 말을 쓰셨다고 생각했었지요. 당신이 제 편지에 기분 상하셨다고 생각하니 참으로 슬퍼서 못 견디겠어요. 친애하는 벗이여, 은인이여, 정말 당신은 저를 오해하셨어요. 제가 그렇게 냉정하고 은혜도 모르는 계집애라고 생각하신다면, 그건 잘못이에요. 당신이 저를 간악한 사람들의 손에서, 그들의 박해와 증오에서 구해 주시느라고 여러 가지로 애쓰셨다는 것을 저는 가슴속 깊이 명심하고 한시도 잊지 않고 있습니다. 저는 한평생 당신을 위해 하느님께 기도드릴 거예요. 만약 제 기도가 하느님께 도달한다면, 그때는 당신도 행복해지겠지요.

오늘 저는 몸이 몹시 불편합니다. 열이 있나 하면 오한이 있고, 그런가 하면 다시 열이 나는군요. 표도라가 여간 염려해 주는 게 아닙니다. 그건 그렇고, 마카르 알렉세예비치, 당신은 저희 집에 찾아오시기를 꺼려하시지만 그러실 필요는 없을 거에요. 다른 사람이 무슨 상관이에요! 당신과 우리는 가까이 지내는 사이인데 못 찾아오실 이유가 없지 않아요? 그럼 마카르 알렉세예비치, 안녕히. 오늘은 이 이상 쓸 얘기도 없고, 또 있다 해도 쓰지 못하겠습니다. 몸이 너무 불편해서요. 다시 한 번 말씀드립니다만, 제발 저를 노엽게 생각하지 마시고 저의 변함없는 존경과 순종을 믿어 주십시오.

더없이 진실하고 양순한 당신의 계집종인
바르바라 도브로셀로바 올림

4월 12일 ─ 마카르의 편지

친애하는 바르바라 알렉세예브나!

아아, 귀중한 나의 보배여, 어디가 아프단 말입니까! 당신은 번번이 나를 놀라게 하는군요. 내가 편지할 때마다 써 보내지 않았어요─몸을 조심해라, 옷을 두텁게 입어라, 날씨가 좋지 않을 땐 밖에 나다니지 마라, 만사에 주의를 게을리하지 마라 하고 타일렀는데─아아, 그런데 나의 천사여, 당신은 내 말을 통 듣지 않는군요. 이제 보니 꼭 어린애와 마찬가지군요! 당신은 몸이 약합니다. 지푸라기처럼 약하단 말입니다. 나는 그걸 잘 알고 있어요.

조금만 바람을 쐬도 금방 병에 걸립니다. 그러니까 언제나 조심해야 합니다. 자기 자신이 정신을 차려서 위험을 피하도록 노력해야지요. 그리고 친구들에게 근심과 걱정을 시키지 않도록 해야 합니다.

바렌카, 당신은 내 생활 상태나 주위 환경에 대해 자세하게 알고 싶다고 하셨지요? 그럼 기쁘게 당신의 희망을 들어드리기로 하겠습니다. 처음부터 차근차근 얘기하지요. 그래야 알아듣기 쉬울 테니까.

첫째로, 우리 하숙집 정면 입구에는 그래도 제법 괜찮은 층층대가 달려 있습니다. 특히 중앙에 자리잡은 것은 깨끗하고 밝고 널찍하며 전부 무쇠와 마호가니로 되어 있어요. 그 대신 뒷문에 대해선 묻지 않는 편이 좋을 겁니다. 꼬불꼬불 나선형으로 되어 있는데 축축하고 지저분하고 층계는 군데군데 부서지고, 게다가 벽은 기대기라도 했다가는 때가 새까맣게 묻을 만큼 더럽기 짝이 없습니다.

층계가 꼬부라지는 곳에 있는 공간에는 궤짝이니 걸상이니 부서진 찬장 따위가 쌓여 있지 않은 곳이 없습니다. 걸레 조각이 너저분하게 걸려 있는가 하면, 유리창은 깨진 채로 있고 온갖 더러운 쓰레기와 달걀 껍질과 생선 찌꺼기 따위가 가득 들어 있는 통이 놓여 있지요. 악취가 코를 찌르고…… 한마디로 말해서 그리 좋은 곳이 아닙니다.

집 구조에 대해서는 이미 설명한 바 있지만, 아주 편리하게 되어 있는 건 사실입니다. 그러나 어쩐지 방 안에 있으면 가슴이 답답해 오는 것 같습니다. 그렇다고 구역질이 날 만큼 취기를 발산한다는 건 아니지요. 이렇게 표현하는 것이 적당할지는 모르지만, 무엇이 썩는 것 같은, 코를 찌르는 것 같은 그런 새콤한 냄새가 난단 말입니다. 그래서 처음엔 좋지 않은 인상을 받게 되지만, 그리 대수로운 것은 아니지요. 2,3분만 지나면 이 냄새는 없어져 버리고, 어떻게 해서 냄새가 안 나게 되었는지조차 느끼지 못하게 됩니다. 왜 그러냐 하면, 어느새 그 냄새가 자신에게 옮아와서 옷과 손발, 몸 전체에서 똑 같은 냄새를 풍기기 시작하기 때문이지요. 말하자면 습관이 되어 버려서 모르게 된단 말입니다.

그래서 그런지 이 집에서는 검은 방울새가 오래 살지 못하는군요. 해군 소위가 기르는데, 벌써 다섯 마리 째랍니다. 이 집 공기 속에서는 살 수가 없나 봅니다. 이 집 부엌은 크고 널찍하고 환합니다. 그야 물론 아침에는 생선이나 고기를 굽고 튀기고 하는 바람에 약간 숯내가 나고, 또 아무 데나 가리지 않고 좍좍 물을 뿌리고 퍼붓고 해서 좋지 않지만, 그 대신 저녁때는 그야말로 천국이나 다름없습니다. 그리고 이 부엌에는 빨랫줄을 매고 거기다 항상 낡아빠진 속옷 따위를 걸어 놓습니다. 내 방은 부엌과 가깝기 때문에, 아니 거의 붙어 있는 것과 다름없기 때문에 그 냄새에 약간 골치를 앓습니다. 그렇지만 괜찮아요. 살면 정든다는 말이 있지 않습니까.

이 집에서는 날마다 새벽녘부터 야단법석입니다. 쿵쿵거리고 돌아다니는 소리, 문을 두드리는 소리—즉, 출근을 해야 할 사람이나, 집에 들어앉아서 자기 일을 할 사람이나 모두 다 자리에서 일어나 차를 마시기 시작합니다. 사모바르는 전부 주인 마누라 소유물이고 게다가 몇 개 되지도 않아서, 그것을 우리들은 차례로 돌려 가며 사용하지요. 제 차례도 아닌데 찻잔을 들고 끼어드는 자가 있으면, 당장에 머리에다 뜨거운 물을 끼얹습니다. 실은 나도 첫날에 하마터면…… 그러나 이런 말은 써서 뭘 합니까! 어쨌든 나는 곧 여러 사람들과 사귀게 되었지요.

제일 먼저 해군 소위와 친해졌습니다. 유달리 솔직한 사람인데, 여러 가지 얘기를 털어놓더군요. 자기 아버지 얘기, 어머니 얘기, 그리고 툴라 시(市)의 시장 대리(市長代理)에게 시집간 누이 얘기, 크론슈타트 군항(軍港) 얘기…… 이런 얘기를 모두 들려주었습니다. 그리고 무슨 일에나 내 힘이 되어 주겠다고 약속하더니, 곧 자기 방에 가서 차나 한 잔 마시자고 초대하더군요. 가보니, 바로 그 방은 함께 하숙하고 있는 사람이 언제나 모여서 트럼프 놀이를 하는 장소였습니다. 내게 차를 대접하고는 자기들과 함께 노름을 하자고 짓궂게 졸라대지 않겠습니까. 그들은 나를 비웃었는지 어떤지는 모르지만, 하여튼 그 친구들은 밤을 새우며 노름을 했고, 내가 들어갔을 때도 그 노름판이 계속되고 있던 것만은 틀림없었습니다. 백묵과 트럼프 카드가 너저분하게 널려 있고, 눈을 뜰 수 없을 만큼 담배 연기가 방 안에 자욱했지요.

물론 나는 노름판에 끼어들지 않았습니다. 그래서 그들

은 곧 나를, 철학 냄새가 나는 말이나 중얼거리는 인간으로 여겼던 모양입니다. 그러고 나서 내게 말을 거는 친구는 끝내 한 사람도 없었습니다. 사실 나는 오히려 그것을 다행으로 생각했지요. 이젠 그 친구들을 절대로 찾아가지 않을 작정입니다. 그 친구들의 트럼프 놀이란 도박이에요. 순전한 도박판이란 말입니다! 어떤 관청의 문화 부문의 일을 맡아 본다는 그 관리의 방에도 역시 저녁마다 사람들이 모입니다. 그러나 이 모임은 점잖고 착실하고 우아하고 모든 점이 고상해서 탓할 것이 없습니다.

그리고 바렌카, 이 집에 대해서 쓰는 김에 한 마디 더 한다면, 주인 마누라는 정말 더러운 여잡니다. 틀림없는 마귀할멈이지요. 체레자를 만나 보았다구요? 그렇다면 그 여자의 가련한 꼴을 똑똑히 보셨겠군요. 병들어 털이 빠진 병아리처럼 바싹 마르지 않았습니까. 이 집에는 심부름꾼이 두 사람밖에 없답니다. 체레자와 주인 마누라의 종인 팔리도니라는 사내, 이렇게 두 사람이지요. 똑똑히는 모르겠지만, 이 사내에게도 팔리도니라는 이름 이외에 본래의 이름이 있을 겁니다. 그러나 팔리도니! 하고 부르면, 네, 하고 대답하지요. 그래서 모두들 그를 그렇게 부르고 있습니다. 머리털이 빨갛고 애꾸눈인데다가, 코는 주먹같이 멋없고 크고 성질이 우락부락한 핀란드 계통의 사내랍니다. 체레자와는 금방 주먹질이라도 오고 갈 듯이 맨날 아웅다웅하는 사이지요.

전체적으로 보아 이 하숙집은 지내기에 썩 좋은 곳이라

고는 할 수 없습니다. 그래도 밤이 되면, 모두들 잠자리에 들어가서 조용히 자주었으면 좋으련만…… 그런 적은 한 번도 없답니다. 언제든지 어느 구석에 모여앉아 노름판을 벌이고 있는 작자들이 있고, 때로는 차마 입에 담지도 못할 난잡한 일들이 벌어지곤 하지요. 이제는 나도 그런 것에 익숙해졌습니다만, 이런 난장판에 처자를 거느린 사람이 함께 살고 있는 데는 정말 놀라지 않을 수 없더군요. 어떤 가난한 사람이 온 집안 식구들을 데리고 이 집에서 셋방살이를 하고 있더군요. 다른 방들과 나란히 붙어 있지 않고, 한쪽 구석에 따로 떨어져 있다 뿐이지 결국 틀림없는 한 지붕 밑이지요. 아주 얌전한 사람이에요! 이 사람들에 대해서 무슨 얘기든 들은 사람은 아무도 없습니다.

그들은 방 한 칸을 판자로 막아 놓고 거기서 옹기종기 모여 살고 있지요. 바깥주인은 무슨 일 때문에 7년 전에 관청에서 쫓겨난 후 여지껏 실직 상태에 있는 관리라고 합니다. 고르슈코프라는 성(姓)을 가진, 아주 백발이 다 된 작달막한 영감인데, 보기에도 딱할 정도로 기름과 때가 반지르르한 누더기를 걸치고 다닙니다. 내 옷보다도 더욱 형편없지요! 얼굴이 수척해서 정말 가엾기 짝이 없더군요. 그 사람과는 가끔 복도에서 만난 적이 있습니다. 언제 봐도 무릎을 와들와들 떨고 있더군요. 손도 떨고, 머리까지 떱니다. 무슨 병인지는 하느님이 아닌 이상 알 수 없지만, 어쨌든 병에 걸린 것만은 틀림없을 겁니다.

기가 푹 죽어 누구에게나 겁을 먹고 언제나 한쪽 옆으로 피해서 다닙니다. 이렇게 말하는 나도, 어떤 땐 사람 앞에 나서기를 두려워하지만, 이 영감님은 나와는 비교가 안 될 만큼 심합니다.

그 사람의 가족은 아내와 아이들이 셋 있습니다. 맏아들은 아버지와 똑같이 생겼는데, 역시 형편없는 약골이지요. 아내는 젊었을 때 대단한 미인이었던지, 지금도 옛모습을 찾아볼 수 있지만, 가엾게도 초라하기 짝이 없는 누더기를 걸치고 다닙니다. 그들은 이 집 주인 마누라에게 빚이 꽤 많이 있다는 얘기를 들었습니다. 그래서 그런지, 주인 마누라는 그들에게 그리 좋은 낯을 보이지 않더군요. 이것도 누구한테 들은 얘긴데, 고르슈코프 본인에게도 무슨 재미없는 일이 있어서 관청에서 쫓겨났다고 합니다. 그것이 민사 문제인지, 그렇지 않으면 검사가 기소를 해서 그렇게 되었는지, 그런 건 정확히 말씀드릴 수 없습니다. 어쨌든 무척 가난한 것만은 틀림없습니다. 정말 불쌍한 사람들입니다! 그 사람들이 사는 방은 언제나 잠잠해서 사람 사는 집 같지가 않습니다. 아이들 목소리조차 들리지 않지요. 아이들이 떠든다거나 장난을 한다거나 하는 일이 한 번도 없으니까요. 그렇지만 이것은 절대로 좋은 징조가 아닙니다.

언젠가 한번, 밤에 우연히 그 방문 앞을 지나간 일이 있습니다. 어쩐 셈인지 그때만은 언제나 떠들썩하던 하숙집이 조용했어요. 문득 흐느껴 우는 소리가 들렸습니다.

뒤이어 소곤소곤 속삭이는 소리가 나더니, 또다시 울음소리가 들리더군요. 방 안에서는 사람들이 소리를 내어 울고 있는 모양인데, 그 가늘고 애처로운 울음소리에 내 가슴은 사뭇 터질 것만 같았습니다. 덕택에 나는 밤새도록 이 가난하고 가엾은 사람들에 대한 생각이 머릿속에서 떠나지 않아 잠도 제대로 자지 못했답니다.

그럼, 귀중한 나의 벗이여, 안녕히 계십시오! 나는 힘자라는 데까지 모든 것을 상세하게 썼습니다. 오늘은 하루 종일 당신 생각만 하고 있었습니다. 귀여운 임이여, 당신 생각을 하면 가슴이 쑤셔옵니다. 당신에게 따뜻한 외투가 없다는 걸 잘 알고 있으니까요. 나는 진눈깨비와 바람이 휘몰아치는 이 페테르부르크의 봄이 정말 죽기보다 싫습니다. 한시 바삐 온화한 기후가 나를 구해 주기만 손꼽아 기다리고 있지요.

귀여운 바렌카, 내 문장을 너무 꼬집어뜯지는 마십시오. 문체가 도대체 엉터리니까요. 손톱만큼이라도 글재주를 가지고 있다면 얼마나 좋을까 하고 생각합니다. 다만, 당신에게 다소나마 위안을 주고 싶은 마음에서 머리에 떠오르는 대로 아무렇게나 써내려간 데 지나지 않습니다. 만약 내가 조금이라도 교육을 받았다면 별문제이겠지만, 나는 서푼어치의 교육도 받지 못한 인간이니 하는 수가 없지 않습니까!

영원히 변함없는 당신의 충실한 벗
마카르 제부슈킨

4월 25일 — 바르바라의 편지

경애하는 마카르 알렉세예비치!

오늘 저녁, 사촌동생 사샤를 만났습니다. 그런데 이를 어쩌면 좋아요. 가엾게도 그애 역시 파멸의 구렁텅이 속에서 헤매고 있으니! 그리고 이건 다른 데서 들은 얘기지만, 안나 표도로브나가 여전히 저를 수소문하고 있다고 합니다. 아마 그 여자는 죽을 때까지 제 뒤를 쫓아다니려나 봐요. 그 여자는 저를 '용서'하고 지나간 일은 깨끗이 잊어버리고 싶다고 한답니다. 자기가 꼭 한 번 저를 찾아오겠다고요. 그리고 한다는 말이, 당신 같은 분은 저의 친척도 아무 것도 아니며, 제일 가까운 친척은 자기라고 한답니다. 우리 집안일에 끼어들 권리가 당신에게는 조금도 없다느니, 제가 당신의 동정과 원조를 받고 산다는 것은 수치스럽고 남보기에도 면목없는 짓이라느니, 자기가 저를 먹여 길러 준 은혜를 까맣게 잊고 있다느니, 저와 제 어머니가 굶어 죽어가는 걸 자기가 구해 주었다느니, 그리고 우리를 먹여 살리며 2년 반 이상이나 우리 때문에 돈을 쓰고, 게다가 우리의 빚까지 모두 갚아 주었다느니 못 하는 말이 없다고 합니다. 어머니에게까지 아무런 동정도 베풀려 하지 않던 사람이 어떻게 이제 와서 그런 말을 할 수 있는지요! 그 사람들이 제게 무슨 짓을 했는지, 그걸 만일 가엾은 어머니가 아신다면 뭐라고 하실까요! 그러나 하느님께선 다 알고 계시겠지요!

안나 표도로브나는 제가 어리석어서 굴러들어오는 복을 붙잡지 못했다고 한답니다. 자기는 저를 행복한 길로 이끌어 주었다, 자기 자신에겐 눈곱만한 잘못도 없는데 제가 명예를 지키지 못했을 뿐이다, 아니 지키려는 생각조차 가지지 않았을 것이다…… 이렇게 말한다는 것입니다! 아아, 하느님, 살펴 주십시오. 과연 어느 쪽에 잘못이 있었을까요! 또 이런 말도 한답니다. 브이코프 씨에겐 조금도 잘못이 없다, 그 남자는 어떤 여자와도 결혼하지 않을 것이다, 제아무리…… 아니, 제가 뭐 때문에 이런 쓸데없는 말을 새삼스레 늘어놓을까요!

그러나 마카르 알렉세예비치, 이런 터무니없는 거짓말을 듣는다는 것은 참으로 견딜 수 없는 일입니다! 저는 지금, 자신이 어떻게 되어가는지 알 수 없어요! 저는 그저 떨고만 있습니다. 눈물을 흘릴 뿐입니다. 몸부림을 치며 흐느껴 울고 있을 뿐입니다. 이 편지를 쓰는 데도 두 시간이나 걸렸어요. 저는 그 여자가 적어도 저에 대한 자기 죄만은 스스로 인정할 거라고 생각하고 있었습니다. 그런데 지금 그 여자는 그처럼 기세가 등등하다니, 정말 어이가 없군요!

그러나 친애하는 벗이여, 세상에 오직 한 분인 은인이여, 절대로 염려하지는 마십시오! 표도라에게는 언제나 과장해서 떠벌리는 버릇이 있으니까요.

제가 무슨 중병에 걸린 건 아닙니다. 어제 볼코보 마을에 어머니 제사를 지내러 갔다가 조금 감기가 들었을 뿐입니다. 제가 그처럼 간청을 했는데, 어째서 당신은 함께 가시지 않으셨어요?

아아, 가엾고 불쌍한 어머니! 어머니가 무덤에서 다시 살아 나오셨다면, 그리고 그 사람들이 저를 어떻게 학대했는지 어머니가 보고 계셨다면, 아아, 어머니가 그것을 알고 계셨다면!……

V. D.

(역주 : V.D.는 바르바라 도브로셀로바의 이니셜)

5월 20일 ― 마카르의 편지

귀중한 나의 보배인 바렌카!

포도를 조금 보내 드립니다. 포도는 회복기에 있는 환자에게 좋다고들 하며, 의사도 갈증이 나는 데는 포도 이상 좋은 것이 없다고 합니다. 지난번에 장미꽃이 탐난다고 하셨지요, 바렌카? 그래서 지금 그것도 함께 보내 드립니다. 귀여운 바렌카, 식욕은 있습니까? 무엇보다도 식욕이 있어야 할 텐데……. 그렇지만 하느님 덕분에 모든 일이 무사히 지나가 버리고, 이제는 우리의 불행도 완전히 종말을 고하려나 봅니다. 하느님께 거듭 감사를 드립시다!

그리고 그 책은 말입니다. 지금은 아무 데서도 구할 수 없을 것 같군요. 그 대신, 그 사람에게는 훌륭한 책이 한 권 있다고 합니다. 아주 그럴 듯한 문체로 쓴 책인데, 나는 아직 읽지 못했지만 우리 하숙집 친구들이 읽을 만한 책이라고 칭찬이 대단합니다. 내가 읽고 싶다고 부탁했더니, 그럼 빌려 주겠다고 약속했어요. 다만, 당신이 그걸 읽으실지 그게 문제입니다. 그 방면에 당신의 눈이 매우 높아서, 당신의 구미에 맞는 걸 구해 드리기가 여간 어려운 일이 아닙니다.

사랑스러운 나의 보배여, 나는 당신에 대해서 잘 알고 있습니다. 당신에게 필요한 것은 시(詩)라든지, 탄식이라든지, 큐피드이겠지요. 좋습니다. 그럼 시집도 구해 드리지요. 무엇이든지 다 구해 드릴 수 있습니다. 그 사람에게는 명문(名文)만을 추려서 베낀 노트도 한 권 있습니다.

나는, 덕택에 별일 없이 잘 지냅니다. 바렌카, 내 걱정은 조금도 하지 마십시오. 나에 대해서 표도라가 당신에게 했다는 얘기는 모두 허튼 소립니다. 너는 거짓말을 했지? 그렇게 그 거짓말쟁이한테 말해 주시오! 내가 새로 맞춘 옷을 팔다니, 그런 일은 절대로 없습니다. 생각을 해 보면 알 게 아닙니까. 내가 뭣 때문에 옷을 팔겠어요? 더욱이 은화로 40루블이나 되는 상여금이 나온다고들 하는데, 뭣 때문에 그런 걸 팔아 버린단 말입니까? 바렌카, 그런 걱정은 아예 하지 마십시오. 표도라라는 여자는 공연히 남을 의심한답니다. 정말 의심이 많은 여자지요. 뭐 아무 문제도 없습니다. 우린 잘살게 될 겁니다! 그저 당신만, 나의 천사여, 당신만 제발 건강을 회복하십시오.

하루 속히 완쾌하여 이 늙은이의 속을 태우지 않게 해주십시오. 그리고 누가 또 당신에게 그런 소릴 합니까, 내가 수척해졌다고? 그건 낭설입니다. 어디까지나 낭설입니다! 나는 더할 나위 없이 튼튼하고, 나 자신이 부끄러울 만큼 피둥피둥 살이 쪄서 그야말로 만족한 상태에 있습니다. 그러니까 당신만 완쾌된다면 나는 그 이상 바랄 것이 없지요! 그럼 나의 천사여, 안녕히! 어여쁜 당신의 손등에 키스를 보냅니다.

영원히 변함없는 당신의 벗, 마카르 제부슈킨

추신─아아, 귀여운 벗이여, 글쎄, 어쩌자고 당신은 또다시 그런 말을 써 보냈습니까? 왜 그런 얼토당토 않은 말을 합니까! 바렌카, 대체 어떻게 내가 감히 당신을 만나러 자주 찾아다닐 수 있겠습니까? 어디 한번 대답해 보십시오. 밤에 어둠을 타서 찾아가란 말입니까? 그러나 마침, 지금은 그 어둠조차 거의 없는 계절이 아닙니까(역주 : 페테르부르크의 백야(白夜)를 말함).

귀여운 나의 천사여, 나는 당신이 앓아 누워있는 동안, 열이 높아서 정신을 차리지 못하고 있는 동안 거의 한시도 당신 곁에서 떠나지 않았답니다. 지금 생각해 보면, 그때 어떻게 감히 그런 대담한 짓을 했는지 나 자신도 알 수 없습니다. 그후, 다른 사람들이 이상한 눈으로 보며 귀찮게 캐묻는 바람에 할 수 없이 찾아다니는 것을 삼가게 되었지요.

그러잖아도 이 집에서는 벌써 이상한 소문이 떠돌고 있답니다. 그래도 나는 체레자만은 믿고 있습니다. 그 여자는 함부로 지껄이는 성미가 아니니까요. 그렇지만 바렌카, 한번 잘 생각해 보십시오. 이 집에 있는 친구들이 우리들의 관계를 모두 알게 된다면 어떻게 될까요? 그렇게 되면, 그 친구들은 어떻게 생각하고 또 무엇이라 떠들어 댈까요? 그러니까 바렌카, 꾹 참고 있을 수밖엔 없습니다. 그리고 건강이 회복될 때까지 기다리십시오. 당신이 완쾌된 후에 밖으로 나가서 아무 데서나 마음대로 만나면 되지 않습니까.

6월 1일 — 바르바라의 편지

언제나 그리운 마카르 알렉세예비치!

여러 가지로 보살펴 주시고 애를 써주신 보답으로, 그리고 제게 주시는 따뜻한 애정에 대한 보답으로 무엇으로든지 당신의 마음을 흡족하고 유쾌하게 해드릴 수는 없을까, 이리저리 궁리한 끝에 저는 옷장 속을 뒤져서 이 공책을 찾아내어 이것을 당신에게 보내 드리기로 했습니다. 이것은 제가 행복한 나날을 보내던 시절에 쓰기 시작한 것입니다. 당신은 호기심을 가지고 제 지난날의 생활에 대해서, 포크로프스키 씨에 대해서, 제가 안나 표도로브나네 집에서 살던 시절에 대해서, 그후 지금까지 거듭되는 저의 불행에 대해서 여러 번 제게 물으셨지요. 또 제가 스스로 알 수 없는 어떤 동기에서 일생 중 한 시기를 기록해 둔 공책을 꼭 한 번 읽고 싶다고 하셨지요. 그래서 저는 이 공책을 당신에게 보내 드리면 틀림없이 무척 반가워하시리라 생각했습니다.

그러나 이것을 다시 읽어 보았더니 어쩐지 몹시 마음이 언짢습니다. 이 공책의 마지막 장을 썼을 때에 비하면, 나이가 곱절이나 더 먹은 것같이 여겨지는군요. 이것은 두고두고 조금씩 쓴 것입니다. 그럼 마카르 알렉세예비치, 안녕히 계십시오. 저는 요새 갑갑하고 쓸쓸해서 못 견딜 지경입니다. 그리고 밤에는 잠도 잘 오지 않는 일이 자주 있어요. 여간 괴롭지 않습니다. 병이 완쾌되어 갈 때는, 정말로 갑갑증이 심한가 봐요!

V. D.

바르바라의 수기

1

아버지가 돌아가실 때, 나는 겨우 열네 살이었다.

유년 시절은 내 생애에서 가장 행복한 시기였다. 나의 유년 시절은 이곳이 아닌, 여기서 멀리 떨어진 외딴 마을에서 시작되었다. 아버지는 T현(縣)에 있는 P공작의 광대한 소유지의 관리인이었다. 우리는 공작이 소유하고 있는 한 마을에서 살고 있었다. 조용히, 남의 눈에 띄지 않게 행복한 나날을 보내고 있었다. 나는 한창 장난이 심한 코흘리개 조그만 계집애였다. 날마다 들판과 풀숲과 마당에서 뛰고 달리고 하는 것이 일과였는데, 그렇다고 나를 특별히 보살펴 주는 사람이라곤 아무도 없었다. 아버지는 여러 가지 일 때문에 언제나 분주했고, 어머니도 역시 집안일 때문에 눈코 뜰 새 없었다.

나는 아무런 교육도 받지 못했지만, 내게는 오히려 그 편이 좋았다. 이른 아침부터 연못가나 풀숲 아니면 목초를 베는 곳이나 곡식을 거둬들이는 곳으로 달려가곤 했다. 해가 뜨겁게 내리쬐거나, 어디로 가는지 방향조차 정하지 않고 마을에서 마구 달려가다가 풀숲에 찔리거나, 옷이 찢어지거나 해도 그런 건 조금도 상관하지 않았다.

집에 돌아와서 꾸중을 들어도 나는 태연했다.

그 마을에서 떠나지 않고 한평생을 그곳에서 보낼 수 있었던들 나는 무척 행복했으리라. 그러나 어린 나이에 나는 그 정든 고향을 버리지 않으면 안 되었다. 우리가 페테르부르크로 이사해 왔을 때, 나는 겨우 열두 살이었다. 아아, 그 서러운 이사 준비가 이제는 얼마나 쓰라린 추억이 되었는가! 어릴 때부터 깊이 정이 든 모든 것과 이별을 고할 때, 나는 얼마나 울었는지 모른다. 나는 아버지에게 달려가서 목을 얼싸안고, 며칠만이라도 더 이 마을에 있게 해달라고 울면서 애원했던 것을 기억한다. 아버지는 나를 꾸짖었다. 어머니는, 여러 가지 사정 때문에 아무래도 이사를 가야 하니 그럴 수는 없다고 말하며 역시 눈물을 흘렸다.

늙은 P공작이 세상을 떠나자, 그 뒤를 이은 사람들이 아버지를 해고했던 것이다. 아버지는 약간의 돈을 페테르부르크에 사는 사람들에게 맡겨 놓은 것이 있었다. 그래서 가운(家運)을 만회하려고, 아버지는 직접 이곳으로 이사해 와서 살아야겠다고 생각한 것이다. 이것은 후에, 모두 어머니에게서 들은 이야기다. 우리는 페테르부르크스카야 구(區)에 자리를 잡고, 아버지가 돌아가실 때까지 같은 집에서 살았다.

새로운 생활에 익숙해지기가 얼마나 괴로웠는지 모른다! 우리가 페테르부르크에 올라온 것은 가을이었다. 고향 마을을 떠날 때는 구름 한 점 없이 맑게 갠 청명하고 따뜻한 날씨였고, 농사일도 끝날 무렵이어서 탈곡장에는 큼직큼직한 곡식 가리가 높다랗게 쌓이고, 새 떼가 모여들어 지저귀고, 모든 것이 활기 있고 즐겁기만 했다. 그러나 페테르부르크는 그와 딴판으로, 거리에 들어서자 비가 구질구질 내리고 있었다. 음산한 가을의 진눈깨비, 잔뜩 찌푸린 하늘, 질벅거리는 보도, 무엇이 못마땅한지 무뚝뚝하고 성난 것 같은 낯선 사람들의 얼굴!

그러나 우리는 이럭저럭 이곳에 자리잡게 되었다. 집안 식구들이 모두 새 살림을 차리느라고 애를 쓰며 쫓아다니고 분주히 일하던 것이 아직도 기억에 새롭다. 아버지는 언제나 밖에 나돌아다니셨고, 어머니는 어머니대로 잠시도 쉴 틈이 없었다. 그래서 나는 거의 버림받은 존재나 다름없었다. 새 집에 이사해 와서 첫날밤을 새운 이튿날 아침, 나는 자리에서 일어나기가 무척이나 슬펐다. 우리 집 들창 밖으로는 싯누런 다른 집 담장이 가로막고 있었다. 한길은 언제나 질벅거리고, 이따금 지나가는 사람들은 모두 추워서 못 견디겠다는 듯이 옷을 두껍게 껴입고 있었다.

한편, 우리 집은 날마다 아침부터 저녁까지 깊은 수심과 갑갑한 공기에 싸여 있었다. 친척이나 가깝게 사귀고 지내는 사람은 거의 없었다. 아버지는 안나 표도로브나와 절교 상태에 있었다(아버지는 그 여자에게 얼마간의 빚이 있었다고 한다). 여러 사람들이 사업관계로 우리 집에 꽤 자주 드나들었지만, 그들은 맨날 서로 다투고 떠들어대고 욕지거리를 하곤 했다. 손님들이 돌아가고 나면, 아버지는 언제나 기분이 좋지 않아서 성난 얼굴을 하고 양미간을 찌푸린 채, 아무하고도 말하지 않고 몇 시간이나 방 안을 이리저리 걸어다니셨다. 그런 때에는 어머니도 아버지에게 감히 말을 걸지 못하고 침묵만 지키고 있었다. 나는 아무 곳에나 한쪽 구석에서 책을 펼쳐 놓고 숨을 죽여 가며 꼼짝 못 하고 얌전히 앉아 있어야 했다.

 페테르부르크에 이사온 지 석 달이 지난 후, 나는 어떤 기숙 학교(역주 ; 학생들을 모두 기숙사에 넣어 교육하는 학교)에 들어가게 되었다. 처음으로 낯선 사람들 틈에 끼었을 때, 나는 얼마나 마음이 처량했는지 모른다! 내게는 모든 것이 냉정하고 퉁명스럽게 보였다. 사감 선생은 무섭고 잔소리가 심한 여자들뿐이었고, 여학생들은 모두 남을 비웃기 잘하는 건방진 계집애들 뿐이었는데, 반면 나는 그야말로 시골뜨기였던 것이다. 그들은 사정없이 남의 흉만 보려 했다. 빈틈없이 짜여 있는 시간 제도, 여럿이 함께 둘러앉아서 먹는 식탁, 조금도 재미없는 선생님들……. 처음에는 이러한 것이 모두 나를 참을 수 없게 괴롭혔다. 나는 잠을 잘 수조차 없었다. 지루하게 긴 추운 겨울밤을 뜬 눈으로 새운 일도 한두 번이 아니었다.

 저녁마다 모두들 복습이나 예습을 하는 시간이 되면, 나도 남들처럼 프랑스 말 회화나 단어책 앞에 꼼짝 않고 앉아 있었다. 그러나 마음은 하늘을 날아 아늑한 우리 집, 아버지와 어머니, 늙은 유모, 그리고 그 유모가 들려

주던 옛날 이야기 같은 데로 달려가곤 했다. 아아, 그러면 내 마음은 형용할 수 없는 슬픔 속으로 빠져들어가고 마는 것이다! 집에 있는 것은 아무 하잘 것 없는 것일지라도 머릿속에 그려 보면 기쁨이 넘쳐 왔다. 생각은 꼬리를 물고 떠오른다. 지금 집에 있다면 얼마나 좋을까! 나는 아마 그 아늑한 방에서 식구들과 함께 사모바르를 둘러싸고 앉아 있겠지. 그러면 얼마나 따뜻하고 편하고 기분이 좋을까. 지금 달려가서 어머니를 으스러지도록 힘껏 끌어안으면 어떨까……. 이런 생각 저런 생각 두서없이 하고 있다 보면, 슬픔의 눈물이 가슴 가득히 괴어와서 남몰래 소리를 죽여 가며 울기 시작한다. 따라서 단어 같은 것이 머릿속에 들어갈 리가 없다.

내일 배울 과목의 예습을 못했으니 밤새도록 꿈속에는 선생님이며 학생들이 나타난다. 그리고 밤새도록 꿈속에서 자습을 한다. 그러나 이튿날에는 한 가지도 머리에 들어 있는 것이 없다. 나는 벌로 마룻바닥에 꿇어앉아 있어야 하고, 식사는 한 접시밖에 받지 못한다. 그래서 나는 몹시 기가 죽어 침울한 인간이 되어 버리고 말았던 것이다. 처음에는 다른 여학생들이 모두 나를 놀려대고, 공연히 집적거리고, 책을 읽을 때 훼방을 놓고, 식사나 차를 마시러 줄지어 갈 때는 꼬집어뜯고, 하잘 것 없고 터무니없는 일들을 일일이 사감한테 고해바쳐서 나를 못 살게 굴었다.

그 대신 토요일 저녁, 유모가 나를 데리러 올 때의 기뿜이란 도저히 말로 표현할 수 없는 것이었다. 나는 기쁨에 어쩔 줄 몰라 늙은 유모를 힘껏 끌어안곤 했다. 유모는 춥지 않도록 내게 두터운 외출복을 껴입혀 준다. 그리고 한시 바삐 집으로 달려가고 싶은 내 뒤를 어슬렁거리며 겨우 쫓아온다. 나는 유모에게 그 동안 밀렸던 여러 가지 이야기를 쉴새없이 지껄인다.

그래서 나는 즐겁고 활발한 계집애가 되어 집에 다다른다. 마치 10년간이나 떨어져 있었던 것처럼, 집안 식구들을 힘껏 끌어안는다. 여러 가지 이야기가 오가고 서로 인사 말을 주고받는다. 식구들의 얼굴에는 웃음이 피고, 명랑한 웃음소리가 공기를 흔든다. 나는 이리저리 뛰어다니며 껑충껑충 뛰논다. 그 다음, 아버지와 '엄숙한' 담화를 한다. 학과에 대하여, 우리 학교 선생님들에 대하여, 프랑스 어에 대하여, 로몬드의 문법책에 대하여 이야기하는 것이다. 그리고 온 집안 식구가 모두 즐거워하고 만족해 했다. 그때 그 순간을 회상하면 지금도 내 마음은 즐겁게 설렌다. 나는 있는 힘을 다하여 열심히 공부해서 아버지를 기쁘게 해드리려고 애썼다. 아버지가 나를 위해 마지막 한 푼까지 톡톡 털어 버리고, 당신 자신은 상상조차 할 수 없는 곤궁 속에서 허덕이고 있다는 것을 잘 알고 있었던 것이다.

아버지는 날이 갈수록 더욱 침울하고 시무룩해져서 사소한 일에도 화를 내곤 했다. 성격이 몹시 거칠어졌다. 사업이 뜻대로 되지 않았고, 빚이 산더미처럼 쌓여 있었기 때문이다. 어머니는 아버지가 분통을 터뜨릴까 봐 무서워서 눈물조차 보이지 못했고, 말 한마디 제대로 하지 못했다. 그러다가 끝내 병이 걸리고 말았다. 얼굴은 점점 수척해 가고, 이상한 기침까지 쿨룩쿨룩하게 되었다. 기숙 학교에서 집에 돌아와 보면, 언제나 슬픈 얼굴들만이 기다리고 있었다. 어머니는 혼자서 울고 있고, 아버지는 잔뜩 화가 나 있었다. 꾸중 섞인 푸념이 시작된다. 아버지는 내게, 너는 우리에게 손톱만한 기쁨도 위안도 주지 않는다, 우리는 너를 위해 마지막 남은 동전 한 푼까지 몽땅 털어 바쳤는데 너는 여지껏 프랑스 말조차 못 하지 않느냐, 하면서 호되게 꾸짖는다. 한 마디로 말해서 온갖 실패와 불행의 원인을 전부 나와 어머니에게 뒤집어씌우는 것이다. 그러나 그 가엾은 어머니를 어쩌면 그렇게 괴롭힐 수 있었을까? 어머니를 보면 나는 정말 가슴이 터질 것 같았다. 뺨은 홀쭉하게 여위고 눈은 움푹 들어가고 얼굴에는 폐병 환자에게서만 볼 수 있는 불그레한 빛이 나타나 있었다.

나는 누구보다도 제일 많이 아버지의 성화를 받았다. 처음에는 대수롭지 않은 말부터 꺼내기 시작하지만, 그 다음에는 무슨 말이 튀어나올지 짐작조차 할 수 없었다. 나는 무엇 때문에 내가 꾸중을 듣고 있는지 알 수 없을 때가 종종 있었다. 내가 잘못한 것이 무엇이란 말인가! 프랑스 말도 제대로 못 하니 너는 밥통이라느니, 네 학교 교장은 직무에 태만하고 어리석은 여자라느니, 그 여자는 학생들의 품행에 대해 전혀 무관심하다느니, 너는 아직도 일자리를 구하지 못하고 있다느니, 로몬드 문법책은 도대체 돼먹지 않았으며 그것보다는 자폴리스키의 책이 훨씬 좋다느니, 너 때문에 공연히 돈만 많이 썼다느니, 너는 돌덩어리처럼 냉정한 계집애라느니……. 가엾게도 나는 죽을 힘을 다해서 프랑스 말 회화와 단어를 외우려고 애를 쓰는데도 결국에 가서는 모든 잘못과 모든 책임이 내게 있는 것처럼 꾸중을 들어야 했다! 그러나 아버지가 나를 사랑하지 않기 때문에 그러는 것은 아니었다. 아버지는 나와 어머니를 더없이 사랑하고 있었지만, 성격이 그렇기 때문에 어쩔 수 없었던 것이다.

여러 가지 근심과 비애와 실패가 이 가엾은 아버지에게 극심한 타격을 주었다. 아버지는 의심이 많아지고, 걸핏하면 짜증만 내게 되었다. 깊은 절망 속을 헤매는 일이 한두 번이 아니었고, 자신의 몸도 돌보지 않았다. 그러다가 감기가 걸려서 갑자기 자리에 누워 버렸다. 그리고 불과 얼마 앓지도 않고 홀연히 세상을 떠나고 말았다. 너무나 급작스러운 일이었으므로, 우리는 그후 며칠 동안 그저 멍하니 정신을 잃고 있었다.

어머니는 완전히 얼빠진 사람처럼 되어 버렸다. 나는 어머니가 정말 정신을 잃어버리지 않았나, 의심하기까지 했다. 아버지가 돌아가시기가 무섭게 마치 땅 속에서 솟아난 것처럼 사방에서 빚쟁이들이 튀어나와 떼를 지어 몰려들었다. 집에 있는 가재 도구며 물건들을 우리는 몽땅 내주었다. 이곳에 이사와서 반 년이 지난 후, 아버지가 마련한 페테르부르크스카야 구(區)의 조그마한 집도 남의 손으로 넘어가 버렸다. 그밖의 나머지 물건들은 어떻게 처분했는지 모르지만, 어쨌든 우리는 집도 없고, 의지할 데도 없고, 먹을 양식조차 없는 신세가 되고 말았다. 어머니는 심한 병고에 신음하고 있었다. 우리는 입에 풀칠도 할 수가 없었으며 앞으로 살아나갈 방도가 막연했다. 우리 앞길엔 멸망이 기다리고 있을 뿐이었다. 나는 그때 겨우 만 열네 살밖에 안 되었다.

　바로 그때, 안나 표도로브나가 우리를 찾아온 것이다. 그 여자는 늘 입버릇처럼, 자기는 여자 지주(地主)이고, 우리들의 친척뻘이 되는 사람이라고 했다. 어머니도 역시 그 여자가 우리 친척이기는 하지만, 아주 촌수가 멀다는 말을 했다. 아버지가 생존해 계실 때에 그 여자는 우리와 아주 발길을 끊고 있었다. 그러던 것이 이제야 불쑥 나타나서 눈물을 보이며 진심으로 우리를 동정한다는 것이었다. 우리 집의 몰락과 불우한 형편을 마치 자기 일처럼 슬퍼하며 모든 것이 아버지의 잘못이라고 말했다. 아버지가 분에 넘치는 생활을 해서 함부로 빚을 짊어진 것이라느니, 자기 힘만을 지나치게 믿었기 때문이라느니 하는 말도 했다. 그리고 그 여자는 우리와 좀더 다정하게 지내고 싶다고 하며, 지금까지의 불쾌한 일들을 서로 깨끗이 씻어 버리자고 제의했다. 어머니가 이쪽에서는 조금도 그 여자에 대해 좋지 않게 생각한 적이 없다고 했더니, 그 여자는 눈물을 흘리며 어머니를 교회로 데리고 가서 사랑하는 이(그 여자는 아버지를 이렇게 불렀다)를 위해 진혼미사를 드려 주었다. 그리하여 그 여자는 어머니와 정식으로 화해하였다.

장황한 서론과 설명을 늘어놓고 나서, 안나 표도로브나는 우리의 빈곤한 형편, 아무 데도 의지할 곳 없는 처지, 앞으로 살아나갈 가망도 능력도 없다는 점을 과장해서 떠벌리더니, 자기 집에 와 있도록 하라고 우리를 청했다. 그 여자의 말을 빌린다면, 자기 집에 와서 '피신해 있으라'는 것이었다. 어머니는 감사하다는 말을 했으나, 당장 그 문제를 정하지는 못했다. 그렇지만 어쩔 수도 없는 형편이었고, 달리 난관을 뚫고 나갈 아무런 방법도 없었기 때문에 마침내 안나 표도로브나에게 그녀의 호의를 고맙게 받아들이겠다고 했다.

우리가 페테르부르크스카야 구(區)에서 바실리예프스키 오스트로프로 이사해 간 그날 아침의 일이 지금도 기억에 새롭다. 하늘이 맑게 개어 공기가 건조하고 서리가 하얗게 내린 가을 아침이었다. 어머니는 울고 있었다. 나는 그저 슬프기만 했다. 가슴이 터질 것만 같았다. 무엇이라 이름지을 수 없는 깊은 우수가 가슴을 조였다……그때처럼 마음이 쓰라린 적은 정말 없었다…….

2

 처음 얼마 동안, 즉 나와 어머니가 새로운 환경에 완전히 익숙해지기까지 어머니와 나는 안나 표도로브나네 집에 있는 것이 어쩐지 거북하고 서먹서먹했다. 바실리예프스키 오스트로프 6가(街)에 있는 그 집은, 그 여자 자신의 소유로 돼 있었다. 거처할 수 있는 방이 전부 다섯 개밖에 없었는데, 그 중 세 개는 안나 표도로브나가 나의 사촌동생뻘이 되는 사샤와 함께 사용하고 있었다. 안나 표도로브나는 아버지도 어머니도 없는 고아 사샤를 데려다가 양육하고 있었던 것이다. 그 다음 방 한 칸을 우리가 쓰고, 우리 방과 나란히 붙어 있는 제일 끝 방에는 포크로프스키라는 가난한 대학생이 하숙하고 있었다.

 안나 표도로브나는 생각했던 것보다 훨씬 부유하고 훌륭하게 살고 있었다. 그러나 그 여자의 재산이 얼마나 되는지는 그 여자의 직업을 알 수 없는 것처럼 수수께끼였다. 언제나 분주하게 쫓아다녔고, 무슨 일이 그리 많은지 하루에도 몇 번씩 마차를 타거나 그렇지 않으면 걸어서 외출했다가 돌아오곤 했다. 그러나 무슨 일을 하고 있는 것인지, 무엇 때문에, 무엇을 하느라고 그렇게 분주한지 나는 전혀 짐작조차 할 수 없었다. 그 여자는 여러 방면으로 교제가 넓었다. 쉴새없이 손님들이 찾아왔으나, 도대체 무엇을 하는 사람인지, 무슨 일로 찾아오는지 언제나 잠깐 나타났다가는 금방 돌아가 버리곤 했다.

어머니는 현관에서 초인종 소리가 들리기만 하면, 나를 우리 방으로 데리고 들어갔다. 안나 표도로브나는 거기에 대해서 어머니에게 몹시 화를 내며 당신네들은 너무 거만하다, 제 분수도 모르고 거드름만 피우려 든다, 도대체 그렇게 잘난 체할 이유가 어디 있느냐고 마구 욕지거리를 퍼부으면서 몇 시간이나 입을 다물지 않았다. 나는 그때만 해도 무엇 때문에 우리에게 거만하다는 욕을 하는지 그 뜻을 알 수 없었다. 또 어째서 어머니가 안나 표도로브나네 집으로 들어오는 것을 그처럼 망설였는지 그것도 역시 똑똑히 몰랐으나, 이제 와서야 겨우 깨닫게 되었다. 아니, 깨달았다기보다 적어도 짐작할 수 있게 되었다고 하는 편이 옳을지도 모른다.

 어쨌든 안나 표도로브나는 못된 여자였다. 한시도 우리를 괴롭히지 않는 때가 없었다. 그러한 여자가 어째서 우리들을 자기 집에 들어와 있으라고 했는지, 아직도 내게는 수수께끼로 남아 있다. 처음에 그 여자는 우리에게 제법 상냥하게 굴었지만, 차차 우리가 올데 갈데 없이 그야말로 무의무탁한 신세라는 것을 알고 나서부터는 대번에 그 본성을 노골적으로 나타냈다. 하기는 후에, 내게만은 굉장히 친절한 태도를 취하며 비굴하다 할 만큼 알랑거리게 되었지만, 그전까지는 나도 어머니와 꼭 같은 굴욕을 참아야 했다.

 그 여자는 줄곧 우리에게 베푼 은혜를 거듭 강조했다. 다른 사람들에게는, 자기 친척뻘 되는 가난하고 의지할 곳 없는 과부와 아비 없는 딸을 그리스도의 사랑과 같은 순전한 자비심에서 자기 집에 데려다가 먹여 주고 있다고 떠벌렸다. 식사 때에는 우리가 집어먹는 한점 한점의 음식에 감시의 눈을 번득였다. 그러면서도 우리가 사양하고 먹지 않는 일이 있으면 역시 큰 소동이 일어나는 것이었다. 당신네들은 사람을 업신여긴다, 배부른 흥정은 작작해라, 이만큼이라도 먹을 수 있으면 다행으로 생각해야지 제 집에 있을 땐 얼마나 잘 먹었다고 그러느냐…… 당장에 이런 소리가 나왔다. 또한 그 여자는 입만 떼는 날이면 언제나 아버지를 비난했다. 남보다 더 잘살아 보려고 너무 기를 쓰다가 오히려 남보다 못하게 되었다느니, 그 때문에 결국은 처자를 길거리에서 방황하게 만들었다느니, 만일 나 같은 기독교의 자비심을 가진 친척이 없었다면 어느 집 문전에서 굶어 죽고 말았을 것이라느니…… 닥치는 대로 하지 못하는 말이 없었다.

그런 소리를 듣는다는 것은 괴롭다기보다 오히려 구역질이 날 지경이었다. 어머니는 줄곧 눈물을 흘리고 있었다. 건강은 날이 갈수록 더욱 악화되었다. 틀림없는 폐병이었다. 그러면서도 어머니는 나와 함께 아침부터 밤늦게까지 열심히 삯바느질을 했다. 그것이 또 안나 표도로브나에게는 몹시 못마땅했던지, 이 집은 양장점이 아니라고 쉴새없이 투덜거렸다. 그렇지만 아무리 어려워도 역시 입을 것은 입어야 했고, 언제 일어날지 모르는 사고에 대비해서 약간의 돈이라도 저축해 둬야 했다. 자신의 돈을 반드시 조금이라도 가지고 있어야 했다. 우리는 저축할 수 있는 대로 저축해서 앞으로 어디로든지 따로 나가서 살 수 있게 되기를 바라고 있었다.

그러나 어머니는 힘든 일을 하느라고 얼마 남지도 않았던 마지막 기력마저 잃고 말았다. 하루하루 쇠약해져 갔다. 병마는 구더기처럼 어머니의 생명을 갉아먹으며 무덤 쪽으로 끌고 가는 것이었다. 나는 줄곧 그것을 보고 느꼈다. 나는 안타깝기만 했다. 이러한 모든 현상이 바로 내 눈앞에서 일어나고 있었던 것이다!

하루가 지나가고, 다시 하루가 지나가고…… 세월은 이렇게 자꾸 흘러갔지만, 어제나 오늘이나 조금도 변화가 없었다. 도시에 살고 있다고는 생각지도 못할 만큼 우리는 조용히 그날그날을 보냈다. 안나 표도로브나는 우리를 완전히 자기 손아귀에 넣었다고 스스로 인정하게 된 후부터는 차츰 조용해졌다. 하기는 그전에도 누구 한 사람 그 여자와 맞서려고 생각한 일은 절대로 없었지만……. 우리 방과 그 여자가 쓰고 있는 방 사이에는 복도가 가로놓여 있었다. 그리고 우리 방과 나란히 붙어 있는 옆방에는, 이미 말한 바와 같이 포크로프스키가 들어 있었다. 그는 사샤에게 프랑스 어, 독일어, 역사, 지리 등―안나 표도로브나의 말을 빌린다면, 모든 학문―을 가르쳐 주는 대가로 그 집에 거처하며 식사를 공짜로 얻어먹고 있었던 것이다.

사샤는 장난이 심하고 몹시 까부는 편이었지만, 아주

영리한 아이였다. 그때 그애는 열세 살이었다. 안나 표도로브나는 어머니에게, 당신 딸애도 여학교를 변변히 다니지 못했으니 함께 배우도록 하면 그리 해롭지 않을 것이라 했다. 어머니는 무척 반가워하며 그렇게 하기로 했다. 그래서 나는 사샤와 함께 만 1년 동안 포크로프스키에게서 배웠다.

포크로프스키는 말할 수 없이 가난한 청년이었고, 공부를 계속하기에는 첫째 그의 건강이 허락치 못할 만큼 몸이 약했다. 우리는 그저 습관적으로 그를 대학생이라고 부르고 있을 뿐이었다. 조용히, 얌전하게, 조심스럽게 살고 있었기 때문에 우리 방에서는 그가 있는지 없는지조차 모를 정도였다. 겉보기엔 정말 이상스러운 사람이었다. 걸음걸이도 이상스러웠고, 인사를 하는 것도 꼴불견이었고, 말씨도 아주 괴상했기 때문에 처음 그를 보았을 땐 웃음이 터져나와 견딜 수 없을 지경이었다. 사샤는 항상 그를 놀려댔다.

특히 그가 우리들에게 공부를 가르치고 있을 때는 더욱 심했다. 게다가 그는 성미가 몹시 급한 편이어서 언제나 화를 냈고, 별로 대단치 않은 일에도 새빨갛게 얼굴을 붉히며 버럭 고함을 치기도 하고, 이래 가지곤 못 하겠다고 투덜거리기도 했다. 수업을 채 끝내지도 않고 불끈 화가 나서 자기 방으로 들어가 버리는 일도 종종 있었다. 그는 자기 방에 틀어박혀서 며칠 동안이나 계속해서 책만 읽고 있곤 했다. 그는 굉장히 많은 책을 가지고 있었는데, 그것은 모두 값비싸고 구하기 어려운 책들뿐이었다. 우리 외에도 어디 다른 데서도 개인 교수를 하여 다소 보수를 받고 있었는데, 조금이라도 돈이 생기면 즉시 책을 사러 가는 것이었다.

날이 지남에 따라 나는 그를 더 잘 알게 되었고 더 가까이 사귀게 되었다. 내가 그때까지 만난 사람들 중에서 그는 가장 친절하고 훌륭한 인격자였다. 어머니는 그를 깊이 존경하고 있었다. 얼마 후, 내게는 그가 둘도 없이 가까운 벗이 되었다. 물론 이것은 어머니를 빼놓고 하는 말이지만.

처음 얼마 동안은 처녀가 다 된 나까지도 덩달아 사샤와 함께 그를 놀려댔다. 우리는 어떻게 하면 그를 화나게 할 수 있을까, 어떻게 하면 그의 분통을 터뜨리게 할 수 있을까, 하고 몇 시간씩이나 열심히 궁리하곤 했다. 그가 펄펄 뛰며 화를 내는 것처럼 우스운 일은 없었다. 우리는 그것이 말할 수 없이 재미있었던 것이다. (나는 그때 일을 생각만 해도 부끄럽다.)

언젠가 한 번은 무슨 일로 거의 울상이 되도록 그를 화나게 한 일이 있었다. 그때 그가 "정말 고약한 애들도 다 있군." 하고 중얼거리는 소리가 퍼뜩 귀에 들어왔다. 순간, 나는 몹시 당황했다. 부끄럽기도 하고 슬프기도 하고, 그가 불쌍하다는 생각도 들었다. 지금도 기억하고 있지만, 나는 귓불이 새빨개져서 금방 울음이 터져나올 것 같은 목소리로, 제발 화를 내지 말아 달라, 우리의 부질없는 장난을 나쁘게 해석하지 말아 달라고 그에게 애원했다. 그러나 그는 책을 덮어 버리고 수업 도중에 자기 방으로 돌아가 버리고 말았다. 나는 온종일 회한 속에 몸부림쳤다. 아직도 어린 우리의 잔인한 장난이 그를 놀려 눈물을 흘리게 했다고 생각하니 도저히 참고 견딜 수가 없었다. 그렇다, 말하자면 우리는 그가 눈물을 흘리기를 기다리고 있었던 것이다! 우리는 그러기를 바라고 있었고, 또 그의 분통을 터뜨리는 데 성공한 셈이었다. 우리는 그 불행하고 가난한 사람에게 자기의 가혹한 운명을 상기하지 않을 수 없도록 강요하지 않았던가! 나는 양심의 가책과 슬픔과 후회 때문에 하룻밤을 고스란히 뜬눈으로 새웠다. 뉘우침은 영혼을 한결 가볍게 해 준다는 말이 있다. 그러나 그와는 반대였다. 그때 나의 슬픔 속에는 얼마나 많은 자존심의 분자(分子)가 섞여 있었는지 모른다. 나는 그에게 어린아이 취급을 받고 싶지 않았던 것이다. 나는 이미 만 열다섯 살이었다.

그날부터 나는 어떻게 하면 나에 대한 포크로프스키의 감정을 변화시킬 수 있을까 하고 갖가지 계획을 세우며 혼자 애를 태우기 시작했다. 그러나 나는 갑자기 겁이 많고 수줍은 계집애가 되어 버렸다. 그 당시의 상태로는, 나는 아무런 행동도 결단성 있게 할 수 없었고, 다만 여러 가지 공상에 잠기는 데 불과했다. (그 공상이 어떠한 것이었는지는 하느님만이 알고 계실 것이다!) 그래서 사샤와 함께 장난하는 것만은 그만두어 버렸다. 따라서 그가 우리들에게 화를 내는 일도 없어졌지만, 그것만으로는 나의 자존심을 만족시키기에 불충분했다.

여기서 내가, 오늘날까지 만난 사람들 중에 가장 이상스럽고, 가장 흥미 있고, 가장 가엾은 사람의 이야기를 몇 마디 해야겠다. 그 사람 이야기를 내 수기의 이 대목에 와서야 말하는 것은, 그때까지는 그 사람에 대해 아무런 흥미도 느끼지 않았기 때문이다. 그러나 이제 그 사람, 포크로프스키 노인에게 나는 갑자기 깊은 관심을 갖게 되었다.

우리가 사는 집에 이따금 한 노인이 찾아왔다. 남루한 의복을 걸치고, 작은 몸집에 백발이 성성한, 굼벵이처럼 느리고 꼴사나운, 한 마디로 말해서 괴상하기 짝이 없는 노인이었다. 그를 보면 누구나 첫눈에, 그가 무엇인지 부끄러워하는 것 같은, 양심의 가책을 받고 있는 것 같은 인상을 받게 마련이었다. 그래서 그런지, 그는 언제나 이상하게 몸을 움츠리고 어딘지 거북살스러운 얼굴을 하고 있었다. 너무나 기묘한 모습을 하고 있었기 때문에 사람들은 그를 머리가 돌아 버린 사람이라고 단정할 지경이었다. 우리 집에 찾아와서는 언제나 현관 유리문 밖에서 머뭇거리며, 집 안으로 선뜻 들어서지를 못했다. 그러다가 우리들 중의 누가 ―나나, 사샤나, 하인이나― 하여간 친절하게 자기를 대해 줄 듯한 사람이 옆을 지나가면 곧 손을 흔들어 가까이 불러서는 여러 가지 손짓을 해보인다. 그리고 상대가 머리를 끄덕여 보일 때만; 즉 집 안에 아무도 다른 사람이 와 있지 않으니 들어오고 싶으면 마음대로 하라는 뜻의 신호를 해 보일 때만, 노인은 살그머니 문을 열고 얼굴에 미소를 띠며 매우 만족한 듯이 두 손을 비비면서 발뒤꿈치를 들고 곧장 포크로프스키의 방으로 걸어갔다. 이 노인은, 그의 아버지였던 것이다.

그후 나는 이 불쌍한 노인의 경력을 자세히 알게 되었다. 그는 한때 어느 관청에 근무한 일이 있었지만 이렇다 할 재능이 없는 사람이었으므로 가장 하잘 것 없는 말석을 차지하고 있었다. 첫 번째 아내(대학생인 포크로프스키의 어머니)가 죽자, 그는 곧 재취를 얻었다. 소시민 출신의 여자와 결혼했던 것이다. 새 아내가 들어오자, 집안이 온통 뒤집혀지고 말았다. 아무도 그 여자에게는 꼼짝도 못했다. 그 여자는 온 집안을 자기 손아귀에 넣어 버린 것이다. 대학생 포크로프스키는 그때 겨우 여남은 살밖에 안 된 어린아이였다. 계모는 그를 미워했다.

그러나 나이 어린 포크로프스키 소년에게 운명은 자비를 베풀어 주었다. 말단 관리인 아버지 포크로프스키를 잘 알고, 전에도 그에게 은혜를 베푼 일이 있는 브이코프라는 지주가 소년을 자기 집에 데려다가 어느 소학교에 넣어 준 것이다. 브이코프가 소년을 돌보아 주게 된 것은, 이미 세상을 떠난 소년의 어머니를 잘 알고 있었기 때문이다. 소년의 어머니는 처녀 시절에 안나 표도로브나의 은혜를 입은 일이 있었고, 또 그녀의 주선으로 관리인 포크로프스키와 결혼했던 것이다. 그때 안나 표도로브나의 친구며, 다정한 지기(知己)인 자비심 많은 브이코프 씨는 아주 큰 마음먹고 지참금으로 5천 루블이라는 돈을 이 신부(新婦)에게 주었다. 그 많은 돈이 어디로 날아가 버렸는지, 그것은 알 길이 없다. 이런 이야기는 모두 안나 표도로브나가 내게 말한 것이었다. 당사자인 대학생 포크로프스키는 자기 집안 이야기를 한 번도 입밖에 내려 하지 않았다. 그의 어머니는 보기 드문 미인이었다는데, 그렇다면 어째서 그런 보잘 것 없는 사내에게 어리석게도 시집을 갔는지 아무리 생각해도 이상한 일이었다. 그리고 그녀는 결혼한 지 5년 후 아직도 한창 나이에 세상을 떠나 버린 것이다.

포크로프스키는 소학교를 마친 다음, 어느 중학교에 들어가고 대학으로 진학했다. 브이코프 씨는 사흘이 멀다 하고 페테르부르크에 올라와서 그를 돌봐 주었다. 포크로프스키는 몸이 몹시 쇠약해져서 대학 과정을 계속할 수가 없게 되었다. 브이코프 씨는 그를 안나 표도로브나에게 소개하고 가정교사로 추천했다. 그리하여 젊은 포크로프스키는 사샤에게 필요한 공부는 무엇이든지 다 가르친다는 조건으로 이 집에 와서 살게 된 것이다.

아버지인 포크로프스키 노인은 후처의 학대에 못이겨 그 괴로움을 잊으려고 아주 못된 습관에 빠졌다. 그는 언제나 술에 취해 있었다. 마누라는 그를 때리기도 하고, 부엌에서 자라고 쫓아내기도 했다. 그리고 끝내는 남편이 그러한 학대와 매질에 익숙해져서 불평조차 늘어놓지 못하게 만들어 놓았다. 그는 아직 그렇게 늙은 나이는 아니었는데도, 못된 주벽 때문에 망령이 든 것 같았다. 그에게 남아 있는 인간적인 고상한 감정의 유일한 표상은 아들에 대한 무한한 애정이었다. 아들 포크로프스키는 죽은 어머니를 그대로 닮았다고들 했다. 착하고 친절했던 전처에 대한 추억이 일생을 망쳐 버린 노인의 가슴에, 아들에 대한 그처럼 무한한 애정을 불러일으켰던 것일까? 어쨌든 노인은 자기 아들 이야기 이외에는 아무런 이야기도 하지 못했다. 그리고 일주일에 두 번씩 꼭꼭 찾아왔다. 아들 포크로프스키는 아버지의 방문을 몹시 싫어했으므로, 더 자주 찾아올 수는 없었다. 아들의 결점 중에서 가장 큰 결점은 말할 것도 없이 아버지에 대한 존경심이 없다는 점이었다. 하기는, 이 노인이 아들에게 더할 나위 없이 밉살스러운 존재가 되는 일이 종종 있었다.

첫째, 그는 너무 지나치게 아들의 일을 캐고 들었다. 그 다음, 그는 아무 소용도 없는 이야기를 장황히 늘어 놓으며 쓸데없는 질문을 퍼부어 아들의 공부를 방해했다. 게다가 이따금 술이 곤드레만드레 취해 가지고 찾아오는 일도 있었다. 아들은 노인의 주벽과 캐묻는 버릇과 쉴새없이 지껄이는 버릇을 조금씩 고쳐 갔다. 나중에는 아버지가 자기의 말이라면 무엇이든 예언자의 말처럼 순종하고 자기의 허락 없이는 입도 떼지 못하도록 만들어 놓았다.

가엾은 노인은 아들인 페텐카(그는 아들을 이렇게 불렀다)에게 희로애락의 감정을 솔직히 나타낼 수가 없었다.

아들에게 찾아올 때는 언제나 근심스러운 것 같은, 겁을 집어먹은 것 같은 표정을 띠고 있었는데, 그것은 아들이 자기를 어떻게 맞아들일지 모르기 때문이었으리라. 그리고 집안에 성큼 들어서지 못하고 오랫동안 밖에서 우물쭈물하고 있기가 예사였다. 그럴 때 어쩌다 내가 나타나기만 하면 기다렸다는 듯이 나를 붙잡고 자그마치 20분 동안이나 여러 가지 질문을 퍼붓는 것이었다. 페텐카는 어떻게 지내고 있소? 몸은 성하오? 지금 기분은 어떻소? 무슨 중요한 일을 하고 있는 것은 아니오? 대체 지금 무엇을 하고 있소? 글을 쓰고 있소, 그렇지 않으면 무슨 생각에 잠겨 있소?……

내가 걱정할 건 없으니 안심하라고 격려해 주면, 그제야 노인은 아들 방에 들어갈 용기가 나서 조심조심 살그머니 문을 열고는 우선 목만 슬쩍 디민다. 그리고 아들이 화를 내지 않고 고개를 숙여 보이면 비로소 그는 조용히 방 안으로 들어가서는 외투를 벗고, 여기저기 구멍이 뚫어지고 가장자리가 닳아 떨어진데다가 언제나 구김살이 펴지지 않는 모자를 벗어서 못에다 건다. 모든 행동을 소리나지 않게 조용히 하는 것이다. 그러고 나서 눈치를 살펴 가며 한쪽에 놓인 의자에 걸터앉아 페텐카의 기분이 어떤지를 알아내려고 그에게서 눈을 떼지 않고 일거일동을 지켜 본다. 혹시 아들이 조금이라도 기분이 좋지 않은 기색이 엿보이면, 그는 곧 엉거주춤하고 일어서며 "나는 말이야, 페텐카, 그저 잠깐 앉았다가 가려고…… 어디 먼

데를 좀 갔다가 마침 이 앞을 지나게 돼서 좀 쉬어갈까 하고 들러 본 것뿐이야."라고 변명을 한다. 그리고 못에 걸었던 외투와 모자를 말없이 벗겨 들고 또다시 살그머니 문을 열고는, 가슴에 끓어오르는 슬픔을 아들에게 보이지 않으려고 억지로 미소를 띠며 쓸쓸히 나가 버리는 것이다.

그러나 혹시, 아들이 따뜻하게 대해 주는 일이 있으면 노인은 기뻐서 어쩔 줄 모른다. 만족의 빛이 그의 얼굴이며 몸짓이며 거동에 역력히 나타난다. 아들이 자기에게 말을 걸면, 노인은 언제나 의자에서 엉덩이를 쳐들고는 거의 상대방을 숭배하는 듯한 말투로, 결국은 가장 우스꽝스러운 표현이 되고 말지만 그래도 될 수 있는 한 그럴듯한 술어를 고르느라 애쓰며 낮은 목소리로 겸손하게 대답한다. 그렇지만 그는 원래가 말주변이 없는 사람이라 언제나 말이 헛나가서 당황한다. 그래도 어떻게 해서든지 다시 고쳐 말해 보려고 한참 동안 혼자서 대답할 말을 입속으로 중얼거린다. 그렇지만 어쩌다 한번 그럴 듯하게 대답할 수 있게 되면, 노인은 금방 가슴을 펴고 조끼며 넥타이며 프록코트의 맵시를 바로잡고 거드름을 피운다. 어떤 때는 용기를 얻어 대담하게도 슬쩍 자리에서 일어나 책장으로 가까이 가서 손에 닥치는 대로 아무 책이나 한 권 뽑아들고는, 그것이 무슨 책이든 간에 그 자리에서 줄줄 읽어 내려가는 일조차 있었다. 그는 일부러 아무렇지도 않다는 듯이 태연한 태도를 보이며 이런 짓을 하는 것이다. 마치 그것은, 자기도 아들의 책쯤은 마음대로 뽑아

볼 수 있다. 아들이 자기에게 친절히 대해 주는 것은 당연한 일이 아니냐 하는 듯한 태도였다. 그러나 나는 언젠가 한번 이 가련한 노인이, 아들 포크로프스키에게서 제발 책에 손을 대지 말아 달라는 나무람을 듣고 당황해하는 것을 목격한 일이 있었다. 그는 어찌할 바를 모르고 손에 들고 있던 책을 거꾸로 꽂았다. 그래서 그 책을 다시 제대로 꽂으려고 뒤집어 가지고 이번엔 책 귀퉁이를 밖으로 나오게 꽂아 놓았다. 노인은 겸연쩍은 웃음을 띠고 얼굴을 붉히며 어떻게 자기 죄과를 보상해야 좋을지 몰라 했다.

포크로프스키는 항상 아버지에게 충고하여 조금씩 악습(惡習)을 고쳐 가도록 했다. 그리고 아버지가 세 번 계속해서 술에 취하지 않고 맑은 정신으로 찾아오기만 하면 돌아갈 때 반드시 25카페이카나 50카페이카, 혹은 그 이상의 돈을 손에 쥐어 주었다. 또 어떤 때는 장화나 넥타이, 조끼 같은 것을 사주었다. 그러면 노인은 그러한 새 것을 몸에 걸치고 수탉처럼 우쭐거렸다.

그는 이따금 우리에게도 들렀다. 나와 사샤에게 닭이나 사과 모양으로 만든 과자 같은 것을 들고 와서는 처음부터 끝까지 페텐카 이야기만 늘어놓았다. 열심히 공부하며 말을 잘 들어 달라고 우리에게 부탁한다. 그러고는 페텐카는 착하고 모범적인 아들이고, 게다가 학식이 많은 놈이라고 덧붙인다. 이렇게 말할 때면, 왼쪽 눈을 깜박거려 보이며 우습고도 야릇하게 얼굴을 찌푸리곤 해서, 우리는 웃음이 터져나오는 것을 참지 못해 배를 끌어안고 깔깔거리며 웃어댔다. 어머니는 그를 무척 좋아했다. 그러나 노인은 안나 표도로브나를 미워하고 있었다. 물론 그녀의 앞에서는 그 이상 겸손하고 고분고분할 수가 없었지만.

얼마 후부터 나는 포크로프스키한테 배우는 것을 그만두고 말았다. 그는 여전히 나를 사샤와 똑 같은 철없는 어린아이로 생각하고 있었다. 그것이 내게는 몹시 괴로웠다. 나는 있는 힘을 다하여 이전의 나의 잘못을 씻으려고 노력하는 중이었기 때문이다. 그렇지만 그는 그러한 나의 마음속을 알아 주지 않았다. 그것이 내 마음을 더욱 초조하게 했다. 수업을 할 때 이외에는 나는 거의 포크로프스키와 말을 하지 않았다. 사실은 하고 싶어도 말을 꺼낼 수가 없었다. 금방 얼굴을 붉히며 당황해 버리고 마는 것이다. 그리고는 나중에 어느 구석에 틀어박혀 억울함에 못 이겨 혼자 훌쩍거리며 울곤 하였다.

만일, 어떤 이상한 사건이 일어나서 우리를 친밀하게 하는 데 도움을 주지 않았던들, 이러한 우리 사이가 어떤 상태로 끝났을지 알 수 없다. 어느 날 저녁, 어머니가 안나 표도로브나에게 가 있는 사이에 나는 살그머니 포크로프스키 방에 들어가 보았다. 그때 그가 방에 없다는 것을 알고 있으면서 무엇 때문에 내가 그 방에 들어갈 생각을 했는지 도무지 모를 일이다. 벌써 1년 이상이나 이웃에 살면서도 그때까지 나는 그 방을 들여다본 적이 한 도 없었다. 그때 나의 심장은 가슴에서 튀어나오려는 것처럼 펄떡펄떡 세차게 뛰었다. 나는 기이한 호기심을 가지고 주위를 둘러보았다. 포크로프스키의 방 안은 말할 수 없이 초라했다. 정돈도 되어 있지 않았다. 책상과 의자 위에는 서류가 너저분하게 쌓여 있었다. 눈에 보이는 것은 모두 서류와 책들뿐이었다!

순간 이상한 생각이 머리에 떠올랐다. 그와 동시에 어쩐지 억울한 것 같은, 안타까운 것 같은 불쾌감에 휩쓸려 들어갔다. 나의 우정도, 사랑으로 불타오르는 나의 심장도 그에게는 참으로 하잘 것 없는 것에 지나지 않을 것이라는 생각이 들었다. 그는 학식이 많은 사람인데, 나는 아무 것도 모르는 바보 같은 계집애다. 나는 책이라곤 읽어 본 일이 없다. 단 한 권도 읽어 본 일이 없지 않는가……. 나는 책 무게 때문에 밑으로 휘어진 기다린 선반을 질투의 눈으로 바라보았다. 울분과 비애와 그 어떤 노여움이 가슴속에서 끓어올랐다. 나는 그 방에 있는 책을 한 권도 빼놓지 않고 모두, 그것도 될 수 있는 대로 하루 빨리 읽어 버리고 싶다는 충동을 느꼈다. 그래서 당장에 그렇게 하기로 결심했다. 나는 그때 그가 알고 있는 것을 전부 배워서 알게 되면, 그와 더욱 친해질 수 있는 자격을 얻게 되는 것이라고 생각했었는지도 모른다. 어쨌든 나는 제일 가까운 책장으로 달려가서 조금도 망설이지 않고, 처음 손에 잡히는 먼지투성이가 된 낡은 책을 한 권 뽑아 들었다. 나는 흥분과 두려움에 떨며, 그 책을 우리 방으로 가져다가 밤에 어머니가 잠든 후에 촛대 옆에서 읽어 버리리라 마음먹었다.

그러나 방에 돌아와서 급히 책을 펼쳐 보고 나서 그것이 반쯤 썩고 좀이 먹은 낡아빠진 라틴 어 책이라는 것을 알았을 때, 나는 얼마나 원망스러웠는지 모른다. 나는 시간을 지체하지 않고 다시 포크로프스키의 방으로 갔다. 내가 막 그 책을 제자리에 꽂으려는데 복도에서 인기척이 나더니 누구인지 이쪽으로 가까이 오는 발소리가 들렸다. 나는 급히 서둘렀다. 그러나 그 얄미운 책은 동료들 사이에 간신히 꽂혀있었기 때문에, 내가 그것을 뽑아내자 나머지 책들이 그 자리를 빽빽하게 메워 버리고 이제는 자기들의 옛 친구가 다시 끼어들 여유를 주려 하지 않았다. 내게는 억지로 그 책을 꽂아 넣을 만한 힘이 없었다. 그러나 나는 있는 힘을 다해 선반 위의 책들을 양쪽으로 밀어냈다. 그러자 선반 끝에 박혀있던 녹슬고 썩은 못이, 일부러 이 순간을 기다리고 있었던 것처럼 부러져 버렸다. 선반 한쪽 끝이 밑으로 무너졌다. 책들이 무서운 소리를 내며 마루 위에 흩어져 내렸다. 이때 문이 열리며 포크로프스키가 방으로 들어왔던 것이다. 여기서 한 마디 미리 말해 둬야겠다. 즉, 포크로프스키는 누구를 막론하고 자기 물건에 손을 대면 참지 못하는 성격이었다. 그의 책을 함부로 만지다니, 그것은 정말 큰일날 짓이다! 크고 작고, 두껍고 얇고, 넓고 좁은 갖가지 책들이 한꺼번에 책장에서 무너져 내려 책상 밑이나 걸상 밑 할 것 없이 온 방 안에 흩어졌을 때, 나의 놀라움과 두려움은 어떠했으랴! 나는 달아나려고 했다. 그러나 이미 때는 늦었다. 이젠 마지막이다, 하고 나는 생각했다. 이젠 마지막이다! 파멸이다, 멸망이다! 열 살밖에 안 된 어린아이처럼 이런 못된 장난을 하다니, 이런 어리석은 일을 저지르다니! 아아, 나는 바보야, 나는 정말 바보야!

포크로프스키는 무섭게 화를 냈다.

"이게 무슨 짓이야, 내 참 기가 막혀서!" 하고 그는 고함을 쳤다. "부끄럽지도 않아, 이런 장난을 하다니! 그래, 언제나 철이 들려고 그러는 거야?"

그리고 그는 손수 책을 걷어 모으기 시작했다. 나는 함께 거들려고 몸을 굽혔다.

"그만둬요, 그만둬!" 그는 또다시 고함을 쳤다. "허락도 없이 남의 방에 들어오지 않았으면 이런 일도 없을 게 아니야!"

"……."

나의 공손한 태도에 어느 정도 마음이 누그러졌는지 언성을 낮추어, 얼마 전까지 보유하고 있던 가정교사의 자격을 활용하며 설교하는 어조로 말을 이었다.

"언제나 좀 얌전해지겠어, 응, 언제나 철이 들겠느냔 말이야? 한번 잘 반성해 봐. 젖먹이도 아니고 코흘리개 어린애도 아닌데. 이젠 열여섯 살이나 되지 않았어!"

이렇게 말하고, 그는 내가 이젠 어린아이가 아니란 것이 옳은지 어떤지를 확인해 보려는 생각에서였던지 새삼스럽게 나를 바라보았다. 그러자 그는 갑자기 귓불이 새빨갛게 얼굴을 붉혔다. 나는 무슨 영문인지 이해할 수 없었다. 나는 그의 앞에 선 채, 놀란 얼굴로 눈을 둥그렇게 뜨고 그를 바라보고만 있었다.

그는 벌떡 일어나더니 허둥지둥 내 곁으로 다가와서 무슨 말인지 이해할 수 없는 소리를 하기 시작했다. 아마도 내가 이렇게 자랄 대로 자란 처녀라는 것을 여지껏 모르고 있었다는 점을 사과하느라고 그랬는지도 모른다. 그러나 마침내 나는 퍼뜩 무엇인지를 깨달았다. 그 순간 내가 어떤 꼴을 하고 있었는지 그것은 기억에 없다. 다만 어쩔 줄을 몰라서 포크로프스키보다도 더욱 새빨갛게 되어 두 손으로 얼굴을 가리며 허겁지겁 그 방에서 달려나온 것이다.

나는 어쩌면 좋을지, 어디다 몸을 숨겨야 할지를 몰랐다. 남자 방에 함부로 들어간 것을 본인에게 들켰다는 사실, 그 한 가지만으로도 얼굴을 쳐들 수 없는 일이 아닌가! 나는 사흘 동안이나 그를 똑바로 바라볼 수 없었다. 울고 싶을 정도로 부끄럽고 또 부끄러웠다. 참으로 괴상야릇하고 참으로 우스꽝스러운 여러 가지 생각이 꼬리를 물고 머릿속에 떠올랐다. 그 중에서도 가장 엉뚱한 것은, 다시 그를 찾아가서 그의 오해를 풀고, 모든 것을 고백하고 숨김없이 나의 심정을 호소하여, 그러한 나의 행위가 어린 계집애의 어리석은 장난이 아니라 선의를 가지고 한 행동이었다는 것을 믿게 하려는 생각이었다. 나는 정말 찾아갈 생각이었으나 다행히도 용기가 부족했다. 그렇지만 않았던들, 나는 무슨 일을 저질렀을지 모른다! 지금도 그때 일을 회상하면 부끄럽기 짝이 없다.
 며칠 후에 어머니의 병환이 갑자기 악화되었다. 이틀 전부터 자리에서 일어나지 못하고 누워 있었는데, 사흘째 되던 날 밤에는 열이 몹시 나서 헛소리까지 하게 되었다. 나는 하룻밤을 뜬눈으로 새우며 어머니 머리맡에 앉아서 물도 권하고 정한 시간에 약도 드리며 병구완을 했다. 그러나 이튿날 밤이 되자, 나는 완전히 지쳐 버리고 말았다. 자꾸만 졸음이 오고 눈앞이 뿌옇게 되며 머리가 빙글빙글 돌았다. 나는 격심한 피로 때문에 금방이라도 쓰러질 것만 같았다. 그러나 어머니의 애처로운 신음 소리에 정신이 들어 부르르 몸을 떨며 잠에서 깼다. 하지만 얼마 안 가서 또다시 졸음이 나를 정복한다. 나는 고통스러웠다. 나는 어떻게 되었는지 모른다. 그리고 눈앞에 똑똑히 그려 볼 수도 없다. 그러나 어떤 무서운 꿈이, 등골이 오싹할 만큼 무서운 환영이 꿈과 현실이 자리를 바꾸려는 순간에 기진맥진한 나의 머릿속에 찾아든 것이다. 나는 공포 속에서 눈을 떴다. 방 안은 어두컴컴했다. 거의 다 타버린 촛불이 번쩍 하며 방 안을 환하게 밝히기도 하고, 어슴푸레하게 벽에 비치기도 하고, 그러다가는 아주 꺼져 버릴 듯이 가물거리기도 했다. 나는 왜 그런지 무서운 생각이 들었다. 공포가 나를 사로잡았다. 조금 전의 무서운 꿈이 나의 상상력을 더 한층 충동질했다. 비애가 내 심장을 짓눌렀다. 나는 의자에서 튀어 일어나 숨막힐 듯 괴롭고 무서운 감정에 못 이겨 저도 모르게 악! 하고 소리를 질렀다. 바로 그때, 문이 열리며 포크로프스키가 우리 방으로 들어온 것이다.

나는, 제정신으로 돌아왔을 때 그의 팔에 내가 안겨 있었다는 것만을 기억하고 있다. 그는 나를 조심스럽게 소파 위에 앉히고 이것저것 물어 보기 시작했다. 나는 그에게 뭐라고 대답했는지 모른다.

"몸이 편치 않으시군요. 당신 자신의 건강이 몹시 상했어요." 그는 내 손을 잡으며 말했다. "열이 있습니다. 자기 몸을 돌보지 않아도 분수가 있지, 이래 가지고는 스스로 자기를 죽이는 것이나 다름없지 않습니까. 자, 좀 쉬시오. 거기 누워서 한숨 자요. 두 시간 후에 내가 깨워 드릴 테니, 좀 쉬시오…… 자, 누우시오. 어서 누워요!"

이렇게 그는 한 마디도 대꾸할 여유를 주지 않고 말을 이었다. 피로가 나의 마지막 기력을 빼앗아 버렸다. 몸이 극도로 쇠약해서 눈이 저절로 감겼다. 그래서 나는 반 시간만 자기로 하고 소파에 몸을 기댄 것이 그만 그대로 자버리고 말았다. 포크로프스키는 어머니에게 약을 드릴 시간이 되어서야 나를 깨워 주었다.

이튿날, 나는 낮에 미리 좀 쉬어 두고 이번에는 절대로 졸지 않겠다고 굳게 결심하며 열한 시쯤 어머니 머리맡에 놓인 의자에 앉으려고 하는데, 포크로프스키가 방문을 노크했다. 나는 문을 열었다.

"혼자 앉아있기가 지루할 것 같아서." 하고 그는 말했다. "책을 한 권 가져 왔습니다. 읽어 보시오. 좀 덜 지루할 겁니다."

나는 책을 받았다. 그러나 그것이 어떠한 책이었는지 지금은 생각나지 않는다. 그날 밤, 나는 한잠도 자지 않았지만, 과연 그 책을 들여다보았는지는 매우 의심스럽다. 이상한 심적 흥분 때문에 조금도 졸리지 않았고, 한 곳에 가만히 앉아 있을 수도 없었다. 나는 몇 번이나 의자에서 일어나 방 안을 이리저리 돌아다녔다. 어떤 정신적인 만족이 나의 전신에 넘치고 있었다. 포크로프스키의 호의가 고맙기 그지없었다. 그가 나를 위로해 주고 염려해 준다는 것이 자랑스러웠다. 여러 가지 생각과 공상에 잠겨 나는 하룻밤을 고스란히 새웠다. 포크로프스키는 그날 밤 다시 찾아오지 않았지만, 나도 그가 오지 않으리라는 것은 알고 있었다. 내일 저녁엔 어떨까, 나는 그런 것을 상상해 보고 있었다.

그 다음 날 저녁, 집안이 모든 잠든 후에 포크로프스키는 자기 방 문을 열고 문턱에 선 채, 나와 이야기를 하기 시작했다. 그때 우리가 무슨 말을 주고받았는지 지금은 한 마디도 생각나지 않는다. 다만, 내가 갑자기 겁을 먹은 것처럼 말도 제대로 하지 못하고 자기 자신이 원망스러울 만큼 허둥거렸다는 것, 스스로 그것을 열망하고 하루 종일 그에 대해 공상하며 그 경우의 질문할 말과 대답할 말까지 미리 만들어 놓았는데도 왜 그런지 그 대화가 어서 끝나기만을 바라고 있었다는 것, 이런 것만을 기억하고 있을 뿐이다. 그날 밤에 우리의 친밀한 교제가 처음으로 시작된 것이다. 어머니가 병석에 누워 계시는 동안 우리는 매일 저녁 두세 시간씩 함께 지냈다. 나는 차차 부끄럼을 덜 타게 되었다. 그러나 그와 이야기한 후에는 언제나 무엇인지 미진한 점이 남아 있는 것 같은 기분이었다. 하지만 그가, 책 선반이 떨어졌던 그 창피스러운 사건을 나의 체면을 생각해서 입밖에 내지 않고 있다는 것을 알았을 때, 나는 은근한 기쁨과 자랑스러운 만족을 느꼈다.

하루는 농담 비슷한 말을 주고받다가 우연히 책이 선반에서 떨어졌던 이야기가 나왔다. 참으로 이상한 순간이었다. 어째서 그렇게 되었는지, 나는 '지나칠 만큼' 허물없고 솔직한 마음이 들었다. 정열과 기이한 환희가 나를 부추겼다. 그래서 나는 그에게 모든 것을 고백하고 만 것이다. 나는 책을 읽고 무엇이든지 좀더 알고 싶었어요. 나는 아직도 내가 어린애 취급을 받는 것이 정말 원통했어요……라고. 다시 말하자면, 그때 나는 정말 이상한 정신 상태에 있었다. 심장 속에선 달콤하고 잔잔한 감정이 물결치고, 눈에는 글썽하게 눈물이 솟아올랐다. 나는 아무것도 숨기려 하지 않았다. 나는 모든 것을 그에게 고백했다. 그에게 품고 있는 우정을, 그리고 그를 사랑하며 그와 한 마음이 되어 살고, 그를 위로하며 섬기고 싶은 나의 간절한 염원을. 그는 당황과 놀람이 뒤섞인 이상한 표정으로 나를 바라보고는 한 마디 대꾸도 하지 않았다. 나는 갑자기 말할 수 없이 괴롭고 슬픈 마음이 들었다. 그는 내 말을 이해하지 못한다, 어쩌면 나를 비웃고 있는지도 모른다, 이렇게 생각되었기 때문이다.

나는 마치 어린아이처럼 울음을 터뜨렸다. 마치 어떤 발작을 일으킨 듯이 자기 자신을 억제하지 못하고 엉엉 소리를 내며 울었다. 그는 내 손을 잡더니 거기다 입을 맞추고는, 자기 가슴에 가져다가 꼭 누르며 순순히 타이르는 말투로 여러 가지 위로의 말을 했다. 그는 몹시 감동하고 있었다. 그때 그가 무슨 말을 했는지, 그것은 기억에 없다. 그저 나는 울다가는 웃고, 웃다가는 다시 울며 얼굴을 붉힌 채 너무나 기뻐서 말을 할 수조차 없었다. 그러나 나는 몹시 흥분해 있었음에도 불구하고, 포크로프스키에게 여전히 동요와 자제의 빛이 남아 있는 것을 알아차릴 수 있었다.

그는 나의 열정에, 미칠 것 같은 나의 환희에, 아닌 밤중에 홍두깨격인 불길처럼 타오르는 나의 우정에 이만저만 놀라지 않은 모양이었다. 아마도 처음에는 가벼운 흥미를 일으킨 데 지나지 않았을 것이다. 그러나 얼마 후에 그와 같은 미적지근한 태도는 사라져 버렸다. 그리고 그도 역시 나처럼 순수하고 솔직한 심정으로 나의 애정과 다정한 말과 정성 어린 배려를 받아 주게 되었다. 그는 둘도 없는 성실한 친구처럼, 피를 나눈 친오빠처럼 나를 대해 주게 된 것이다. 나의 심장은 얼마나 따뜻했는지 모른다. 그리고 얼마나 흡족했는지 모른다! 나는 무슨 일이든지 털끝만큼도 그에게 감추려 하지 않았다. 그도 그 점을 잘 알고 있었다. 따라서 그는 날이 갈수록 더욱더 내게 마음을 기울이게 되었다.

그렇지만 솔직히 말하면, 가늘게 떠는 촛불 밑에서, 더욱이 병든 어머니의 머리맡이나 다름없는 곳에서 밤마다 만나, 그 괴롭고도 달콤한 시간에 우리들이 무슨 이야기를 주고받았는지 지금은 하나도 기억에 남는 것이 없다. 어쨌든 머리에 떠오르는 것, 심장에서 넘쳐 흐르는 것, 말하고 싶다고 생각한 것은 가리지 않고 무엇이든지 이야기한 것만은 틀림없다.

그리고 우리는 거의 행복에 취해 있었던 것이다. 아아, 그것은 정말 슬프고도 즐거운 시간이었다. 슬픔과 기쁨, 이 두 가지가 언제나 한데 뒤섞여 범벅이 되어 있었다. 지금도 나는 그때 일을 회상하면 슬픈 것 같은, 즐거운 것 같은 이상한 기분이 든다. 추억이란 즐거운 것이나 슬픈 것이나 항상 괴롭기만 한 법이다. 적어도 내게는 그렇게 생각된다. 그 대신 그 괴로움조차 감미롭기 짝이 없다. 마음이 무겁고 아프고 권태를 느끼고 슬플 때, 추억은 그러한 내 마음을 소생시켜 주며 생생하게 해준다. 그것은 마치, 촉촉한 저녁 이슬방울이 한낮의 더위에 타고 시든 가냘픈 화초를 생생하게 소생시켜 주는 것과도 같다.

어머니의 건강은 차츰 회복되어 갔지만 나는 계속해서 밤마다 그 머리맡에 앉아 있었다. 포크로프스키는 자주 여러 가지 책을 갖다 주었다. 처음에 나는 그 책을 다만 졸지 않으려는 생각에서 읽기 시작했을 뿐이었는데, 어느덧 점점 흥미를 가지고 읽게 되었고, 나중에는 미친 듯이 독서에 열중하였다. 나는 갑자기 눈이 뜬 것처럼, 여지껏 전혀 모르고 있던 새로운 세계를 바라볼 수 있게 되었다. 새로운 여러 가지 사상, 여러 가지 인상이 넘쳐 흐르는 물결처럼 한꺼번에 내 가슴으로 밀려왔다. 그리고 그러한 새로운 인상을 받아들이기가 힘들면 힘들수록, 마음속의 동요와 혼란이 심하면 심할수록 그것은 내게 더욱 소중하게 여겨졌고, 더욱 상쾌하게 내 영혼을 뒤흔들어 주었다. 그것은 한꺼번에 내 가슴에 몰려와서 숨도 쉴 수 없게 했다. 일종의 기이한 혼돈 상태에 빠져, 나는 갈피를 못 잡고 허우적거렸다. 그렇지만 이러한 정신적인 강박(強迫)도 나를 완전히 뒤집어 엎어버릴 만한 힘은 없었다. 나는 너무나 공상을 좋아했다. 그리고 그것이 나를 구해 준 것이다.

어머니의 병환이 회복되자, 우리는 밤마다 만나서 오랫동안 이야기를 주고받을 수 없게 되었다. 그러나 이따금 몇 마디씩 짤막한 대화를 가질 수는 있었다. 그것도 대개 별다른 뜻도 없는 평범한 말이었지만, 그래도 나는 그 한 마디 한 마디에 제멋대로 의미를 부여하고, 그 어떤 함축성 있는 특별한 가치를 부여하여 마음속으로 혼자서 기뻐하곤 했다. 나의 생활은 흡족했다. 나는 행복했다. 조용하고 평온하고 즐거웠다. 이렇게 몇 주일이 꿈결같이 지나갔다.

어느 날, 포크로프스키 아버지가 우리 방에 들렀다. 그는 상당히 오랫동안 우리와 이것저것 여러 가지 이야기를 했는데, 전에 없이 희색이 만면하여 신이 나서 떠들어댔다. 그리고 딴에는 우스운 소리를 한답시고 계속 지껄이며 벙글거리고 있었다. 그는 나중에 가서야 자기가 즐거워하는 원인을 우리에게 밝혔다. 앞으로 일주일만 있으면 페텐카의 생일인데, 그때는 자기도 틀림없이 아들에게 찾아오겠다, 새로 맞춘 조끼를 입고 오겠다, 그리고 자기 마누라가 새 장화도 한 켤레 사주겠다고 약속했으니까 그것을 신고 오겠다, 그렇게 말했다. 한 마디로 말해서 노인은 하늘에라도 올라갈 듯이 행복했고, 그래서 머리에 떠오르는 것이면 무슨 말이나 가리지 않고 모두 늘어놓고 돌아간 것이다.

포크로프스키의 생일! 그 생각은 밤낮으로 내게 마음의 안정을 주지 않았다. 나는 포크로프스키에 대한 우정의 기념으로 무엇이든지 꼭 선물을 주어야겠다고 결심했다. 그러나 무엇을 선물하면 좋을까? 여러 가지로 궁리해 본 결과, 나는 그에게 책을 선물하기로 했다. 나는 그가 새로 나온 푸슈킨 전집을 갖고 싶어하는 것을 알고 있었기 때문에 그것을 사기로 결심했다. 나는 삯바느질로 번 돈을 30루블 가지고 있었다. 그것은 새 옷을 한 벌 맞추려고 따로 모아 둔 돈이었다. 나는 곧 식모로 있는 마트료나 할멈을 보내서 푸슈킨 전집의 값을 알아보게 했다. 그러나 전집은 전부 열한 권에 제본값을 합하면 적어도 60루블은 있어야 한다니 이 일을 어쩌면 좋단 말인가! 어디서 돈을 구할 수 없을까 하고 아무리 궁리해 봐도 뾰족한 수가 없었다. 그렇다고 어머니에게 손을 내밀기는 싫었다. 물론 어머니는 내 부탁을 들어주시겠지만, 그렇게 되면 집안 사람들이 모두 내가 선물을 준 것을 알게 될 것이다. 더욱이 그 선물은 포크로프스키가 가르쳐 준 노고에 대한 예물이 되어 버린다. 말하자면 그에 대한 보수처럼 되어 버린다. 나는 아무도 모르게 나 한 사람만의 선물을 주고 싶었던 것이다. 그리고 나를 가르쳐 준 데 대한 그의 은혜는 나의 진실한 우정 이외에는 아무 것으로도 갚을 길 없는 영원한 부채로 마음속에 남겨 두고 싶었던 것이다. 마침내 나는 곤경을 뚫고 나갈 묘안을 생각해 냈다.

고스치니 드보르에 있는 헌책 장수에게 가서 에누리만 잘하면 가끔 거의 새것이나 다름없는, 손때 묻지 않은 책을 보통 정가의 반값 정도로 살 수 있다는 것을 알고 있었다. 그래서 나는 고스치니 드보르에 꼭 가보리라 마음먹었다. 그러던 차에 마침 좋은 기회가 찾아왔다. 다름 아니라 우리에게도, 안나 표도로브나에게도 그 이튿날 중으로 거기에 꼭 가 봐야 할 일이 생겼는데, 어머니는 아직도 건강이 완전히 회복되지 않았다. 더욱이 일이 잘되느라고 안나 표도로브나까지 가기 싫어했기 때문에 내가 심부름을 가지 않으면 안 되게 되었다. 나는 마트료나를 데리고 집을 나섰다.

다행히도 푸슈킨 전집은 금방 찾아낼 수 있었고, 게다가 아주 훌륭한 장정(裝幀)이었다. 나는 흥정을 하기 시작했다. 처음에는 새 책을 파는 것보다도 더 비싸게 불렀다. 그러나 몇 번이나 그냥 돌아가 버릴 듯한 시늉까지 해보이며 무척 애를 써서 결국 은화로 10루블이면 팔겠다는 데까지 이르렀다. 책값을 자꾸 깎아 내리는 것이 얼마나 재미있었는지 모른다! 가엾게도 식모 마트료나는 내가 도대체 무엇을 하는 건지, 무엇 때문에 내가 그렇게 많은 책을 사려는 건지 전혀 이해할 수 없는 모양이었다. 그렇지만 어쩌면 좋단 말인가! 나의 전재산은 지폐로 30루블밖에 없는데, 책 장수는 절대로 그 이상 값을 깎을 수 없다고 딱 잡아떼는 것이 아닌가. 나는 그에게 사정하기 시작했다. 애원을 거듭하다 나중에는 빌다시피 하며 부탁했다.

그래서 그는 다시 깎아 주었지만, 겨우 2루블 반밖엔 내리지 않았다. 그러면서 그는, 당신이니까, 당신처럼 어여쁜 아가씨니까 특히 이렇게 헐값으로 내드리려는 것이지, 다른 손님 같으면 절대로 어림도 없는 일이라고 생색을 냈다. 그러나 아직도 2루블 반이 모자라지 않는가! 나는 슬프고 안타까워서 금방 울음이 터질 것 같았다. 그런데 그때 전혀 뜻하지 않은 일이 나를 슬픔 속에서 구해 주었다.

내가 흥정하고 있는 데에서 얼마 떨어지지 않은 다른 노점 앞에 포크로프스키 노인이 서 있는 것을 발견했다. 노인의 주위에는 너댓 명의 헌 책 장수들이 옹기종기 몰려 있었다. 노인은 그들에게 붙들려 어찌할 바를 모르고 있는 것 같았다. 그들은 제각기 자기 물건을 내밀었다.

그들이 내미는 책도 한정이 없었고, 또 노인이 사고 싶은 책도 한정이 없었다. 가엾게도 노인은 그들 가운데서 얼빠진 사람처럼 멍청히 선 채, 자기에게 내미는 책 가운데서 어느 것을 골라잡아야 할지 모르고 있었다.

나는 노인의 곁으로 가서, 여기서 뭘 하고 있느냐고 물어 보았다. 그는 나를 무척 반가워했다. 노인은 페텐카를 사랑하는 것에 못지않게 나를 좋아하고 있었던 것이다.

"지금 책을 사려고 하는 참이라우, 바르바라 알렉세예브나." 하고 그는 대답했다. "페텐카한테 책을 사주려는 거지요. 그애 생일이 며칠 안 남았는데, 그앤 책을 좋아하니까, 그래서 내가 책을 사주려고요……."

노인이 무엇을 설명하는 꼴은 여느 때도 우습기 짝이 없었지만, 그날은 몹시 어리둥절해 있었기 때문에 더욱 말이 아니었다. 어느 책을 들고 값을 물어 보아도 모두 은화 1루블이나 2루블이 아니면 3루블쯤은 했다. 그래서 그는 아예 부피가 큰 책은 흥정해 볼 생각도 못 하고 원망스러운 듯이 그저 바라보거나, 손가락으로 책장을 들추어 보거나, 손에 들고 이리저리 돌리며 겉만 살펴보다가는 다시 제자리에 꽂아 놓곤 했다.

"이렇게 비싸서야 어디 살 수 있나." 하고 그는 입속말로 중얼거렸다. "그러나 이쪽에는 혹시 적당한 놈이 있을 듯도 하군."

이렇게 말하며, 이번에는 얄팍한 잡지며 가곡집이며 달력 따위를 뒤적이기 시작했다. 그런 것들은 모두 값이 몇 푼 나가지 않았다.

"그렇지만, 그런 건 사서 뭘 하시겠어요?" 하고 나는 물었다. "쓸 만한 건 하나도 없을 거에요."

"아니, 그렇지도 않아." 하고 노인은 대답했다. "그렇지 않아요. 한번 잘 보시우, 여기 있는 책은 모두 좋은 책뿐이라니까. 아주 썩 좋은 책들이 많답니다!"

그는 마지막 한 마디를 구슬프게 노래라도 부르는 것처럼 길게 뽑았다. 왜 좋은 책은 모두 이렇게 값이 비쌀까 하고 원망스럽게 생각하는 나머지 금방 울음을 터뜨릴 것 같은, 금방 눈물이 그 창백한 뺨에서 붉은 코끝으로 떨어질 것만 같은, 그렇게 애처로운 목소리였다. 나는 돈을 얼마나 가지고 있느냐고 물었다.

"자, 보시구려." 하며 불쌍한 노인은 헌 신문지에 싼 자기 돈을 몽땅 내보였다. "50카페이카짜리 은전 한 닢하고, 그 다음에 동전이 한 20카페이카쯤 될 거요."

나는 곧 내가 책을 사려던 곳으로 노인을 끌고 갔다.

"그런데요, 여기 있는 이 책 말이에요, 전부 열한 권에 32루블 50카페이카밖엔 안 해요. 내게 30루블은 있으니까, 아저씨가 나머지 2루블 반만 내주시지 않겠어요? 우리 이 책을 전부 사가지고 둘이서 함께 선물하기로 해요."

노인은 좋아서 어쩔 줄 모르며 자기가 가지고 있는 돈을 몽땅 털어 내놓았다. 책 장수는 우리가 돈을 모아서 산 전집을 노인에게 내주었다. 노인은 그 책들을 호주머니란 호주머니에 모조리 한 권씩 쑤셔 넣고, 두 손에 들

수 있는 대로 들고는 다시 겨드랑이에도 끼어 넣었다. 그리고 이튿날 우리 집에 가져오겠다고 약속한 후, 우선 자기 집으로 전부 가지고 갔다.

 이튿날 노인은 아들에게 찾아와서 여느 때처럼 한 시간 가량 그 방에 앉아 있다가, 우리 방에 들어오더니 무슨 대단한 비밀이라도 간직하고 있는 것 같은 우스꽝스러운 표정을 하고 내 옆에 와서 앉았다. 그는 우선 다른 사람이 모르는 비밀의 열쇠를 쥐고 있다는 듯이 자랑스러운 만족의 미소를 띄고 두 손을 비비며, 그 책들은 아무도 눈치채지 못하게 이리 가져다가 부엌 구석에 감추어 두고, 식모 마트료나에게 잘 보관해 달라고 부탁했다는 말을 했다.

 그 다음 이야기는 자연히 우리가 손꼽아 기다리는 페텐카의 생일로 옮겨 갔다. 이윽고 노인은, 그 선물을 어떻게 해서 어떤 형식으로 줄 것인지에 대하여 기다랗게 늘어놓았다. 그러나 그가 그런 문제에 대해 언급하면 언급할수록, 그리고 그것에 대해 이야기하면 이야기할수록 가슴속에 무슨 다른 궁리가 있으면서도 그것을 좀처럼 입밖에 내지 못하고 있다는 것을 나는 더욱 명백히 눈치채게 되었다. 나는 아무 대꾸도 하지 않고 그가 솔직히 털어놓기만을 기다렸다. 바로 조금 전까지의 그의 괴상한 몸짓이며, 찌푸린 얼굴이며, 왼쪽 눈을 야릇하게 끔벅거리는 버릇 등에 역력히 나타나 있던 자기 혼자만의 기쁨과 만족의 빛은 이미 사라지고 없었다. 시시각각으로 그는 안

절부절 못하고 울상이 되어 갔다. 그러더니 그는 끝내 참아내지 못하고 말았다.

"그런데 말이오." 그는 겁에 질린 것처럼 낮은 목소리로 입을 열었다. "그런데 말이오, 바르바라 알렉세예브나…… 무슨 말을 하려는 건지 알겠수, 바르바라 알렉세예브나? ……" 노인은 몹시도 허둥거렸다. "다름 아니라, 아들 생일이 오면 그 전집에서 열 권만 당신 손으로 직접 아들에게 줘요. 말하자면 당신 자신이 주는 선물로서 말이지. 나는 나대로 나머지 한 권을 가지고 역시 내가, 내 자신이 선사하는 걸로 했으면 좋을 것 같아서…… 그렇게 되면 말이오…… 당신도 선물을 주는 것이 되니까, 결국 둘이 다 제각기 선물을 주는 것이 되지 않겠수?"

겨우 여기까지 말하고 노인은 말끝을 흐리며 입을 다물어 버렸다. 나는 그의 얼굴을 바라보았다. 노인은 겁먹은 표정으로 나의 선고(宣告)를 기다리고 있었다.

"그렇지만 아저씨, 둘이서 공동으로 선물하면 안 되나요? 뭐 그렇게 하면 안 될 이유라도 있어요?"

"그런 게 아니라 바르바라 알렉세예브나, 그렇게 하면 …… 내가 좀…… 뭐랄까…… 내가 좀……."

결국 노인은 혼란 상태에 빠져 얼굴을 붉히고는 말문이 막혀 입을 열 수조차 없게 되었다.

"사실은 말이오, 바르바라 알렉세예브나." 그는 한참 만에 이렇게 말을 이었다. "나는 한 잔 하는 버릇이 있어서 …… 말하자면, 거의 날마다 술에 얼큰히 취해서 살다시피 한단 말이오…… 나쁘다는 걸 알면서도 그만둘 수가 없지 않겠수. 날씨가 몹시 쌀쌀하든지, 여러 가지 속상하는 일이 있다든지, 괜히 마음이 언짢다든지, 무슨 불쾌한 일이 생긴다든지, 그럴 때는 그만 견딜 수가 없어서 술을 입에 대게 되는데, 어떤 때는 곤드레만드레가 되도록 마신단 말이오. 페텐카는 그런 것에 질색하거든. 그애는 몹시 화를 내곤 한답니다. 그러고는 말이지요, 바르바라 알렉세예브나, 이 아비를 호되게 꾸짖으며 여러 가지 설교를 들려주지요. 그래서 이번에 그애에게 선물을 줌으로써 이제는 내가 못된 버릇을 고치고 행실이 좋아졌다는 걸 보여 주고 싶어서 그러는 거라우. 책 살 돈을 만들려고, 사실은 오랫동안 푼푼이 모아서 겨우 그만큼이나마 저축했지요. 이따금 페텐카가 주는 것 이외에는 돈 생길 구멍이 아무 데도 없으니까 말이오. 그애도 그걸 잘 알고 있답니다. 그러니까 말이오, 그애가 준 돈을 내가 어디다 썼는지 알게 된다면, 이 아비가 그애만을 위해서 이렇게 참고 있다는 것도 자연히 깨닫게 될 게 아니겠소."

나는 말할 수 없이 그 노인이 불쌍하게 여겨졌다. 나는 잠시 생각해 보았다. 노인은 불안한 눈으로 나를 바라보고 있었다.

"그러면 말예요, 아저씨." 하고 나는 말했다. "그걸 전부 아저씨가 선물하면 좋을 거예요."

"뭐, 전부? 아니, 그 책 전부를 말이오?"

"네, 그래요."

"그리고, 내가 선물하는 것으로 하란 말이오?"
"네, 아저씨가 선물하는 것으로."
"내가 혼자서, 말하자면 내 명의로 해서 주라는 거요?"
"네, 아저씨 혼자의 명의로……."
 나는 잘 알아들을 만큼 똑똑히 이야기했다고 생각했는데, 그래도 노인은 한참 동안이나 내 말을 이해하지 못했다.
"음, 그래?"
 얼마 동안 깊이 생각해 보고 나서, 노인은 이렇게 말했다. "그야 물론 내게는 더할 나위 없이 좋은 일이지만, 그러나 당신은 어떻게 할 작정이오, 바르바라 알렉세예브나?"
"나는 아무 것도 선물하지 않기로 하겠어요."
"뭐요!" 하고 노인은 혼이 나간 사람처럼 소리쳤다. "그럼 당신은 우리 페텐카에게 아무 것도 선물을 주지 않겠단 말이오, 그애에게 아무 것도 보내고 싶지 않단 말이오?"
 노인은 소스라치게 놀랐다. 그 순간 그는, 자기 아들에게 내 이름으로도 선물을 보내게 하고 싶은 마음에서 조금 전의 자기 제의까지 철회할 것 같은 눈치였다. 얼마나 선량한 노인인가? 그래서 나는, 물론 나도 선물을 보내면 좋겠지만, 다만 당신의 기쁨을 빼앗고 싶지 않아서 양보하는 것이라고 설명하여 겨우 그를 설득하였다.
"아드님이 만족해 하고, 또 아저씨도 기뻐해 주신다면." 하고 나는 덧붙였다. "나도 역시 기뻐요. 나도 마음속으로는 직접 선물을 보낸 것과 다름없는 기쁨을 느낄 테니까요."
 그제야 노인은 마음을 놓았다. 그는 그후에도 우리 집

에 두 시간이나 더 앉아 있었다. 그러나 이제는 한 자리에 붙어 있질 못 하고 일어섰다가는 앉고, 앉았다가는 일어서서 이리저리 돌아다니기도 하고, 떠들어대기도 하고, 사샤와 장난을 치기도 하고, 살짝 내게 키스를 하는가 하면 손을 꼬집기도 하고, 나중에는 안나 표도로브나에게 일부러 우스운 얼굴을 만들어 보이기까지 했다. 그러다가 마침내 그는 안나 표도로브나에게 밖으로 쫓겨나고야 말았다. 하여튼 노인은 너무나 기뻐서, 아마도 여지껏 한 번도 없었다고 생각할 만큼 신바람이 났던 것이다.

생일이 되자, 그는 정각 열한 시에 깨끗이 꿰맨 모닝코트를 걸치고 그 속에는 정말 새로 맞춘 조끼를 입고, 새 구두를 신고, 교회에서 미사가 끝나는 대로 곧장 우리 집에 찾아왔다. 두 손에는 노끈으로 묶은 책을 소중하게 안고 있었다. 그때 마침 우리는 안나 표도로브나네 큰 방에 모여서 커피를 마시고 있었다. (그날은 일요일이었다) 노인은 우선, 푸슈킨이 아주 훌륭한 시인이라는 말부터 꺼냈던 것 같다. 그러나 곧 무슨 말을 하는 건지 갈피를 잡을 수 없게 되었다. 그는 갑자기 화제를 돌려 사람이란 첫째, 몸가짐을 삼가야 한다느니, 그렇지 못한 사람은 아무래도 못된 버릇에 빠지기 쉽다느니, 악습은 사람을 망치게 한다느니 하는 말을 하기 시작했다. 그리고 몸가짐이 나쁘면 지극히 해로운 결과를 초래한다는 것을 몇 가지 실례까지 들어가며 이야기했다. 결론으로 그는, 자기도 얼마 전부터 깊이 깨달은 바가 있어 술을 끊었는데,

덕택에 지금은 아주 모범적인 인간이 되었다. 자기는 오래 전부터 아들의 교훈이 옳다는 것을 느끼고 벌써부터 깊이 명심하고 있었지만 이번에는 정말 술을 끊었다. 그 증거를 보이려고 오랫동안 한푼 두푼 모은 돈으로 이 책을 사서 아들에게 선물하는 것이라고 말했다.

나는 이 가엾은 노인의 말을 들으며, 눈물과 웃음이 섞여 나오는 것을 참을 수 없었다. 필요한 경우엔, 그처럼 선량하고 단순한 노인도 천연덕스럽게 거짓말을 꾸며댈 수 있나 보다! 푸슈킨 전집은 포크로프스키의 방으로 가져다가 선반에 꽂아 놓았다. 그러나 포크로프스키는 금방 진상을 알아차리고 말았다. 노인은 점심식사에 초대되었다. 그날 우리는 모두 진심으로 즐거웠다. 점심을 먹고 나서는 판트(역주 ; 진 사람이 노래를 부르거나 그 밖에 무엇이든지 해 보여야 하는 게임) 놀이와 트럼프를 하며 놀았다. 사샤는 신이 나서 장난을 치며 떠들어댔다. 나는 사샤의 곁을 떠나지 않았다. 포크로프스키는 쉴새없이 내 눈치만 살피며 단 둘이 이야기할 수 있는 기회를 찾고 있었지만, 나는 그런 기회를 주지 않았다. 그날은 페테르부르크로 이사온 후 만 4년간의 나의 생활 중에서 가장 즐겁고 행복한 하루였다.

여기서부터는 슬프고 괴로운 추억만이 연속될 뿐이다. 말하자면, 나의 암흑 시절의 이야기가 시작되는 것이다. 그래서 그런지, 나의 펜도 마치 앞으로 나가기를 거절하는 것처럼 점점 늦장을 부리려고만 든다. 내가 여지껏 그처럼 깊은 매력과 애착을 느끼며 행복했던 시절에 있었던 일상 생활의 사소한 사건에만 집착했던 것도 역시 그것 때문인지 모른다. 그 행복했던 시절은 순식간에 지나가고, 그것은 슬픔으로, 하느님 이외에는 언제 끝이 날지 알 수 없는 어두운 슬픔으로 변해 버린 것이다. 나의 불행은 포크로프스키가 병에 걸려 앓다가 죽음으로써 시작되었다.

내가 지금까지 적어 온 일 중 제일 마지막 사건, 즉 포크로프스키의 생일이 지나간 뒤 두 달만에 그는 갑자기 앓기 시작했다. 그 두 달 동안 그는 끈기 있게 생활 방도를 찾으려고 쫓아다녔다. 그는 그때까지도 일정한 직업을 갖고 있지 않았기 때문이다. 모든 폐병 환자가 그렇듯, 그도 마지막 순간까지 오래 살고 싶다는 욕망을 버리지 못했다. 어딘가 한 군데 가정교사 자리가 나타났다. 그러나 그는 그 직업에 혐오를 느끼고 있었다. 그렇다고 어디 관청 같은 데 근무하려면 그의 건강이 허락하지 않았다. 그리고 취직을 했다 해도 첫 봉급을 받기까지는 상당한 시일을 기다리지 않으면 안 되었다. 포크로프스키는 가는 곳마다 실망만을 되풀이해 온 것이다. 따라서 그의 성격은 깊은 상처를 입었고 건강도 말이 아닐 지경으로 상했다. 그러나 그는 그것을 조금도 마음에 두지 않았다.

가을이 닥쳐왔다. 그는 매일같이 얇은 외투를 걸치고 거리로 나가서 일자리를 찾아 분주히 쫓아다녔다. 아무 데라도 좋으니 주선해 달라고 부탁하며 돌아다녔다. 그것은 그에게 정신적인 고통을 주었다. 발에는 물이 배어들고, 옷은 비에 젖어 물에 빠진 생쥐 꼴이 되곤 했다. 마침내 그는 자리에 누워 버렸다. 그러고는 그대로 영영 일어나지 못하고 말았다. 가을도 깊은 10월 말, 그는 세상을 떠나고 만 것이다.

그가 앓아누워 있는 동안, 나는 거의 한시도 그의 머리맡에서 떠나지 않고 간호를 하며 여러 가지로 그를 보살펴 주었다. 며칠 밤이나 계속해서 한잠도 자지 못하는 일조차 여러 번 있었다. 환자는 제정신으로 돌아오는 일이 별로 없었다. 가끔 정신을 잃고 취직 자리라든지, 책이라든지, 나와 자기 아버지에 대해 무슨 뜻인지 알아듣지 못할 헛소리를 하곤 했다. 나는 그의 헛소리를 통해서 아직까지 내가 모르고 있었고, 또 추측조차 할 수 없었던 그의 진상에 관한 여러 가지 이야기를 들었다. 그가 앓기 시작하고 처음 얼마 동안은 집안 사람들이 모두 나를 이상한 눈으로 보았다. 안나 표도로브나는 어쩌자고 그러느냐는 듯이 연신 고개를 가로젓고 있었다. 그러나 그럴 때마다 나는 매서운 눈으로 쏘아보곤 했다. 그랬더니 나중에는 아무도 포크로프스키에 대한 나의 진정을 이러쿵저러쿵 탓하려 들지 않았다. 적어도 어머니만은 말이 없었다.

어쩌다 포크로프스키가 나를 알아보는 때가 있기는 했지만 그런 일은 극히 드물었고, 거의 언제나 혼수 상태에 빠져 있었다. 어떤 때는 며칠 밤을 계속해서 누구에게 하는 건지 분명치 않은 가냘픈 음성으로 헛소리를 하는 일도 있었다. 그 쉰 목소리는 그의 좁다란 방 안에 어렴풋이 울려서 마치 관 속에서 울리는 소리 같았다. 그런 때면, 나는 무서운 생각이 들어 견딜 수가 없었다. 특히 마지막 날 밤에는 마치 미친 사람 같았다. 그는 무서울 만큼 애를 쓰며 괴로워했다. 그의 신음 소리는 내 가슴을 갈기갈기 찢어 놓았다. 집안 사람들은 모두 어떤 공포에 사로잡혀 있었다. 안나 표도로브나는 쉴새 없이, 한시라도 빨리 주의 부르심이 있기를 기도했다. 의사를 불러왔다. 의사는 환자가 아침까지는 반드시 숨을 거둘 거라고 했다. 포크로프스키 노인은 아들의 방문 앞 복도에서 밤을 새웠다. 그는 그곳에 거적 같은 걸 한 장 얻어서 깔아 놓고 있었다. 노인은 뻔질나게 방 안에 드나들었다. 그 얼굴은 차마 바라볼 수가 없었다. 슬픔에 압도되어 무엇을 느끼는 힘도, 생각하는 힘도 완전히 잃어버린 사람 같았다. 두려움 때문에 머리를 떨며, 아니 머리뿐만 아니라 온 몸을 부들부들 떨며 줄곧 무슨 소리인지 입 속으로 중얼거리고 있었다. 슬픔 때문에 미쳐 버릴 것만 같이 보였다.

새벽녘에 노인은 마음의 고통에 지쳐 마치 죽은 사람처럼 거적 위에서 잠들어 버렸다. 일곱 시가 지나서 포크로프스키는 숨을 거두려는 것 같았다. 나는 노인을 깨웠다. 포크로프스키는 의식이 분명해져서 우리에게 마지막 이별의 인사를 했다. 이상하게도 나는 울 수조차 없었다. 그러나 가슴은 금방 터질 것 같았다.

하지만 무엇보다도 나를 혹독하게 괴롭힌 것은, 그의

임종의 순간이었다. 그는 돌아가지 않는 혀로 무엇인지 오랫동안 애원했으나, 나는 그가 무슨 말을 하려는 것인지 한 마디도 알아들을 수 없었다. 슬픔이 나의 심장을 찢어발기는 듯했다. 그는 한 시간 동안이나 계속해서 몹시 불안해하며 무엇인지 호소했다. 싸늘하게 식어 가는 손을 움직이며, 자기 뜻을 전달하려고 애썼다. 그러다가는 다시 가느다란 쉰 목소리를 짜내어 애타게 무엇인지 애원하기 시작했으나, 그의 말은 짤막짤막하게 토막이 난 음향에 지나지 않았기 때문에 한 마디도 알아들을 수 없었다. 그래서 집안 사람들을 모두 머리맡에 불러도 보고, 물을 권해 보기도 했다. 그는 여전히 맥없이 머리를 가로저었다. 그러나 마침내, 나는 그가 무엇을 원하고 있는지 알았다. 그는 들창에 드리운 커튼을 올리고 덧문을 열어 달라는 것이었다. 그는 이 세상을 하직하기 전에 마지막으로 한 번 더 바깥 광선을, 하느님의 빛을, 햇빛을 보고 싶었던 모양이다.

나는 커튼을 옆으로 밀었다. 그러나 새벽녘의 광선은 죽어 가는 사람의 시들어 가는 가엾은 생명처럼 슬프고도 애처로웠다. 해는 보이지 않았다. 부옇게 불투명한 장막처럼 구름이 하늘을 덮고 있었다. 부슬부슬 비가 내리는 음산하게 찌푸린 날씨였다. 안개처럼 가는 빗방울이 유리창에 부딪쳐 차갑고 더러운 빗물을 이루며 유리 위를 줄지어 흘러내리고 있었다. 모든 것이 희미하고 어둠침침했다. 희끄무레한 광선이 어슴푸레하게 방 안으로 흘러들어

왔으나, 그것은 성상(聖像) 앞에 켜 놓은 가물거리는 등불보다도 밝지 못했다. 숨을 거두기 전에 그는 슬프디슬픈 얼굴로 눈을 모아 나를 바라보며 머리를 젓는 시늉을 했다. 그리고 1분 후에는 아주 죽어 버리고 말았다.

 장례식은 안나 표도로브나가 주동이 되어 치렀다. 몹시 초라하고 값싼 관을 사들이고, 장의 마차의 마부도 불러 왔다. 장례식 비용에 충당한다고 하며 안나 표도로브나는 죽은 사람의 책과 물건을 전부 가져갔다. 노인은 그녀에게 달려들어 시끄럽게 욕설을 퍼부으며, 그 책들을 뺏을 수 있는 대로 빼앗아 가지고 호주머니라는 호주머니에 가득 쑤셔넣고, 모자 속에까지 넣을 수 있는 대로 넣어 사흘 동안이나 가지고 다녔다. 교회에 갈 때도 한사코 그것을 몸에 지니고 갔다. 그 사흘 동안 그는 무엇에 홀린 사람처럼 제정신이 아니었다. 도무지 마음이 놓이지 않는다는 듯이 줄곧 관 옆에만 붙어 있었다. 금방 시체 위의 화환을 고쳐 놓는가 하면, 이번엔 공연히 촛불을 켰다가는 다시 끄곤 했다.

 무슨 일에 대해서나 갈피를 잡지 못하고 있음이 분명했다. 어머니도 안나 표도로브나도 교회의 장례식에는 참석하지 않았다. 어머니는 몸이 불편했기 때문이었지만, 안나 표도로브나는 떠날 차비까지 했다가 노인과 한바탕 다투는 바람에 집에 주저앉고 말았던 것이다. 결국 나와 노인만이 교회로 갔다. 경문(經文)을 읽을 때, 나는 마치 미래에 대한 예감 비슷한 그 어떤 기이한 공포에 사로잡혔다. 그래서 하마터면 끝까지 교회 안에 서 있지 못할 뻔했다. 드디어 관에 뚜껑이 덮였다. 못이 꽝꽝 박히고 짐마차에 실렸다. 마차는 삐걱거리며 움직이기 시작했다. 나는 거리가 끝나는 데까지밖엔 전송하지 않았다. 마부가 채찍을 휘둘렀다. 말은 빠르게 걷기 시작했다.

노인은 그 뒤를 쫓아가면서 어이어이 소리를 내어 울었다. 뛰어서 쫓아가느라고 그 울음소리는 몹시 떨렸고, 가끔 끊어지기도 했다. 가엾은 노인은 모자를 떨어뜨렸지만 그것을 집으려고 멈추어 서지도 않았다. 비가 그의 맨머리를 적셨다. 바람이 일기 시작했다. 살을 에는 듯한 진눈깨비가 사정없이 그의 얼굴을 후려갈겼다. 그러나 노인은 그런 것쯤은 전혀 느끼지 못하는 것처럼 소리를 내어 울며 마차의 이쪽 저쪽을 껑충껑충 뛰어서 왔다갔다 했다. 낡아빠진 프록코트 옷자락은 날개처럼 바람에 나부꼈다. 호주머니란 호주머니에서는 책들이 비죽이 기어나오고, 손에는 무슨 책인지 커다란 것이 한 권 소중하게 쥐어져 있었다. 길 가던 사람들은 모자를 벗고 성호를 그었다. 어떤 사람들은 발걸음을 멈추고 놀란 얼굴로 이 가련한 노인을 지켜 보고 있었다. 책들은 쉴새없이 호주머니에서 진창으로 굴러떨어졌다. 사람들이 그를 불러 세워 물건을 떨어뜨렸다고 가르쳐 주었다. 노인은 그것을 집어 들고는 다시 마차 뒤를 쫓아갔다. 길 모퉁이에서 어떤 거지 노파가 그에게 손을 내밀며 들러붙더니 함께 관 뒤를 따라갔다. 드디어 마차는 모퉁이를 돌아 내 시야에서 사라져 버렸다.

　나는 맥없이 집으로 돌아왔다. 말할 수 없는 슬픔과 괴로움에 싸여 나는 어머니 가슴에 뛰어들어 힘껏 끌어안고 울면서 키스했다. 그리고 이제 내게 남은 마지막이며 유일한 벗인 어머니를 죽음의 손에 빼앗기지 않으려는 듯이 두 팔에 힘을 주며 공포에 떨고 있었다. 그러나 죽음은 이미 이 가엾은 어머니의 머리 위에서도 맴돌고 있었던 것이다!

(바르바라의 수기 끝)

6월 11일 - 바르바라의 편지

　마카르 알렉세예비치, 어제는 섬으로 소풍을 시켜 주셔서 얼마나 고마웠는지 모릅니다. 정말 기분이 산뜻해지는 좋은 곳이었어요. 그리고 초목들은 어쩌면 그렇게 싱싱하고 푸를까요! 저는 꽤 오랫동안 그런 초목들을 보지 못하고 살아 왔습니다. 앓아누워 있는 동안 저는, 이번에 죽을 것이다, 틀림없이 죽고 말 것이다, 이런 생각만 줄곧 하고 있었어요. 그러던 제가 어제 어떤 느낌을 맛보고, 어떤 기분에 잠겼었는지 한번 생각해 보세요! 제가 어제 몹시 우울한 얼굴을 하고 있었다고 해서 노엽게 생각하지는 마십시오. 저는 더없이 행복하고 경쾌한 기분이었어요. 그러나 그처럼 행복한 순간이 오면, 저는 왜 그런지 자꾸만 서글퍼지는 버릇이 있답니다. 제가 눈물을 흘린 것도 실은 별다른 이유가 있어서가 아닙니다. 어째서 맨날 눈물만 흘리고 있는지 저 자신도 알 수 없어요. 걸핏하면 거의 병적인 흥분을 느끼곤 하기 때문에, 제가 받는 인상도 역시 건전한 것이 되지 못하나 봐요.

구름 한 점 없는 맑은 하늘, 저녁 놀, 황혼의 정적, 그러한 모든 것들이…… 분명히는 알 수 없지만, 어쨌든 이러한 모든 인상이 제게는 어쩐지 괴롭고 슬프기만 해서 불현듯 가슴이 미어지며 저도 모르는 사이에 울었던 모양입니다. 그렇지만 어쩌자고 제가 이런 말까지 당신에게 쓰고 있을까요! 자기 자신에게 설명하기도 쉬운 일이 아닌데, 하물며 다른 사람에게 그것을 전한다는 것은 더욱 힘든 일이 아니겠어요! 그러나 당신만은 제 마음을 알아주실지도 모르지요. 제 슬픔을, 제 기쁨을……. 마카르 알렉세예비치, 당신은 정말 어쩌면 그렇게도 친절하십니까! 어제 당신은 제 기분이 어떤지를 아시려고 열심히 제 눈을 들여다보셨지요. 그리고 제가 황홀해 하는 것을 보고 진심으로 기뻐해 주셨지요. 조그만 나무 덤불이며, 가로수며, 꼬불꼬불 흐르는 시냇물이며…… 이러한 아름다운 풍경 속에서 당신은 옷깃을 바로잡으며 제 앞에 선 채, 자기의 영지(領地)를 보여 주시는 것 같은 표정으로 줄곧 제 눈을 들여다보셨지요. 마카르 알렉세예비치, 그것은 당신의 마음이 착하시다는 증거라고 생각해요. 그러니까 저도 역시 당신을 이처럼 사모하고 있는 것 아니겠어요.

그럼 안녕히. 오늘 또다시 몸이 편치 않습니다. 어제 발을 적셨더니 감기가 들었나 봐요. 표도라도 역시 어디가 편치 않은 모양입니다. 그래서 오늘은 둘 다 풀이 죽어 있습니다. 저를 잊지 마시고, 좀더 자주 찾아와 주세요.

당신의 V. D.

6월 12일 — 마카르의 편지

그립고 그리운 바르바라 알렉세예브나!
어제 소풍 나갔던 것을 기다란 시로 엮어서 보내 주리라 믿고 있었는데, 겨우 평범한 편지를 한 장 보내 주었군요. 그렇다고 편지가 짧아서 못마땅하다는 건 아닙니다. 편지가 짧은 건 사실이지만, 그 대신 여느 때와는 비교가 안 될 만큼 아름답고 훌륭하게 썼다는 말을 하려는 겁니다. 자연의 풍취라든지 여러 가지 전원 풍경, 그리고 당신 자신의 감정까지도……. 한 마디로 말해서 모든 것이 흠 잡을 데 없이 훌륭하게 묘사되어 있습니다. 하지만 내게는 그런 재주가 없습니다. 열 장을 긁적거려 봐야 결국 아무 것도 되지 않아요. 아무 것도 그럴 듯하게 표현할 수 없단 말입니다. 이것은 이미 경험을 통하여 나 자신이 잘 알고 있습니다.
귀여운 바렌카, 당신은 내가 친절하고, 착하고, 다른 사람을 해칠 줄 모르며, 대자연 속에 나타난 하느님의 은

총을 깨달을 수 있는 인간이라 하셨지요. 그리고 나중에는 여러 가지 칭찬의 말을 늘어놓았더군요. 그것은 모두 옳은 말입니다. 그것은 어디까지나 지당한 말입니다. 당신의 말마따나, 사실 나는 그런 인간이지요. 나 자신도 그것을 알고 있습니다. 그렇긴 하지만, 정작 이번에 주신 것 같은 편지를 읽게 되면 감격에 가슴이 벅차 오르며 여러 가지 괴로운 뉘우침이 떠오른답니다. 귀여운 바렌카, 당신에게 한 가지 하고 싶은 얘기가 있습니다. 끝까지 들어 주십시오.

내가 처음 관청 근무를 시작한 것이 열일곱 살 때였는데, 이제는 나의 관청 생활도 30년이 가까워 온다는 것부터 말씀드리겠습니다. 그러니까 내가 관리의 제복을 싫증이 날 만큼 오래 입고 다녔다는 것은 말할 필요조차 없겠지요. 나도 그러는 동안에 차차 어른이 되었고, 지혜도 늘고 사람을 볼 줄도 알게 되었습니다. 그리고 세상의 온갖 풍파를 겪어 왔습니다. 사회의 일원으로서 그럭저럭 살아왔다고 할 수도 있겠지요. 그 결과, 내게 훈장을 수여하려 한 일까지 있었답니다. 아마 곧이들지 않으실지 모르지만, 그것은 사실입니다. 절대로 거짓말이 아니지요.

그러던 것이 바렌카, 어떻게 되었는지 아십니까? 나는 아주 고약한 인간들의 모함에 빠져들고 말았답니다! 아무리 내가 무식하고 어리석은 인간이라 하더라도, 이 심장만은 다른 친구들의 것과 조금도 다를 바가 없다는 것을 당신에게 떳떳이 말할 수 있습니다. 그러나 바렌카, 못된 인간들이 내게 무슨 짓을 했는지 아십니까? 말하기조차 부끄러운 짓을 했습니다. 어째서 그런 짓을 했느냐구요? 내가 너무 얌전하기 때문이지요. 내가 온순하고 선량한 인간이기 때문이지요! 그들과 성미가 맞지 않았기 때문이지요!

그들은 처음에 이런 수작을 지껄이기 시작했습니다. "마카르 알렉세예비치, 당신은 도대체 희미한 인간이군요." 그러나 얼마 후엔, "마카르 알렉세예비치 같은 친구에게 물어 봐야 쓸데없어."라는 수작들을 하게 되었답니다. 그것이 결국에는, "그야 물론 마카르 알렉세예비치!"라는 것이 결론으로 되고 말았지요.

바렌카, 그래서 어떻게 되었는지 아십니까. 나쁜 일은 무엇이든지 전부 마카르 알렉세예비치에게 뒤집어 씌우게 되었단 말입니다. 그들은 마카르 알렉세예비치를 우리 관청의 웃음 가마니로 만들어 버렸습니다. 아니, 웃음 가마니로 만들거나 욕지거리의 대상으로 하는 것쯤으로는 부족했던지, 그들은 나의 구두며 제복에서부터 심지어는 머리 모양이나 몸짓에 이르기까지 흠을 잡으려 들었습니다. 도대체 틀려먹었어, 우리하고는 무엇 하나 맞는 게 없어, 근본적으로 때려부수고 개조해 줄 필요가 있어!―이쯤 되었단 말입니다. 언제부터 그렇게 되었는지는 모르지만, 하여간 날이면 날마다 이런 일이 되풀이되었습니다. 나도 그런 것을 예사롭게 생각하게 되었습니다. 원래가 어떤 일에든지 익숙해지는 성질의 인간이니까요. 온순하고 하잘 것 없는 인간이니까요. 그렇기는 하지만 대체 무엇 때문에 내가 이렇게 구박을 받아야 합니까? 누구에게 나쁜 짓이라도 했단 말입니까, 남의 자리를 빼앗고 들어앉았단 말입니까, 상관들에게 고자질을 했단 말입니까, 월급을 올려달란 소리를 했단 말입니까, 그 밖의 무슨 못된 짓이라도 했단 말입니까! 바렌카, 내가 만일 그런 걸 꿈에라도 생각한 적이 있다면 나는 벌을 받아 마땅합니다! 그러나 내가 어떻게 감히 그런 짓을 할 수 있겠습니까? 내가 과연 그런 간사한 꾀와 야심을 가질 수 있을 만한 위인인지 아닌지 그것만 한번 생각해 보시면 아시게 될 것입니다. 그런데 어째서 내가 이런 벌을 받아야 합니까? 정말 기막힌 노릇입니다.

당신은 나를 훌륭한 사람이라 생각하십니다만, 그렇게 생각하는 당신이야말로 세상 사람들과는 비교가 안 될 만큼 뛰어난 사람입니다. 대체 시민으로서 가장 커다란 미덕이란 무엇일까요? 바로 얼마 전에 예프스타피 이바노비치가 사적인 자리에서 한 말에 의하면, 서민으로서 가장 중요한 미덕은 돈을 번다는 것이라 하더군요. 물론, 농담으로 한 말이긴 하지만(나도 그것이 농담이라는 것을 알고 있습니다), 어쨌든 아무에게도 폐를 끼치지 않는 것이 미덕의 근원이라는 말을 했습니다. 하지만 나는 누구에게 폐를 끼친 일도 없단 말입니다! 내게는 나 자신의 돈으로 사온 빵이 있습니다. 하기는 겨우 한 덩어리의 빵, 그것도 늘 굳어 버린 것이기가 일쑤지만, 어쨌든 나 자신의 노동으로 벌어들인 빵이 있습니다. 쪄서 먹든 구워 먹든 법적으로 하나도 흠잡을 데 없는 나 자신의 빵입니다. 그러니 여기에 대해선 아무도 할 말이 없을 겁니다!

그야 공문 같은 것이나 베끼고 하는 일이 별로 대단한 일이 못 된다는 건 나도 잘 알고 있지요. 그러나 나는 일을 한다, 땀을 흘린다는 그 사실을 자랑으로 생각합니다. 정말이지, 내가 공문이나 정서(淨書)하고 앉았다고 해서 그게 어쨌단 말입니까? 그럼 정서 같은 일은 죄악이란 말입니까? '저건 정서나 해먹고 사는 놈이야!'라고들 합니다. 하지만 그렇다고 떳떳치 못할 점이 어디 있겠습니까? 내가 정서한 것은 글씨가 똑똑하고, 달필이고 보기만 해도 기분이 좋습니다. 따라서 장관 각하께서도 만족하고 계시지요. 나는 각하를 위해 가장 중요한 공문의 정서를 맡아서 하고 있습니다. 물론 내게는 문장을 만드는 재주는 없지요. 그런 저주받을 재주가 없다는 건 나도 알고 있습니다. 그렇기 때문에 나는 관청에서 승진을 못 하고 있는 겁니다. 그래서 지금, 당신에게 이 편지를 쓰는 데도 아무런 형식도 없이 마음에 떠오르는 것을 그저 되는 대로 써내려 갈 수밖엔 없습니다.

나는 그것을 잘 압니다. 그렇지만 말입니다. 만약 모든 사람들이 문장을 잘 만드는 기안자(起案者)가 돼 버린다면, 대체 정서는 누가 맡아 하겠습니까? 바렌카, 나는 당신에게 이렇게 질문합니다. 어디 한번 대답해 보십시오. 하여간 나는 자신이 쓸모 있는, 없어서는 안 될 인간이라는 것, 그리고 남의 기분을 상하게 하는 따위의 쓸데없는 짓은 절대로 하지 않는다는 것을 자인하고 있습니다. 닮은 데가 있다면 나를 보고 생쥐(역주 ; 하급 관리의 대용어)라 불러도 좋습니다! 그러나 이 생쥐는 필요한 생쥐입니다. 이 생쥐는 쓸모가 있고, 많은 사람들이 이 생쥐의 덕을 입고 있습니다. 그리고 이 생쥐는 월급을 받고 있습니다. 말하자면, 이러한 생쥐란 말입니다!

그건 그렇고 바렌카, 이런 얘기는 그만 합시다. 원래 이런 얘기를 하려는 건 아니었는데, 아마 내가 좀 흥분한 것 같군요. 하지만 가끔 자기 자신을 정당하게 평가해 보는 것도 유쾌한 일입니다. 그럼 사랑하는 벗이여, 마음의 위안을 주는 그리운 벗이여, 안녕히! 곧 찾아가겠습니다. 꼭 찾아가 뵙겠습니다. 그때까지 너무 쓸쓸하게 생각 말고 기다려 주십시오. 책을 한 권 갖다 드리지요. 그럼 바렌카, 안녕히.

진심으로 당신의 행복을 기원하는
마카르 제부슈킨

6월 20일 — 바르바라의 편지

경애하는 마카르 알렉세예비치!
기일을 정한 일감이 있어서 급히 용건만 몇 자 적어 보냅니다. 다름이 아니라, 썩 좋은 물건을 헐값으로 살 수 있다는 얘기입니다. 표도라가 그러는데, 자기가 잘 아는 어떤 사람이 아주 신품이나 다름없는 제복과 바지와 조끼와 정모(正帽)를 팔고 싶다고 한답니다. 전부 값이 매우 싸다는군요. 그래서 저는 당신이 그것을 사시면 좋겠다고 생각합니다. 당신은 지금 그리 옹색한 편도 아니시고 또 수중에 돈도 가지고 계시지 않아요? 가지고 계시다고 당신 입으로 말씀하셨으니까, 제발 이런 물건에는 돈을 너무 아끼지 마세요. 전부 꼭 필요한 물건이 아닙니까. 당신이 얼마나 낡아빠진 옷을 입고 다니시는지 한번 자기 자신을 보십시오. 누더기가 다 된 옷을 걸치시고, 정말 남보기에 부끄러울 지경이에요! 당신에게 성한 옷이라곤 한 벌도 없을 거에요. 아무리 있다고 우기신대도 제가 다 알고 있어요. 가지고 계시던 옷은 모두 어떻게 없애 버리셨을까요. 하여간 제 말을 들으시고, 이번에 그것을 꼭 사시도록 하세요. 만일 저를 사랑하신다면, 저를 위해서라도 꼭 장만하시도록 하십시오.

제게 속옷을 보내 주셨군요. 그러나 마카르 알렉세예비치, 자꾸만 이러시다가는 그야말로 당신은 동전 한 닢 없는 알거지가 되고 마실 거에요. 정말, 농담이 아니에요. 저 때문에 얼마나 쓸데없이 돈을 낭비하셨는지…… 아마 굉장한 액수가 될 겁니다! 아아, 어쩌면 그렇게도 당신은 돈을 헛되이 쓰시길 좋아하세요! 제게 그렇게 하실 필요는 조금도 없습니다. 그건 정말 아무 소용도 없는 낭비에 지나지 않아요. 당신이 저를 사랑해 주신다는 건 저도 잘 알고 있습니다. 그리고 믿고 있어요. 일부러 이런 물건을 보내 주시지 않아도 당신의 마음은 충분히 알 수 있어요. 그뿐 아니라, 당신에게 이런 선물을 받는 것이 저는 괴롭기 한이 없습니다. 그 돈이 어떤 돈인지 저는 잘 알고 있으니까요. 그럼 이번이 마지막이에요, 앞으론 절대로 안 됩니다. 아시겠어요? 두 손을 모아 애원합니다.

요전에 보내 드린 그 수기를 계속 보내라고요? 그리고 그것을 끝까지 다 쓰라고요? 하지만 지금 제게는 과거를 얘기할 만한 기력이 없습니다. 지난날을 회상하면, 저는 무서운 마음이 듭니다. 그래서 이제는 생각조차 하고 싶지 않아요. 그 중에서도 불쌍한 자식을 악마와 같은 사람들 손에 남겨 두고 세상을 떠난 가엾은 어머니에 대해 얘기하는 것이 무엇보다도 괴롭습니다. 어머니 생각만 해도 가슴을 에는 것처럼 쓰라립니다. 아직도 모든 것이 어제 일처럼 눈에 선합니다. 벌써 1년 이상이나 되었는데도, 저는 마음의 안정을 회복하지 못했을 뿐 아니라, 그때의 일을 찬찬히 돌이켜 생각해 볼 수 있는 여유조차 없습니다. 더욱이 그후의 일은 당신이 다 알고 계시는 것뿐이에요.

지난번에 당신에게, 안나 표도로브나가 요즈음 제게 어떤 생각을 품고 있는지 말씀드렸지요. 그 여자는 제가 배은망덕하다고 욕을 하고 있답니다. 그리고 자기가 브이코프 씨와 한 패가 되어 못된 짓을 한다는 비난을 모조리 부인하고 있다는군요. 그 여자는 나에게 자기 집에 와 있으라고 합니다. 너는 남의 신세를 지고 살고 있다, 나쁜 길로 빠져들어가 버렸다. 지금이라도 우리 집에 오면 브이코프 씨와 둘이서 모든 일을 잘 돌봐 주마, 그리고 너에게 범한 브이코프 씨의 모든 잘못도 보상하도록 주선해 주마, 이렇게 말하고 있답니다. 그 여자의 말에 의하면, 브이코프 씨가 제게 지참금을 주겠다고 한다더군요. 정말 어처구니없는 수작이에요! 저는 당신과 가까운 곳에서 친절한 표도라와 함께 살고 있는 것만으로 충분합니다. 표도라의 극진한 사랑을 받고 있으면, 이미 세상을 떠난 저의 유모 생각이 납니다. 그리고 비록 먼 친척이기는 하지만, 버젓한 보호자인 당신이 계시지 않습니까. 그따위 인간들과는 아무 상관도 없어요. 될 수만 있다면, 아주 잊어버리고 싶습니다. 그 사람들이 더 이상 저를 어쩌자는 것인지요? 표도라도 역시 그건 모두 허튼 수작이다, 그들은 결국 너를 버리고 말 것이다, 라고 말합니다. 하느님, 그들을 용서해 주시옵소서!

V. D.

6월 21일 — 마카르의 편지

귀엽고 사랑스런 바렌카!

편지를 쓰고 싶어서 붓을 들었지만, 무슨 말부터 해야 좋을지 모르겠군요. 사랑하는 벗이여, 내가 지금 당신과 이런 생활을 하고 있다는 것은 아무리 생각해 봐도 신기한 일입니다. 왜냐 하면 나는 여지껏 이처럼 즐거운 나날을 보낸 적이 없으니까요. 마치 하느님께서 내게 아담한 집과 가족을 주신 것 같은 기분입니다. 말하자면, 당신은 나의 귀여운 어린애라고 할 수 있지요! 그건 그렇고, 당신은 내가 대수롭지 않은 속옷을 너더댓 벌 보낸 데 대해 무슨 말이 그렇게 많습니까. 그건 당신에게 필요한 물건이 아닙니까. 표도라가 그런 말을 하더군요.

바렌카, 당신을 만족하게 해드리는 것이 내게는 더없는 행복입니다. 당신의 만족은 곧 나 자신의 만족이라는 걸 알아 주십시오. 그러니까 내가 좋아서 하는 일을 말리지 마시고, 이러쿵저러쿵 간섭하지도 말고 굳이 반대하려 들지도 마십시오. 이런 행복을 맛보기는 일생에 처음이랍니다. 나는 이제야 비로소 밝은 세상에 나온 것 같은 기분입니다.

첫째로, 내 생활은 갑절이나 충실해졌단 말입니다. 당신이 엎어지면 코 닿을 곳에 살면서 내게 위안을 주기 때문이지요. 둘째로, 나는 오늘 옆방에 하숙하고 있는 라타자예프라는 관리자에게서 차를 마시러 오라는 초청을 받았답니다. 그 방에는 글을 쓴다는 사람들이 자주 모이는데, 오늘 저녁 모임에서는 문학에 대한 토론이 전개될 겁니다. 바렌카, 우리는 요즈음 이렇게 고상한 생활을 하고 있답니다! 그럼, 안녕히 계십시오.

뭐 별다른 사연이 있어서 이런 말을 쓴 것이 아닙니다. 다만, 내가 고상하게 지내고 있다는 것을 당신에게 알리고 싶었을 뿐이지요. 꽃무늬를 수놓는 데 고운 명주실이 필요하시단 말을 체레자에게 전해 들었습니다. 내가 사지요. 명주실은 내가 사드리겠습니다. 아아, 내일은 당신을 만족하게 해드리는 기쁨을 맛볼 수 있겠군요. 실을 어디서 사야 하는지 그것도 나는 잘 알고 있습니다. 그럼 이만 실례하겠습니다.

당신의 충실한 벗인 마카르 제부슈킨

6월 23일 — 마카르의 편지

바르바라 알렉세예브나!

우리 하숙집에서 참으로 가엾은, 눈물 없이는 볼 수 없는 딱한 일이 생겼다는 것을 알려 드리겠습니다. 언젠가 당신에게 말씀드린 일이 있는 고르슈코프의 아들이 오늘 오전 네 시가 좀 지나서 죽고 말았습니다. 무엇 때문에 죽었는지 정확히는 알 수 없지만, 아마 성홍열인가 하는 전염병이었던 모양입니다. 나는 고르슈코프네가 살고 있는 방에 조문(弔問)하러 갔다 왔습니다. 정말 비참하기 짝이 없더군요. 방 안의 지저분하기란 이루 말할 수가 없을 지경이었어요! 하지만, 그저 겉치레로 판자를 가지고 칸을 막았을 뿐인 한 칸 방에 온 식구가 살고 있으니 그것도 당연하겠지요. 벌써 관까지 갖다 놓았더군요. 되는 대로 만든 조그만 관이었지만, 그래도 제법 괜찮은 편이었습니다. 일부러 맞춘 것이 아니라, 이미 만들어 놓은 관을 사왔다고 합니다. 죽은 애는 아홉 살 가량 되었는데 장래성이 있다고 하던 아들입니다.

바렌카, 정말 그 사람들은 차마 볼 수 없을 만큼 애처로웠습니다! 어머니는 울지는 않았지만, 그 창백한 얼굴에는 말할 수 없는 비애가 깃들어 있었습니다. 하기는, 그 사람들에겐 무거운 짐이 하나 줄었으니 오히려 어깨가 가벼워졌는지도 모르지요. 그렇지만 그들에게는, 아직도 젖먹이와 여섯 살도 채 안 된 철없는 계집애가 딸려 있습니다. 어린 것들이, 그것도 자기의 피를 나눈 어린 것들이 고생하는 걸 제 눈으로 보면서도 구해 줄 아무런 방도도 없는 처지에 어찌 즐거움이 있을 수 있겠습니까!

아버지는 헐어빠진 프록코트를 걸치고 찌그러진 의자에 앉아 있었습니다. 그 얼굴에 눈물이 흘러내리고 있었지만, 어쩌면 그것은 슬픔 때문이 아니라, 여느 때도 그렇듯이 눈에서 진물이 나오기 때문인지도 모릅니다. 참으로 이상스러운 사람입니다! 누가 말을 걸면, 언제나 얼굴을 붉히며 어떻게 대답해야 할지 모르고 당황해합니다. 조그만 딸 애는 관에 기대고 서 있었습니다. 가엾게도 그애 역시 풀이 죽어 애달프고 침울한 얼굴을 하고 있지 않겠습니까! 바렌카, 나는 어린애가 침울한 표정을 하고 있으면 싫습니다. 그런 걸 보면 마음이 어두워지거든요! 헝겊 조각으로 만든 인형이 그애 옆 방바닥에 내던져진 채로 있었습니다. 인형을 가지고 놀 생각은 않고, 손가락을 입에 문 채 멍하니 서서 꼼짝도 안 합니다. 주인 마누라가 알사탕을 주었습니다. 받기는 받았지만, 먹지는 않았습니다. 슬프지 않아요, 바렌카? 이 얼마나 슬픈 일입니까!

마카르 제부슈킨

6월 25일 — 바르바라의 편지

경애하는 마카르 알렉세예비치!

책을 도로 돌려 드립니다. 이건 아주 좋지 않은 책입니다! 손에 들어 볼 가치조차 없는 책이에요. 어디서 이런 알량한 보물을 구해 오셨지요? 이건 농담이 아닌데, 당신은 정말 이런 책이 마음에 드십니까, 마카르 알렉세예비치? 하여튼 저는, 며칠 내로 다른 책을 빌려 보기로 약속했어요. 마음이 내키시면 저하고 함께 읽어도 좋습니다. 그럼, 오늘은 이만. 정말 더 이상 쓰고 있을 시간이 없답니다.

V. D.

6월 26일 — 마카르의 편지

귀여운 바렌카! 솔직히 말씀드려서 실은 나도 그 책을 읽어 보지 않았습니다. 아니, 바른 대로 말하자면, 몇 장 훑어보기는 했습니다만, 그래서 이것은 엉터리 책이다, 사람을 웃기기 위해서, 순전히 웃음을 본위로 해서 쓴 책이다. 이 정도는 대강 짐작이 갔습니다. 그래도 틀림없이 재미있을 테니까 바렌카의 마음에 들지도 모른다는 생각에서 보내 드렸던 것입니다.

그렇지만 옆방에 있는 라타자예프가 진짜 문학 작품을 빌려 주겠다고 약속했으니까, 이번에는 그야말로 훌륭한 책을 당신에게 보내게 되리라 믿습니다. 라타자예프라는 사람은 머리가 좋고 재주가 훌륭합니다. 그리고 자신이 글도 씁니다. 아주 명문(名文)을 쓴단 말입니다! 문장도 흠잡을 데가 없고 어휘도 굉장히 풍부하지요. 어떤 말이든지 말입니다, 아무리 평범하고 아무리 흔해빠진 말이라도, 예를 들면 내가 가끔 팔리도니나 체레자에게 하는 것 같은 그런 속된 말이라도, 이 사람이 붓을 들고 쓰게 되면 저절로 음조가 척척 맞아들어 갑니다.

나는 그 사람 방에서 열리는 모임에는 늘 참석하곤 합니다. 우리는 담배를 피웁니다. 그러면 우리에게 그는 작품을 낭독해 줍니다. 무려 다섯 시간이나 걸릴 때도 있지만, 우리는 끝까지 귀를 기울이고 듣고 앉아 있지요. 이쯤 되면, 문학이라기보다 배가 터지게 대접받는 맛있는 음식이라고 해야겠지요! 아니, 굉장히 매혹적인 꽃이라고 합시다. 눈부시게 핀 꽃입니다. 어느 페이지에서도 훌륭한 꽃다발을 엮을 수 있을 겁니다! 그는 사교성이 있고, 친절하고, 상냥한 사람입니다. 나 같은 건 그 사람과 비교하면 대체 무엇이란 말입니까? 전혀 문제도 되지 않지요. 저쪽은 명성이 높은 사람이지만, 나는—말은 해서 뭘 합니까―있으나 없으나 마찬가지인 존재밖엔 안 되지요.
 하지만 그는 나 같은 인간에게도 호의를 베풀어 줍니다. 내가 그에게 이것저것 정서를 해주니까, 저쪽에서도 호의를 보여 주는 게 아니냐, 이런 생각은 꿈에라도 하지 마십시오. 터무니없고 되지 않는 소문을 믿으시면 안 됩니다. 비열한 허튼 수작을 믿으시면 안 된단 말입니다! 다만 나는 내가 좋아서, 그를 만족시키기 위해서 나 자신의 뜻에 따라 정서 같은 걸 해줄 뿐이고, 또 저쪽에서 내게 호의를 보여 주는 것은 나를 만족시키기 위해 저쪽에서 제멋대로 그렇게 하는 것뿐이니까요. 바렌카, 나는 이래봬도 그와 같은 행위의 미묘한 성질을 이해한다고 봅니다. 그는 친절한, 매우 친절한 인간이며 동시에 뛰어난 작가입니다.
 그런데 말입니다, 바렌카, 문학이란 정말 좋은 것이더군요. 나는 그것을 그저께 옆방 모임에서 비로소 깨달았습니다. 문학이란 참으로 심각한 것이에요! 사람의 마음을 굳세게 해주며, 깨우쳐 주고 이끌어 주는…… 이러한 여러 가지 유익한 것들이 그의 책 가운데 많이 씌어 있습니다. 아주 훌륭하게 씌어 있단 말입니다! 문학은 회화다. 즉, 어떤 의미에서 그것은 일종의 회화며 거울이다. 그것은 정열의 표현이며, 예리한 비평이며, 사람의 마음을 감동시키는 교훈이며, 인생의 기록이다. 이것은 모두가 그 모임에서 주워들은 말들입니다.
 바렌카, 솔직히 말해서 나는 그들 속에 끼어 그런 말들을 듣고 있지만(역시 그들처럼 담배를 입에 물고 얼굴을 잔뜩 찌푸리고 말입니다), 그러나 그들이 여러 가지 문제에 대해서 옳다거니 그르다거니 하고 토론을 전개하기 시작하면, 나는 금방 기가 죽어서 한 마디도 발언할 수 없게 되고 맙니다. 그저 꿀 먹은 벙어리처럼 눈만 멀뚱멀뚱 뜨고 앉아 있을 수밖에 없는 나 자신이 민망스럽기 짝이 없지요. 그래서 나는 한 마디라도 좋으니 그들의 대화에 한 번 끼어들고 싶은 마음이 간절해서 모임이 끝날 때까지 열심히 궁리해 봅니다만, 유감스럽게도 그 한 마디조차 머리에 떠올라 주지 않더군요! 정말 나는 아무 짝에도 쓸모없는 인간이구나 생각하면 나 자신이 가련해집니다.

'두뇌를 어디다 뽑아 팽개친 등신'이라더니, 바로 내가 그런 족속인 모양입니다. 여가가 있을 때 내가 무엇을 하는지 아십니까? 그저 잠만 자지요. 바보처럼 입을 쩍 벌리고 잠만 잔단 말입니다. 쓸데없이 잠만 자지 말고, 무슨 보람 있는 일이라도 해야 하지 않겠어요? 가령 책상에 앉아서 열심히 글이라도 쓰면, 자기 자신에게 유익할 뿐 아니라 다른 사람에게도 좋을 텐데 말입니다.

그런데 바렌카, 글을 쓰는 사람들이 얼마나 돈을 많이 버는지 아십니까? 굉장합니다! 예를 들면, 이 집에 사는 라타쟈예프만 해도 제법 많은 돈을 벌고 있습니다. 그렇다고, 원고 한 장 긁적거리는 데 노력이 들면 얼마나 들겠느냔 말입니다. 어떤 때는 하루에 다섯 장씩이나 씁니다. 그리고 말입니다, 한 장에 300루블씩 받는다지 않겠습니까. 좀 쓸 만한 콩트나 무슨 재미 있는 읽을거리 라면 500루블씩 내라고 합니다. 그렇게 못 내겠으면 그만두라고 배짱을 부리는 형편이지요. 몇 천 루블이라는 돈이 쉽사리 호주머니 속으로 날아들어 옵니다! 어떻습니까, 바르바라 알렉세예브나, 굉장하지요? 그 사람은 자기가 만든 시를 적어 놓은 조그만 노트를 한 권 가지고 있는데, 시라고 해봐야 짤막한 것들 뿐입니다. 그런 걸 가지고 7천 루블을 받겠다고 합니다. 바렌카, 일금 7천 루블이란 말입니다. 어때요, 그만한 돈이면 벌써 훌륭한 재산입니다. 한 집안의 생활 토대가 넉넉히 될 만한 재산 아닙니까! 출판사 측에서는 5천 루블까지 주겠다고 하는데도 이쪽에서 받아들이지 않는다는군요.

나는 그에게, "라타쟈예프 씨, 그럴 것 없이 5천 루블 받아 두십시오. 그리고 그 친구들에게 침이나 퉤 뱉어 주면 그만 아닙니까. 5천 루블만 해도 역시 한 밑천은 될 테니까요!" 하고 권고해 보았지요. 그랬더니 그의 대답이, "아니, 그렇지 않소. 결국은 그 악당 놈들이 7천 루블을 내놓을 테니 두고 보시오." 하지 않겠습니까. 참으로 대단한 인물입니다!

귀여운 바렌카, 이왕 이야기가 이런 방향으로 나왔으니 ≪이태리의 사랑≫에서 한 구절을 뽑아 적어 보내 드리겠습니다. ≪이태리의 사랑≫이라는 것은, 그가 쓴 작품의 제목입니다. 그럼 바렌카, 끝까지 읽고 나서 한번 평가해 보십시오.

……블라지미르는 몸을 부르르 떨었다. 불길 같은 정열이 그의 몸 안에서 소용돌이치고 피는 뜨겁게 끓어올랐다…….

　"백작부인!" 하고 그는 소리쳤다. "부인! 당신은 나의 이 정열이 얼마나 무서운 것인지 아십니까? 이 열광적인 애정이 얼마나 깊고 무한한 것인지 아십니까? 아니, 나의 꿈은 나를 속이지 않았습니다! 나는 사랑합니다. 열렬하게 미친 듯이 당신을 사랑합니다! 아무리 당신의 남편이 기를 쓴다 해도, 미친 듯이 타오르는 내 영혼의 희열을 꺼버릴 수는 없을 겁니다! 황량한 내 가슴속에서 불타오르는, 무엇이든지 불태우지 않고는 견딜 수 없는 이 지옥의 불길을 하잘 것 없는 방해물 정도로 꺼버릴 수는 도저히 없을 겁니다. 오오, 지나이다, 지나이다!"

　"블라지미르!" 백작 부인은 제정신을 잃고 사내의 어깨에 몸을 기대며 속삭였다.

　"지나이다!" 환희에 넘친 음성으로 스멜리스키는 외쳤다.

　그의 가슴에서 뜨거운 입김이 새어나왔다. 정열의 불길은 사랑의 제단에서 맹렬히 타오르며 불행한 수난자들의 가슴을 태웠다

　"블라지미르!" 황홀하게 취한 것 같은 목소리로 백작 부인은 소곤거렸다. 그녀의 가슴은 부풀어오르고, 두 볼은 불처럼 새빨갛게 물들여지고, 눈은 이글이글 타올랐다.

　이리하여 무서운 결합이 새로 이루어진 것이다!

　반 시간 후에 늙은 백작은 자기 부인의 방으로 들어왔다.

"여보, 귀한 손님이 오셨으니 사모바르라도 내놓으라 해야 할 게 아니오?" 하고 백작은 아내의 뺨을 가볍게 두드리며 말했다.

이상과 같습니다. 그러면 바렌카, 당신에게 묻겠는데, 이것을 읽은 후의 감상은 어떻습니까? 사실 약간 분방한 느낌이 없는 것은 아닙니다. 이 점에 대해선 나도 이의가 없습니다. 하지만, 역시 멋있지 않아요? 참으로 그럴 듯합니다!

그럼 이번에는 ≪예르마크와 줄레이카≫라는 소설에서 한 구절 뽑아 보겠습니다.

우선 용맹한 시베리아의 정복자 예르마크라는 카자크가 자기 손아귀에 넣은 시베리아 왕 쿠춤의 왕녀 줄레이카와 사랑에 빠졌다고 상상해 주십시오. 아시다시피, 이 소설은 폭군 이반 왕 시대에 일어난 사건을 주제로 한 것이지요. 다음은 예르마크와 줄레이카의 대화입니다.

"나를 사랑하고 있다구, 줄레이카? 오오, 다시 한 번, 다시 한 번 그 말을 해 줘!"

"예르마크, 나는 당신을 사랑하고 있어요!" 하고 줄레이카는 소곤거렸다.

"하늘이여, 땅이여, 나는 그대들에게 감사를 드리노라! 나는 행복하다!…… 나의 이 피끓는 영혼이 소년 시절부터 동경하여 온 모든 것을 그대들은 내게 주었다. 나를 인도하는 별이여, 그대가 무엇 때문에 나를 '암석으로 된 산맥'(역주 ; 우랄 산맥을 말함) 너머 여기까지 멀리 이끌어 왔는지 이제야 알겠구나! 나는 나의 줄레이카를 온 세상 사람들에게 보여 줄 테다. 세상 사람들이, 그 미친 괴물과 같은 인간들이 어찌 감히 나를 비난할 수 있으랴! 오오, 그들이 만일, 이 처녀의 착하고 부드러운 가슴속에 숨겨진 남모르는 고민을 알아 준다면! 나의 줄레이카가 흘리는 한 방울 눈물 속에 깃들어 있는 운향(韻響) 없는 장편시를 만일 그들이 읽을 수 있다면! 오오, 나의 입술로 그 눈물을 씻게 해다오! 그 거룩한 눈물을 마시게 해다오!…… 오오, 나의 천사여."

"예르마크." 하고 줄레이카는 말했다. "세상은 무정한 것이에요. 그리고 인심은 언제나 공정하지 못하지요! 예르마크, 그들은 우리를 비난하고 쫓아 버릴 거에요! 정든 고향인 이 시베리아의 눈 속, 아버지의 천막 속에서 고이 자란 가엾은 계집애가 얼음처럼 차디찬, 무정하고 이기적인 당신네 세계에 나가서 어떻게 살아나갈 수 있겠어요? 세상 사람들은 결코 나를 동정하지 않을 겁니다. 아아, 그러나 당신은 나의 희망이에요, 나의 사랑이에요!"

"그때는 이 카자크의 장검(長劍)이 공기를 가르며 놈들의 머리 위에 떨어질 뿐이다!" 무섭게 눈을 번득이며 예르마크가 소리쳤다…….

바렌카, 이 줄레이카라는 처녀가 칼에 맞아 죽었다는 것을 알았을 때, 예르마크의 마음은 어떠했겠습니까? 눈이 멀어 버린 시베리아 왕 쿠춤이 예르마크가 없다는 것을 모르고, 야음을 타서 그의 천막에 침입해 자기의 왕관과 옥새를 빼앗은 예르마크를 살해한다는 것이 그만 자기의 귀중한 딸을 죽여 버리고 만 것입니다.

"돌에다 칼을 가는 것이 내게는 더없는 낙이다." 하고 시퍼렇게 칼날을 세우며 예르마크는 분노에 찬 목소리로 외쳤다. "내게 필요한 건 놈들의 피야, 놈들의 시뻘건 피란 말이야! 놈들의 사지를 닥치는 대로 자르고, 자르고 또 자르는 일만이 남았을 뿐이야!"

그리고 이러한 일들이 있은 다음, 예르마크는 그리운 줄레이카를 다시 살아나게 할 수 없음을 한탄하며 이르트이슈 강에 몸을 던졌지요. 이 소설은 여기서 끝납니다.

그 다음에 이것은, 사람을 웃기기 위한 소위 유머 소설에 속하는 그의 작품 중에서 몇 줄 뽑아 본 것입니다.

"당신은 이반 프로코피예비치 젤토푸스라는 친구를 아십니까? 프로코피 이바노비치의 넓적다리를 물고 늘어졌던 바로 그 친구 말입니다. 그는 굉장히 성미가 급하지만, 그 대신 보기 드문 호인이지요. 상대방인 프로코피 이바노비치는 무에다가 꿀을 발라 먹기를 무엇보다 좋아하는 인물, 이것은 페라게야 안토노브나가 그들과 처음 사귀기 시작할 때 일어난 일입니다만…… 그런데 당신은 페라게야 안토노브나라는 여자를 아십니까? 맨날 치마를 뒤집어서 입고 다니는 바로 그 여자 말입니다."

어떻습니까, 바렌카, 참으로 익살스럽지요? 라타자예프가 이 작품을 읽어 주었을 때, 우리는 배를 움켜쥐고 웃었답니다. 그는 이렇게 비상한 재주를 가진 사람입니다! 그러나 바렌카, 이 작품에는 일부러 꾸민 것 같은 어색한 점도 약간 있고 또 경박한 점도 지나칠 만큼 많기는 하지만, 악의 같은 것은 발견할 수 없을 뿐아니라 기독교 정신에 배치하는 자유주의적 사상 같은 것도 눈곱만큼도 없습니다. 라타자예프는 품행이 방정한 인물이며, 보통 작가들과는 비교가 안 될 정도로 훌륭한 문학가라는 것을 당신에게 말씀드려 둬야 하겠습니다.

그건 그렇고, 바른 대로 말하면 나도 가끔 이런 생각이 떠오르곤 합니다. 가령 내가 무슨 작품을 하나 쓴다면, 그땐 어떻게 될까? 가령 말이지요, 별안간 '마카르 제부슈킨 시집'이라는 표제가 붙은 책이 어떻게 해서 나왔는지는 모르지만 세상에 나왔다고 합시다! 그러면 사랑하는 천사여, 그때 당신은 뭐라고 할까요? 그런 경우에 당신은 그 사실을 어떻게 생각하시며, 또 감상은 어떠할까요? 나 자신은 그런 책이 세상에 나오는 순간부터 네프키 거리에 나타날 용기를 아주 잃고 말 것 같습니다. 야, 저기 시인 제부슈킨이 온다, 저 사람이 바로 작가 제부슈킨이라네, 하고 모두들 수군거리면 내 기분이 어떻겠습니까? 그리고 그런 경우에 말입니다, 나는 이 장화를 어떻게 하면 좋을까요? 이왕 말이 나왔으니 사실대로 말합니다만 내 구두는 누덕누덕 기운 고물인데다가 밑바닥이 보기 흉하게 닳아빠진 걸 그대로 신고 다닌다는 걸 사람들이 알면 대체 어떻게 되겠습니까! 백작 부인이니 공작 부인이니 하는 분들의 눈에 띄는 날에는, 아아, 사랑하는 벗이여,

그런 분들은 뭐라고 할까요? 하기는 아마 그런 분들은 눈치채지 못할지도 모릅니다. 내 생각 같아서는, 백작 부인 같은 분들은 남의 구두에, 더욱이 하급 관리의 구두 따위엔 관심을 가지고 있지 않을 것 같으니까요(왜냐하면, 구두라는 물건은 그야말로 천차만별이라 할 수 있기 때문입니다). 그렇지만 그런 부인들과 친한 사내들이 아무래도 폭로할 것만 같습니다. 예를 들면, 아까 소개한 라타자예프 같은 사람이 맨먼저 폭로할 겁니다. 그는 B백작 부인네 집에 자주 드나듭니다. B백작 부인은 무척 귀엽게 생긴 부인인데, 문학을 좋아한다더군요. 라타자예프가 홀딱 반한 모양입니다!

이런 얘긴 이만 집어치웁시다. 실은, 당신의 마음을 위로해 드리고 싶어서, 당신을 웃기려는 목적으로 썼을 뿐이니까요. 그러면 사랑하는 나의 천사여, 안녕히! 되지도 않는 소리를 많이 늘어놓았지만, 그것은 다름 아니라 오늘 내 기분이 몹시 유쾌했기 때문입니다. 오늘 라타자예프네 방에서 모두 함께 점심을 얻어먹었답니다. (그들은 정말 재미있는 친구들이지요.) 고급 포도주가 나왔습니다. 그러나 당신에겐 이런 말을 해봐야 소용없겠군요! 그렇지만 바렌카, 제발 내 걱정만은 말아 주십시오. 나는 이처럼 유쾌하게 지내고 있지 않습니까. 책을 보내 드리지요. 틀림없이 보내 드리겠습니다. 지금 이 집에서는 폴드 코크의 작품을 한 권 돌려 가며 보고 있습니다만, 폴드 코크는 당신 구미에 맞을 것 같지 않아서요…… 암,

그렇고말고요. 폴 드 코크는 맞지 않습니다. 이 작가는 페테르부르크의 전체 비평가들에게서 지극히 당연한 분노를 사고 있다는군요.

과자를 한 근 보냅니다. 당신을 위해 일부러 사온 것입니다. 귀여운 벗이여, 한개 한개 잡수실 때마다 나를 생각해 주십시오. 그렇지만 알사탕만은 씹지 말고 천천히 빨아 잡수십시오. 그렇게 하지 않으면 이가 상하기 쉬우니까요. 당신은 추카트(역주 ; 과실을 사탕에 졸여서 만든 과자)도 좋아하시지요? 그러면 그렇다고 말씀해 주십시오. 그럼 이만, 이번엔 정말 이만 쓰겠습니다. 사랑하는 천사여, 부디 안녕히.

당신의 영원한 벗인 마카르 제부슈킨

6월 27일 — 바르바라의 편지

경애하는 마카르 알렉세예비치!

표도라에게 들은 말인데, 만일 저만 마음에 있다면, 제 형편을 동정해서 썩 좋은 가정교사 자리를 하나 말해 주겠다는 분이 있다고 합니다. 당신은 어떻게 생각하시는지요? 가야 할까요, 가지 말아야 할까요? 물론 그렇게 되면 당신에게 폐를 끼치지 않아도 될 것이고, 또 그 자리가 보수도 괜찮을 것 같아서요. 그러나 한편으로는 낯모르는 남의 집에 간다는 것이 어쩐지 꺼림칙합니다. 소개해 주겠다는 곳은 어떤 지주의 집이랍니다. 저에 대해서 알아보려고 꼬치꼬치 캐물으면, 그럴 때 저는 어떻게 대답해야 좋을까요? 더욱이 저는 사교성이 없고 무뚝뚝한 인간이니 말씀이에요. 역시 정들어 살던 곳에서 언제까지나 살고 싶어요. 왜 그런지 여지껏 살던 곳이 제일 좋을 것만 같아요. 비록 슬픔 속에 잠긴 생활이지만, 그래도 역시 그렇게 생각되는 걸 어쩝니까. 게다가 가정교사 노릇을 하려면 시골로 내려가야 하고, 거기 가면 무슨 일을 시킬지 누가 압니까. 아마, 어린애만 업고 다니라고 할 거에요.

그리고 그 집 사람들도 보통이 아닌 모양입니다. 2년 동안에 가정교사를 셋이나 갈아치웠다니까요. 마카르 알렉세예비치, 제게 적절한 조언을 주시기 바랍니다. 가는 편이 좋을까요, 그만두는 편이 좋을까요?

그건 그렇고, 당신은 어째서 제 집에 한 번도 들르지 않으시나요? 도무지 얼굴을 뵐 수 없으니 어쩐 일이세요? 겨우 일요일에나 교회에서 잠깐 뵙는 것뿐이니 말입니다. 당신도 어지간히 비사교적인 분이시군요! 꼭 저와 똑같아요! 하지만 저는, 당신과 친척지간이 아닙니까. 왜 제가 싫으세요, 마카르 알렉세예비치? 저는 혼자 있으면 아주 슬퍼질 때가 가끔 있어요. 특히 황혼이 깃들기 시작할 무렵에 혼자서 우두커니 앉아 있으면 더욱 심합니다.

표도라는 어디 볼일이 있어서 밖으로 나갑니다. 저 혼자 남아서 이것저것 두서 없는 생각을 하며 앉아 있지요. 기뻤던 일, 슬펐던 일, 여러 가지 지나간 일들이 안개 속에서 떠오르듯이 나타나서 주마등처럼 퍼뜩퍼뜩 눈앞을 지나갑니다. 그리운 사람들의 얼굴이 나타납니다. (바로 눈앞에 있는 사람을 보는 것 같아요.) 그 중에서도 어머니의 얼굴이 제일 자주 나타납니다. 그리고 저는 언짢은 꿈만 꿉니다. 건강이 몹시 상했는지 몸이 아주 쇠약해졌어요. 오늘 아침에도 자리에서 일어날 때 기분이 좋지 않았고, 게다가 이상한 기침까지 쿨룩쿨룩 나오지 않겠어요! 이러다가는 아무래도 머지않아 죽을 것만 같군요. 누가 제 장례식을 돌봐 주겠어요? 더구나 저는 낯선 고장, 남의 집 낯선 구석방에서 죽게 될지도 모르니까요…….

마카르 알렉세예비치, 산다는 것이 이렇게도 슬프기만 한 것일까요! 그런데 그리운 벗이여, 무엇 때문에 맨날 과자를 이렇게 보내 주십니까? 당신에겐 어디서 그렇게 많은 돈이 생기는지 정말 알 수 없는 일이군요. 제발 돈을 좀 아끼세요. 소중히 여겨 주세요. 제가 수놓은 양탄자를 표도라가 지폐로 50루블에 팔아 주었습니다. 저는 그렇게까지는 받지 못하리라 생각했는데, 정말 횡재를 했어요. 저는 표도라에게 은화로 3루블 주고, 남은 돈으로 저고리를 만들어 입을 생각입니다. 물론 그리 좋은 것은 못 되겠지만, 그래도 여지껏 입고 있던 것보다는 따뜻하겠지요. 당신에게는 조끼를 만들어 드리지요. 직접 제 손으로 만들어 드리겠어요. 천도 좋은 것을 택할 작정입니다.

표도라가 ≪벨킨 이야기≫라는 책을 얻어 왔는데, 혹시 보시고 싶은 의향이 있으시면 보내 드리겠습니다. 그러나 제 책이 아니니까 제발 더럽히거나 오랫동안 그냥 가지고 계시거나 하지는 마세요. 푸슈킨의 작품입니다. 저는 이 소설을 2년 전에 어머니와 함께 읽은 일이 있습니다. 지금 다시 그것을 읽어 보니 얼마나 마음이 아픈지 모르겠어요. 혹시, 당신에게 무슨 책이 있으면 보내 주세요. 그러나 그것은 라타자예프 씨에게서 받은 책이 아닌 경우에 한해서 하는 말입니다. 그 사람은 아마 자기 작품이 출판될 때에는 당신에게도 한 권씩 드리겠지만, 저는 그 사람의 작품은 좋아하지 않으니까요.

  마카르 알렉세예비치, 저는 어째서 그 사람의 작품이 당신 마음에 드는지 알 수 없어요! 그렇게 시시한 것이 말입니다. 그럼 이만 쓰겠습니다. 너무 지껄인 것 같군요! 그렇지만 슬플 때는 무엇이든지 지껄이고 있으면 마음이 가벼워진답니다. 그것이 제게는 약이에요. 금방 가슴이 후련해집니다. 속에 뭉쳐 있는 것을 모두 털어 놓으면 한결 시원하지요. 그럼 그리운 벗이여, 안녕히, 안녕히!

당신의 V. D.

6월 28일 (마카르의 편지)

  귀여운 나의 바르바라 알렉세예브나!
  쓸데없는 생각은 그만 하십시오! 그래, 부끄럽지도 않습니까! 내 귀여운 천사여, 그런 마음 약한 소리는 아예 입밖에 내지도 마십시오! 당신은 어째서 맨날 그따위 생각만 하십니까? 바렌카, 당신은 병이 든 게 아닙니다. 절대로 병이 아니에요! 당신은 향기롭게 피어난 꽃처럼 싱싱합니다. 안색은 좀 창백하긴 하지만, 어쨌든 당신은 싱싱한 꽃입니다. 꿈이라든지 환상이라든지 그게 다 무슨 부질없는 소리입니까! 그런 창피스러운 말은 아예 하지도 마십시오. 그까짓 꿈 같은 건 무시해 버리십시오. 내가 잠을 잘 자는 것은 무엇 때문입니까? 어째서 내게는 아무 일도 일어나지 않느냔 말입니다.

바렌카, 나를 좀 보십시오. 나는 항상 만족한 상태에 있습니다. 잠도 잘 잡니다. 지극히 건강하고, 그야말로 원기왕성합니다. 남이 보아도 대견스러울 정도지요. 그러니까 바렌카, 당신도 그런 부질없는 생각일랑 아예 하지도 마십시오. 정말 창피스러운 일입니다. 그런 버릇은 근본적으로 고칠 필요가 있습니다. 나는 당신의 성격을 잘 압니다. 조금이라도 무슨 일이 생기면, 곧 속을 썩이며 쓸데없는 걱정을 합니다. 바렌카, 제발 그런 버릇은 뿌리째 뽑아 버리십시오.

남의 집에 가정교사로 간다구요? 안 됩니다. 안 돼요! 절대로 안 될 말입니다! 도대체 무엇 때문에 당신은 그런 당치도 않은 생각을 하십니까? 나중엔 못 하는 생각이 없군요! 더욱이 시골로 내려가다니 말이 됩니까! 안 됩니다, 바렌카, 찬성할 수 없어요. 그런 계획에는 전력을 다해서 반대하겠습니다. 비록 내가 이 낡아빠진 프록코트를 벗어서 내다 팔고, 셔츠 한 장만을 걸치고 거리를 돌아다 니게 되는 한이 있더라도 당신에게는 절대로 불편을 주지 않겠습니다. 안 됩니다, 바렌카, 안 될 말이에요! 나는 당신이 어째서 그런 생각을 하시는지 잘 압니다. 그러나 어쨌든, 천부당만부당한 일입니다!

 이런 말이 나오게 된 것은 모든 게 표도라 때문일 겁니다! 그 바보 같은 여편네가 당신을 부추긴 것이 분명합니다. 그러나 바렌카, 그따위 여편네 말을 믿었다가는 큰일입니다. 더구나 당신은 아직까지 자세한 내용을 모르고 있지 않습니까? 좌우간 표도라는 어리석은데다가 말이 많고 덜 돼먹은 여잡니다. 자기 남편까지 저승으로 쫓아보낸 여편네입니다. 그렇지 않으면, 그 여자가 당신에게 화를 내며 못 살게 군 일이라도 있었습니까? 그렇지 않아요? 하지만 어쨌든 가면 안 됩니다, 절대로 안 됩니다! 당신이 떠나가 버리면 나는 도대체 어떡하란 말입니까? 그때는 내게 무슨 일이 남겠습니까? 안 됩니다, 바렌카. 그런 생각은 머릿속에서 지워 버리십시오. 우리와 함께 지내면서 당신에게 부족한 것이 무엇입니까? 그야 물론, 우리는 당신에게 충분한 만족을 줄 수는 없겠지요. 하지만 당신이 우리를 사랑해 주신다면, 제발 이대로 조용하고 조촐한 생활을 계속해 주십시오. 삯바느질이라도 하고, 책이나 읽으면서…… 아니, 바느질 같은 건 하지 않아도 좋습니다. 그런 일까지 할 필요는 조금도 없지요. 하여튼 우리와 생활을 함께 해주십시오. 당신이 가버리면 대체 어떻게 될 것인지 한번 생각해 보십시오. 지금처럼 가까운 데 계시니까 내가 책도 보내 드릴 수 있고, 또 어디로 함께 소풍을 갈 수도 있는 게 아닙니까. 그런 생각은 꿈에도 하지 마십시오, 바렌카. 정신을 바짝 차리시고, 쓸데없는 생각에 끌려 들어가지 마십시오!

한번 찾아가겠습니다. 곧 찾아가지요. 그 대신 나의 허물없는 솔직한 의견만은 받아들이시기 바랍니다.

바렌카, 당신 말은 옳지 않습니다. 절대로 옳지 않아요! 물론 나는 학식이 없는 인간입니다. 내가 쥐꼬리만큼도 교육을 못 받은 무식쟁이라는 건 나 자신도 잘 알고 있지요. 그러나 나는 그 점을 말하려는 건 아닙니다. 그런 건 문제시할 것도 못 되니까요. 다만, 나는 당신이 뭐라고 하더라도 라타자예프를 두둔하려는 것뿐입니다. 나는 그의 편을 들겠습니다. 나와는 절친한 친구지간이니까요. 그 친구는 정말 글을 잘 씁니다. 뭐니뭐니해도 아주 멋지게 잘 쓰는 걸 어떡합니까. 이 점에 대해서 나는 당신 의견에 찬성할 수 없습니다. 절대로 찬성할 수 없단 말입니다. 그의 작품은 인상적인 필치로 화려하게, 억양의 묘미가 잘 고려되어 씌어졌을 뿐 아니라, 여러 가지 사상이 함축되어 있습니다. 참으로 훌륭해요! 아마 당신은 그것을 그저 무심히 읽었겠지요. 그렇지 않으면 마음이 언짢을 때라든지, 무슨 일 때문에 표도라에게 화를 내고 있을 때라든지, 혹은 무슨 신통치 않은 일이라도 일어났을 때 읽으신 모양이군요. 그래서는 안 됩니다. 좀더 찬찬히 잘 읽어 보십시오. 마음이 흡족하고 즐겁고 기분이 썩 좋을 때, 예를 들면 알사탕을 입에 물고 계실 때 읽어보란 말입니다. 물론 라타자예프보다 나은 작가도 있을 겁니다. (나는 그 점에 대해선 이의가 없습니다.) 아니, 훨씬 뛰어난 작가도 있기는 있겠지요. 그러나 그 사람들도 우수하지만 라타자예프도 역시 우수합니다.

그 사람들도 그럴 듯하게 쓰지만, 라타자예프도 역시 그럴 듯하게 쓴단 말입니다. 그는 그 자신의 독자성을 가지고 있습니다. 자기의 독특한 양식으로 아주 훌륭한 작품을 만들어 냅니다. 그럼 바렌카, 오늘은 이만. 좀 바쁜 일이 있어서 더 쓸 수 없습니다. 귀여운 사람이여, 내 말을 알아듣겠지요. 마음을 편안히 가지십시오! 하느님께서 언제나 당신을 돌봐 주시고, 나도 역시 당신 곁에 붙어 있으니까요.

당신의 충실한 벗인 마카르 제부슈킨

추신—책을 보내 주시겠다니 고맙습니다. 그러면 나도 푸슈킨 것을 읽어 봅시다. 오늘 저녁에 틀림없이 당신을 찾아가지요.

7월 1일 — 바르바라의 편지

친애하는 마카르 알렉세예비치!

아무래도 저는 이렇게 당신들과 함께 살 수는 없을 것 같습니다. 저도 곰곰이 생각해 본 결과, 그렇게 조건이 좋은 일자리를 거절한다는 것은 어리석기 그지 없다는 결론을 얻었습니다. 그곳에 가면 적어도 그날그날의 빵만은 얻어먹을 수 있지 않겠어요. 저는 좀더 노력하기만 하면 남의 집에 가서도 잘 견딜 수 있을 것 같아요. 다른 사람들에게 상냥하게 대할 수도 있을 것이고, 필요한 경우에는 자기의 성격을 고치려고 노력할 수도 있겠지요. 남의 틈에 끼어 남의 눈치를 살피고, 자신의 감정을 숨기거나 억눌러 가며 살아야 한다는 것은 물론 고달프고 괴로운 일이겠지만, 하느님께서 반드시 도와주시리라 믿습니다. 그리고 한평생을 다른 사람들과 부딪치지 않고 살 수도 없는 일이니까요. 저는 전에도 그런 일을 겪은 적이 있었답니다. 아직 어릴 때, 여학교에 들어가 있던 시절의 이야기지만, 저는 지금도 잘 기억하고 있어요. 일요일이면 언제나 집에 돌아와서 장난을 치며 뛰놀곤 하였지요. 어떤 때는 어머니에게 꾸중도 들었지만, 그런 것쯤은 아무렇지도 않았습니다. 가슴에는 그 어떤 달콤한 것으로 가득 차고 그저 기쁘고 즐겁기만 했지요.

그러나 저녁이 되면 저는 갑자기 죽음과 같은 우수 속에 휩싸여 들어가고 맙니다. 아홉 시에는 어떤 일이 있어도 학교 기숙사에 다시 돌아가야 하는데, 그 학교라는 데가 제게는 그저 낯설고 무정하고 엄격하기만 한 곳이었습니다. 또 사감 선생님들도 일요일 저녁에는 공연히 성난 얼굴을 하고 있는 것처럼 보여서 불현듯 슬픈 생각이 들고, 울고 싶어지곤 했습니다. 그래서 저는 한쪽 구석에 틀어박혀 눈물을 감추며 혼자 홀쩍홀쩍 울기만 했답니다. 학교에서는 모두 저를 게으름뱅이라고 했습니다. 그러나 저는, 그런 소리가 듣기 싫고 분해서 좀더 공부를 해야 되겠다는 결심을 하며 눈물을 흘린 것은 절대로 아닙니다. 하지만 나중에는 어떻게 되었는지 아세요? 저는 그런 생활에 완전히 익숙해져서, 학교를 도중에 그만두고 나올 때는 친구들과 헤어지며 역시 눈물을 흘렸답니다. 그러니까 어떤 곳이든지 정들이기 나름일 것입니다.

그뿐만 아니라, 당신과 표도라에게 이렇게 신세를 지면서 산다는 것도 역시 좋은 일이라고는 할 수 없습니다. 그 생각을 하면 저는 괴로워서 견딜 수가 없습니다. 저는 모든 것을 당신에게 솔직하게 말씀드리고 있어요. 당신에게는 아무 것도 숨기지 않고 말씀드리는 것이 이제 습관처럼 되었으니까요. 표도라가 매일 아침 날이 채 밝기도 전에 일찌감치 일어나서 빨래를 하고, 밤늦게까지 일을 하고 있는 것이 어찌 제 눈에 보이지 않겠어요? 그만큼 나이도 먹었으니 좀 쉬고 싶은 생각인들 왜 없겠습니까. 또 당신이 저 때문에 마지막 동전 한 닢까지도 박박 긁어서 쓰고 계시다는 걸 제가 눈치채지 못하고 있는 줄 아세요? 당신은 정말 분에 넘치는 짓을 하십니다! 마지막 옷가지를 파는 한이 있어도 제가 옹색한 마음을 갖지 않게 하시겠다고 말씀하시는군요. 그리운 벗이여, 저는 당신을 믿습니다. 당신의 친절한 마음씨를 믿습니다. 하지만 지금이니까 당신도 그렇게 말씀하실 수 있을 거에요. 요새 당신은 상여금을 받으셔서 예기치 않았던 돈을 가지고 계십니다. 그래서 그런 장담을 하시는 겁니다. 그러나 그 돈이 다 떨어지면 어떡하시지요?

아시다시피 저는 언제나 걸핏하면 앓아눕기 일쑵니다. 암만 마음이 간절해도 저는 당신처럼 그렇게 일할 수는 도저히 없습니다. 또 그 일거리가 언제든지 있는 것도 아니구요. 그런 경우에 대체 나는 어쩌면 좋겠습니까? 그저 당신과 표도라의 얼굴을 멍청히 쳐다보면서 애를 태우고 있을 수밖엔 다른 도리가 없지 않겠어요? 저 같은 게 대체 무엇으로 당신에게 눈곱만큼이나 도움이 되어 드릴 수 있을까요? 그리고 사랑하는 벗이여, 어째서 저 같은 인간이 당신에게 그처럼 꼭 필요하단 말씀입니까? 제가 무엇을 당신에게 해드렸단 말씀입니까? 저는 다만, 온 영혼을 기울여 당신에게 의지하고, 진심으로 뜨겁게 당신을 사모하고 있을 뿐입니다. 그러나 제 운명은 애처롭습니다. 저는 사랑한다는 것이 무엇이라는 것을 알고 있으며, 또 사랑할 수도 있습니다만, 다만 그것뿐이고 당신의 은혜에 실제로 보답할 길을 모릅니다. 당신을 위하여 무엇 하나 좋은 일을 해드릴 수 없습니다. 더 이상 저를 붙잡지 말아 주십시오. 잘 생각하시고 마지막 의견을 말씀해 주십시오. 회답을 기다리겠습니다.

당신을 사모하는 V. D.

7월 1일 — 마카르의 편지

 쓸데없는 소리입니다, 바렌카. 그런 되지도 않은 소리가 어디 있습니까! 당신을 그냥 내버려 두었다가는 그 귀여운 머리로 무슨 엉뚱한 것을 생각해 낼지 모르겠군요. 당신의 말은 이것도 저것도 모두 옳지 않습니다! 나는 그것이 모두 어리석기 짝이 없다는 것을 알고 있습니다. 우리와 이렇게 함께 지내면서 당신에게 부족한 것이 대체 뭡니까, 바렌카? 그것만 말씀해 주십시오! 우리는 당신을 사랑하고 또 당신도 우리를 사랑합니다. 우리는 흡족하고 행복스럽게 그날그날을 보내고 있습니다. 그런데 그 이상 무엇이 더 필요하단 말입니까! 더욱이 낯선 사람들 속에 들어가 당신은 어쩔 셈입니까? 당신은 아직도 타인이라는 게 어떤 것인지를 모르고 있습니다. 그런 건 나한테 물어 보십시오. 남이라는 게 어떤 것인지 내가 자세히 얘기할 테니. 나는 그것을 알고 있지요. 바렌카, 나는 그전에 남의 빵을 얻어먹은 경험이 있어서 그 점에 대해선 잘 알고 있습니다. 남이란, 누구를 막론하고 간악하기 짝이 없답니다. 당신의 그 착한 마음씨를 가지고는 도저히 추측도 못 할 만큼 심술궂지요. 꾸지람과 욕지거리와 사나운 눈흘김으로 당신의 마음을 갈기갈기 찢어 놓을 것은 뻔한 일입니다. 우리와 함께 지내면 마치 아늑한 둥지 속에 들어앉아 있는 새처럼 당신은 마음이 편할 겁니다. 그리고 우리도 당신이 떠나가 버리면 목이 달아나 버린 것과 마찬가지가 되고 말 것입니다.

　바렌카, 당신이 없어지면 우리는 어쩌면 좋습니까? 그렇게 되면 이 늙은이는 무엇을 해야 한단 말입니까? 당신이 우리에게 불필요한 존재라구요? 아무 소용도 없는 존재라구요? 어째서 소용이 없단 말입니까? 바렌카, 한번 생각해 보십시오. 어째서 당신이 우리에게 필요치 않은 존재란 말입니까? 바렌카, 당신은 내게 없어서는 안 될 귀중한 사람입니다. 당신은 언제나 내게 유익한 영향을 주고 있습니다. 이렇게 당신을 생각하기만 해도 나는 곧 명랑하고 유쾌한 기분이 됩니다. 나는 가끔 당신에게 편지를 써서, 거기다 내가 느끼고 있는 모든 감정을 넣어 보냅니다. 그리고 당신에게서 자세한 답장을 받습니다. 이것이 내게는 천국 이상의 기쁨을 준단 말입니다.

　부끄러운 물건이지만, 당신에게 드리려고 조그만 옷장을 하나 사왔습니다. 그리고 당신이 부탁한 모자도 만들어 왔습니다. 어쩌다 당신에게 이런 부탁을 받게 되면, 나는 그 부탁을 받아들이는 커다란 기쁨을 맛볼 수도 있답니다. 천만에, 어째서 당신이 내게 소용없는 존재란 말입니까! 이렇게 나이 많은 나 자신이야말로 정말 혼자서 무엇을 할 수 있을 것이며, 또 무슨 소용이 되겠습니까? 바렌카, 당신은 아마 이 점을 생각하시지 않았겠지요? 내가 없어지면 저 늙은이는 무슨 구실을 할 수 있을까? 바로 이 점을 생각해 주었으면 좋겠습니다.

　나는 마음속으로부터 당신에게 흠뻑 젖어 버렸기 때문

에, 당신 없이는 하루도 살 수 없게 되었습니다. 바렌카, 만일 당신이 없어진다면 어떤 일이 일어나겠습니까? 나는 네바 강에 뛰어들 것이고, 그리하여 만사는 끝장이 나고 말겠지요. 이것은 거짓말이 아닙니다. 사실 그렇게 되고야 말 것입니다. 당신이 없는 이상, 나로서는 달리 어쩔 수도 없으니까요! 아아, 바렌카, 귀여운 나의 생명이여, 당신이 떠나겠다는 것은, 내가 영구차에 실려 불코보의 공동묘지로 끌려가는 것을 바라는 것이나 다름없는 일입니다. 언젠가, 가엾은 포크로프스키의 영구차를 따라나서던 그 거지 노파가 혼자서 내 관을 따라오겠지요. 그리하여 사람들은, 내게 흙을 뿌리고는 나 혼자 묘지에 남겨 둔 채 사라져 버리겠지요. 당신은 내가 그렇게 되기를 바라는군요? 아아, 바렌카, 그렇다면 그것은 너무합니다! 정말 너무해요. 그것은 죄악입니다.

사랑하는 벗이여, 빌려 준 책을 돌려 드립니다. 당신이 이 책에 대한 나의 의견을 물으신다면, 나는 이 세상에 태어나서 이렇게 훌륭한 책을 한 번도 읽은 적이 없다고 대답하겠습니다. 나는 어째서 오늘날까지 이처럼 무지몽매하게 일생을 살아왔을까? 도대체 내가 한 일이 무엇이란 말인가? 어째서 여지껏 그런 미개지에서만 살아왔을까? 이렇게 내 자신에게 반문하지 않을 수 없습니다. 나는 아무 것도 아는 게 없습니다. 쥐꼬리만큼도 아는 게 없는 인간입니다! 정말 무식하기 짝이 없는 인간입니다. 바렌카, 솔직히 말해서 나는 이만저만한 무식쟁이가 아니랍니다. 나는 오늘날까지 책이라곤 불과 몇 권밖엔 읽지 못했습니다. 정말 몇 권밖엔 안 됩니다. 아니, 통 읽지 않았다고 하는 편이 옳겠지요. ≪인간 세계≫라는 재치있는 작품을 읽은 일이 있습니다. ≪방울을 가지고 여러 가지 재미 있는 곡을 연주하는 소년≫이라는 것도 읽었습니다. 그리고 ≪이비코프의 학(鶴)≫도 읽었지요. 이것이 내가 읽은 책의 전부랍니다. 그 밖에는 한 권도 읽은 것이 없습니다. 이번에 당신이 빌려 준 책에서 처음으로 ≪역관(驛館)지기≫(역주 ; 푸슈킨의 단편)를 읽었지요.

여기서 내가 말하고 싶은 것은, 자기 자신의 전체 생활을 마치 자기 손으로 쓴 것 같은 책이 바로 옆에 굴러다니고 있다는 것을 모르고 지내는 일이 세상에 종종 있다는 것입니다. 이런 책을 읽으면, 여지껏 분명치 않던 일들이 조금씩 생각나서 아아, 그렇군, 하고 비로소 그 뜻을 전부 깨닫게 됩니다. 이러한 점에서 이번에 빌려 주신 책이 마음에 들었습니다. 그 밖에도 이유는 또 있습니다. 여느 작품 같으면 한 번 읽고, 두 번 읽고, 세 번 읽고, 아무리 애를 써 봐도 너무 고상하게 썼기 때문에 끝내 무슨 말인지 이해하지 못하고 마는 수가 종종 있습니다. 나 같은 것은 아시다시피 원래가 우둔한 인간이 돼서 너무 유식하게 쓴 책은 읽을 수가 없습니다. 그런데 이 책을 읽어 보니, 꼭 나 자신이 쓴 것 같은 생각이 들었습니다. 다시 말하자면, 이건 바로 내 마음속과 똑같단 말입니다. 그리고 그 마음을 뒤집어 놓고 사람들에게 이렇소! 하고 아주 자세하게 설명하고 있는 것같이 느껴졌습니다. 게다가 그 주제도 역시 이 세상에 흔히 있는 것입니다. 그것을 얼마나 생생하게 묘사했는지, 정말 나도 그렇게 쓸 수 있을 것 같은 마음이 듭니다. 어째서 내가 이런 것을 진작 쓰지 못했을까 하는 생각이 든단 말입니다. 나도 역시 이 책에 씌어 있는 것과 똑 같은 감정을 품고 있을 뿐 아니라, 이와 똑 같은 환경에 처해있던 때가 있었기 때문입니다. 다시 말하자면, 나도 이 책 속에 나오는 삼손 브이린과 다를 바 없지 않습니까……

사실 이 세상에는 얼마나 많은 삼손 브이린이, 얼마나 많은 불행한 인간들이 있습니까! 정말 빈틈없이 훌륭하게 쓴 작품입니다! 바렌카, 죄 많은 주인공이 가련하게도 술 주정뱅이가 되어 모든 기억을 상실하고, 온종일 양가죽 외투를 뒤집어쓰고 낮잠만 자거나 폰치술로 슬픔을 잊으려 하지만, 길 잃은 자기의 어린 양, 윤락의 길로 떨어져 간 자기 딸 두냐샤의 생각이 떠오르면, 애절한 목소리를 짜내어 울며 때 묻은 팔소매로 눈물을 훔친다는 대목을 읽었을 때, 나는 하마터면 울음을 터뜨릴 뻔했습니다. 그렇습니다. 이것은 사실 그대로입니다! 당신도 읽어보시면 아시겠지만, 이것은 하나의 실화입니다! 실제로 있는 일입니다! 나 자신도 그와 같은 사실을 목격했습니다! 우리 주위에는 그와 같은 인물이 얼마든지 살아 있습니다. 예를 들면, 체레자와 같은, 아니 좀더 비슷한 예를 들면, 우리 집에 사는 고르슈코프라는 가엾은 전직 관리 말입니다. 그 사람만 해도 성(姓)이 다를 뿐이지, 이 책의 삼손 브이린과는 동일 인물이라 할 수 있지 않습니까?

바렌카, 이와 같은 사실은 당신이나 나, 그리고 누구에게나 일어날 수 있는 공통된 불행입니다. 네프스키 거리나 해안가에 사는 백작이니 뭐니 하는 인간들에게도 결국은 마찬가지입니다. 다만 그들은, 그들대로의 우아하고 고상한 표현 방식을 가지고 있기 때문에 얼른 보기엔 전혀 별다른 것으로 보일 뿐이지, 그들에게도 역시 이와 같은 불행한 일이 일어날 수 있을 겁니다. 이렇게 말하는 내게도 똑 같은 일이 일어날지도 모릅니다. 바렌카, 이것은 움직일 수 없는 진리입니다. 그런데도 당신은, 역시 내게서 떠나야만 하겠습니까? 그것은 죄악입니다, 바렌카. 그것은 나를 멸망시킬지도 모르는 짓입니다. 당신 자신과 나를 동시에 멸망시키는 결과를 초래하게 될지도 모른단 말입니다. 아아, 귀중하고 그리운 나의 보배여, 제발 그 귀여운 머릿속에서 그따위 어리석고 무모한 생각일랑 당장에 털어 버리십시오. 그리고 내게 쓸데없는 괴로움을 주지 말아 주십시오. 연약한 나의 작은 새여, 아직 날개도 튼튼하지 못한 당신이 대체 어디서 먹이를 찾을 수 있단 말입니까? 악한들의 독아(毒牙)를 어떻게 막아내며, 자신의 파멸을 어떻게 방지할 수 있단 말입니까? 되지도 않은 생각은 아예 하지도 마십시오. 바렌카, 다시 고쳐 생각하십시오. 쓸데없는 조언이나 유혹에 귀를 기울이지 말고, 다시 한 번 이 책을 잘 읽어 보십시오. 주의를 기울여 읽으면, 당신은 반드시 유익한 것을 얻을 수 있을 것입니다.

라타자예프에게 ≪역관지기≫ 얘기를 했더니, 그의 말에 의하면 이 작품은 이미 낡아빠진 부류에 속하며, 요즈음엔 사건의 전개가 복잡하고 묘사가 풍부한 작품이 환영받고 있다더군요. 하지만 사실은, 그가 무슨 소리를 하는 건지 그 뜻을 알아들을 수 없었습니다. 그러나 그의 결론에 의하면, 어쨌든 푸슈킨은 훌륭하다, 그는 우리 성스러운 러시아에 영광을 가져왔다는 것입니다. 그리고 그 밖에도 푸슈킨에 대해 여러 가지 얘기를 해주더군요. 사실 좋습니다. 바렌카, 정말 좋아요. 다시 한 번 이 책을 찬찬히 읽어 보십시오. 내 권고를 받아들여, 그 순종의 미덕으로 이 늙은이를 기쁘게 해주십시오. 그러면 하느님께서 당신에게 상을 주실 것입니다. 바렌카, 하느님은 반드시 상을 주실 것입니다.

당신의 참된 벗인 마카르 제부슈킨

7월 6일 — 바르바라의 편지

경애하는 마카르 알렉세예비치!

오늘 표도라가 제게 은화로 15루블을 갖다 주었어요. 그래서 제가 그 중에서 3루블을 주니까 가엾게도 좋아서 어쩔 줄 몰라 하더군요! 오늘은 급히 몇 줄만 적겠습니다. 다름 아니라, 당신에게 드리려고 지금 조끼를 마르고 있는 중이랍니다. 무척 좋은 천이에요. 꽃무늬가 있는 노르스름한 빛깔입니다. 그리고 책도 한 권 보내 드립니다. 여러 가지 소설을 모은 책이에요. 저는 그 중에서 이것저것 읽어 보았는데, 특히 ≪외투≫라는 제목의 소설만은 꼭 읽어 보시도록 권하고 싶어요. 당신과 함께 연극을 보러 가지 않겠느냐고 하십니다만, 너무 비싸지나 않을지요? 값이 싼 좌석이 있으면 좋겠어요. 저는 정말 오랫동안 극장에 들어가 보지 못했어요. 그래서 이제는 언제 갔었는지도 기억에 없습니다. 그렇지만 너무 돈을 많이 쓰지나 않을지, 그것만이 역시 걱정입니다. 표도라는 머리만 가로젓고 있습니다. 당신이 정말 분수에 맞지 않는 생활을 하기 시작하셨다고 말합니다. 저도 역시 그렇게 생각해요. 당신이 저 때문에 돈을 많이 쓰셨으니까요! 공연히 그러시다가 큰일 나지 않게 미리 조심해 주세요.

표도라는 이런 소문도 들려 주었어요. 당신의 방세가 밀렸기 때문에 주인 마누라와 싸움이 벌어졌다고요. 저는 당신 일이 걱정이 되어 못 견디겠습니다. 그럼, 이만 쓰겠어요. 좀 바빠서 그럽니다. 모자의 리본을 바꿔 달려고요.

V. D.

추신— 혹시 극장에 가게 되면, 저는 새 모자를 쓰고 검정빛 짧은 코트를 입고 가겠어요. 하지만 어울리기나 할는지요?

7월 7일 — 마카르의 편지

친애하는 바르바라 알렉세예브나!

……지금 나는 옛날 일을 회상하고 있습니다. 사랑하는 벗이여, 나 같은 인간에게도 엉뚱한 데 마음이 팔린 시절이 있었답니다. 다름 아니라, 글쎄 내가 어떤 여배우에게 홀딱 반한 일이 있었단 말입니다. 하기야 그 정도는 별로 대단한 일이 아니라고 할 수 있겠지요. 그러나 무엇이 이상하냐 하면, 나는 그때까지 그 여배우를 본 일이 없었는데도, 단 한 번 극장에서 먼 빛으로 그 여자를 보자 단번에 홀딱 반해 버렸단 말입니다. 그 당시 벽 하나를 사이에 두고 옆방에 혈기왕성한 젊은 패들이 댓 명 살고 있었지요. 나는 언제나 적당한 간격을 두고 그들을 대했지만, 마지못해 그들과도 교제하고 있었습니다. 외톨이가 되지 않기 위해서 나는 무슨 일이든지 그들과 보조를 같이 했습니다. 그들이 내게 그 여배우 얘기를 들려 주었지요. 저녁마다 극장 문이 열리기가 바쁘게, 그 친구들은 정작 필요한 데 쓸 돈은 한 푼도 없으면서 모두 극장으로 몰려가서는 한쪽 귀퉁이의 싸구려 좌석에 자리잡고 마구 손뼉을 치며 그 여배우의 이름을 커다랗게 부르곤 했습니다. 그야말로 열광적이었다고 할까요. 집에 돌아와서도 그냥 야단들입니다. 밤새도록 그 여자에 대해서 핏대를 올리며 떠들어대니 잠을 잘 수가 있어야지요. 모두 그 여자를 자기의 '글라샤'라고 부릅니다. 말하자면 그 여자 한 사람에

게 모두 반해 버렸지요. 그들의 가슴속에서는 동일한 카나리아가 울고 있었다고 할 수 있습니다. 그때만 해도 나는 유혹을 견뎌 낼 만한 힘이 없는 애송이였습니다. 그래서 어느덧 나도 모르는 사이에 그들과 함께 극장 측면의 싸구려 좌석에 나타나게 되었던 것입니다.

눈에 보이는 것이라고는 무대 한쪽 끄트머리뿐이었지만, 배우들의 목소리는 잘 들리더군요. 그 여배우는 확실히 잘 울리는 달콤한 꾀꼬리와 같은 음성을 가지고 있었습니다. 우리들은 미친 듯이 박수를 보내며 마구 고함을 질렀지요. 한 마디로 말해서, 하마터면 극장에서 쫓겨날 정도로 열광했단 말입니다. 아니, 우리 패 중의 한 친구는 정말 밖으로 쫓겨나고야 말았습니다. 나는 마치 무엇에 마취된 것처럼 되어 집으로 돌아왔지요! 호주머니 속에는 은화로 1루블이 남았을 뿐인데, 월급날은 아직도 열흘은 더 있어야 했습니다. 바렌카, 그런데도 내가 어떻게 했는지 아십니까? 그 이튿날, 관청에 출근하는 길에 프랑스 인이 경영하는 향수 가게에 들러 호주머니를 톡톡 털어서 향수와 향수비누를 샀단 말입니다. 그때 어쩌자고 그런 물건을 샀는지, 나 자신도 알 수 없습니다.

나는 집에 와서 식사할 생각도 않고, 그 여배우가 사는 집 들창 밑을 쉴새없이 오락가락했습니다. 그 여자는 네프스키 거리의 어느 집 4층에서 살고 있었습니다. 잠깐 하숙집에 돌아왔다가 한 시간쯤 쉬고는, 다시 그 들창 밑을 지나가 보려고 네프스키 거리로 나서곤 했지요. 이렇게 두 달 반 가량 그 여자의 꽁무니를 쫓아다녔습니다. 멋있는 영업용 마차를 집어타고 공연히 그 들창 앞을 왔다갔다하기도 했지요.

드디어 한 푼도 없이 털어 버리고, 게다가 엄청나게 많은 빚까지 짊어지게 되었습니다. 그러다가 그 여자에 대한 열정도 제풀에 식어 버렸습니다. 별로 재미도 못 보았기 때문이지요. 어떻습니까, 바렌카. 여배우 따위도 교양 있는 남자를 이렇게 혼내 줄 수가 있답니다! 하기는 그때 나도 새파랗게 젊은 나이기는 했습니다만……

7월 8일 ― 마카르의 편지

친애하는 바르바라 알렉세예브나!

우선, 이달 6일에 보내 주신 책(역주 : 고골리의 ≪외투≫. 이 편지에는 그 작품에 대한 감상이 적혀있음)을 돌려 드리며, 동시에 이 편지를 통하여 그에 대한 내 견해를 밝히고자 합니다. 바렌카, 그따위 책을 보내서 나를 이렇게 극단적인 기분으로 몰아넣다니, 당신도 참 야속하군요. 이렇게 말하면 좀 어떨는지 모르지만, 인간의 지위란 모두 하느님께서 제각기 적당히 정해 주신 것입니다. 즉, 어떤 사람에겐 장군의 계급장을 부여하시는가 하면, 또 어떤 사람에겐 구등관(九等官)이라는 관등을 주십니다. 그리고 어떤 사람에게는 윗자리에 앉아서 명령하는 역할을 하게 하시는가 하면, 한편으로는 아무런 불평도 없이 전전긍긍하며 그에 복종하는 운명을 지니게 하시는 것입니다. 갑이란 자가 자기에게 적당한 재능을 가지고 있다면, 을이란 자도 자기에게 적당한 재능을 가지고 있지요. 그리고 그 재능이란 것도 역시 하느님께서 부여한 것입니다.

나로 말하면, 벌써 30년 가까이 관청에 다니고 있습니다. 나는 아무 사고도 없이 무사히 근무해 왔고, 품행도 방정했으며, 규칙 위반으로 지적받은 일은 한 번도 없었습니다. 물론, 일개 시민으로서는 여러 가지 결점을 가지고 있다는 것을 자인합니다만, 장점도 꽤 가지고 있다고 봅니다. 나는 상관들에게서 신임을 받고 있습니다. 장관 각하도 나를 만족하게 생각하고 있지요. 아직까지 이렇다 할 특별한 칭찬의 표시를 받은 일은 없지만, 어쨌든 나를 만족하게 생각하고 있는 것만은 나 자신이 잘 알고 있습니다. 정서를 하는 나의 글씨는 똑똑하고 깨끗합니다. 그리고 너무 크지도 않으며, 너무 작지도 않습니다. 글씨체는 이탤릭처럼 약간 기울어진 편인데, 언제든지 써놓고 보면 나 자신이 흡족할 정도지요. 자랑을 하는 건 아니지만, 우리 관청에서 이만큼 쓸 수 있는 사람은 이반 프로코피예이치밖엔 없을 겁니다.

나는 백발이 되도록 살아왔지만, 이렇다 할 죄를 범한 일도 없습니다. 물론, 사소한 죄도 없는 사람이 어디 있겠습니까? 누구에게나 죄는 있는 법입니다. 바렌카, 당신에게도 죄는 있습니다! 그렇지만, 나는 큰 죄를 범했다든 가 파렴치한 짓을 했다거나 해서 비난받은 일은 한 번도 없단 말입니다! 법률에 위배된다든지 사회 질서를 문란케 하는 짓을 한 일은 한 번도 없습니다. 절대로 그런 일은 없었지요. 아니, 오히려 훈장까지 받을 뻔한 일이 있었습 니다.

하지만 새삼스럽게 이런 말을 늘어놓을 필요가 어디 있 겠습니까! 당신은 당신의 양심에 의해서 이런 점을 다 알 고 계실 것이고, 또 이 소설의 작가도 알고 있을 테니까 요. 붓을 들고 그런 작품에 착수한 이상, 이와 같은 사실 들을 빤히 알고 있을 게 아닙니까. 사실 나는, 당신이 이 런 책을 보내 주리라고는 미처 생각지도 못했습니다. 바 렌카, 정말 뜻밖이었어요! 다른 사람이 아닌 바로 당신에 게서 하필이면 이런 책을 받게 되리라고는 꿈에도 생각지 못했단 말입니다.

도대체 이해할 수 없는 일입니다! 이 작품대로 따진다 면, 자기의 좁고 아늑한 방 안에 틀어박혀서—비록 어떠 한 구석방에서라도— '물을 흐리지 말고 살라'는 속담처럼 천벌의 무서움을 명심하고 아무와도 다투지 않으며, 또 남에게 해를 입히지 않도록 스스로 조심하여 남들이 자기 방에 몰려들어 오거나 엿보거나 하지 않게 하면서 조용히 혼자 살아갈 수는 없단 말입니까? 저 친구는 어떤 생활을 하고 있을까, 입고 있는 조끼는 쓸 만한 것일까, 마땅히 가지고 있어야 할 바지는 다 가지고 있을까, 구두는 있을까, 있다면 밑창은 무엇으로 대었을까, 어떤 것을 먹고 또 무엇을 마시고 살까, 열심히 정서하고 있는 건 뭘까…… 이러한 쓸데없는 간섭을 받지 않고 살아갈 수는 없단 말입니까?

바렌카, 가령 내가 말입니다, 보도가 질어서 구두를 더럽히지 않으려고 뒤꿈치를 들고 걸어간다 하더라도, 이것을 이상하게 생각할 이유는 조금도 없지 않습니까! 공연히 남의 얘기를 작품화하여, 저 친구가 가난하게 사는 꼴을 좀 보시오, 차도 한 잔 제대로 마시지 못합니다, 라고 들춰 낼 필요가 어디 있겠어요? 인간이란 반드시 차를 마셔야만 한다는 수작과 다를 게 없지 않습니까!

언제 내가 남의 일을 일일이 들여다보며, 이 친구는 어떤 빵을 씹고 있을까 하고 살핀 일이라도 있단 말입니까? 그런 실례가 될 짓을 해서 남을 모욕한 일이라도 있단 말입니까? 천만에, 자기에게 아무 해도 끼치지 않는데 어째서 남에게 모욕을 줄 수 있겠습니까!

바르바라 알렉세예브나, 당신에게 실례를 들어 그것이 무엇을 의미하는 것인지를 설명하겠습니다. 여기 한 사내가 있는데, 그는 성심 성의껏 맡은 직책을 완수하고 있으며, 상관들에게서 신임을 받고 있습니다. 누가 뭐라 해도 존경받고 있는 것만은 틀림없습니다. 그런데 어떤 자가 이렇다 할 아무런 이유도 없이 그저 무조건 그에게 면박을 주며 비웃어댄단 말입니다. 사실 누구를 막론하고 이따금 새 것을 장만하게 마련이고, 그럴 때는 너무나 즐거워서 잠도 못 자는 것이 당연하지요. 가령 새 구두를 맞추어 신었을 때는 정말 기쁜 법입니다. 그것은 사실이에요. 나도 그런 기분을 맛본 경험이 있습니다. 끝이 뾰족한 멋진 구두를 신고 있는 자기 발을 내려다보는 것은 유쾌한 일이니까요. 이러한 점은 썩 잘 묘사되어 있더군요.

그렇지만 나는 역시 포도르 표도로비치라는 과격한 성격을 가진 인물이 어째서 자기를 모욕한 이러한 책의 발행을 묵과하고, 더욱이 자신을 변호하려고조차 하지 않는지 실로 놀라지 않을 수 없습니다. 바른 대로 말해서 그는 높은 벼슬자리에 앉아있기는 하지만, 아직도 나이가 젊으니까 가끔 호통치기를 좋아합니다. 그러나 호통을 쳐서 안 된다는 법이 어디 있겠습니까? 우리 하급 관리들은 모두 꾸지람을 들어 마땅한 위인들인데, 어째서 그들을 나무라지 않을 수 있겠습니까? 좌우간 부하를 거느리려면 꾸짖을 필요가 있습니다. 길을 들여야 하지요. 호통을 쳐야만 한단 말입니다. 왜냐 하면 우리 동료인 하급 관리들은 누구를 막론하고 큰 소리를 치지 않으면 아무 일도 하려 들지 않습니다. 그저 어떻게 해서든지 꼬리를 빼려고만 듭니다. 이렇게 말하는 나 자신도 마찬가지입니다. 이걸 해라, 저걸 해라 하는 말을 듣고서도 못 들은 체하고 딴전을 피우고 앉아있기가 일쑤지요. 그러니까 꾸지람이라는 것은 아무래도 필요하단 말입니다. 더구나 관리에도 여러 가지 계급이 있고, 그 계급에 따라 제각기 적당한 꾸지람이 필요한 법이므로 꾸짖는 방법에도 여러 가지 종류가 있는 것은 오히려 당연합니다. 말하자면, 이것이 자연의 법칙이라고 할 수 있겠지요! 이 사회가 성립되고 있는 것은, 우리들 전체가 서로 체면을 유지하며 서로 꾸짖고 있기 때문이 아니겠습니까. 이 상호 경계가 없다면, 이 사회는 존립할 수 없을 겁니다. 그런데도 포도르 표도로비치가 그런 모욕을 묵과한다는 것은 실로 놀랍지 않을 수 없군요!

도대체 무엇 때문에 이따위 소설을 쓸까요? 이것이 도대체 무슨 소용이 있단 말입니까? 이걸 읽는 사람 중에서 나 같은 가난뱅이에게 외투를 사주겠다고 나서는 친구가 생길까요? 장화를 새로 맞추어 주는 친구가 나타날까요? 천만에요. 독자는 이것을 다 읽고 나면 다시 그 다음을 요구할 뿐입니다. 우리는 가끔 자기 자신을 감추려 드는 일이 있습니다. 꼬리를 잡히지 않으려고 자기 몸을 숨깁니다. 어떤 장소에라도 콧등을 나타내기를 두려워합니다. 남의 입이 무섭기 때문이지요. 사람들이 세상의 어떤 사소한 일에서도 웃음거리를 찾아내기 때문이지요. 그리고 모든 공적인 생활과 사적인 생활이 문학 작품의 재료가 되어 출판되고, 읽히고, 웃기고, 물의를 일으키기 때문입니다. 그렇게 되면 결국 밖에 나다니지도 못하게 됩니다. 왜냐 하면 이 소설은 걸음걸이만 보아도 그 주인공이 누구인지 알아차릴 수 있을 만큼 세밀하게 묘사되어 있으니 말입니다. 하기는, 작가가 끝머리에 가서는 태도를 고치고 훨씬 관대하게 취급했더군요. 예를 들면, 주인공의 머리에다 서류 뭉치를 집어던졌다는 대목에 가서는 이런 구절까지 들어 있었습니다.

이와 같은 모든 사실로 보아, 그는 어디까지나 선량한 인간이었다. 그리고 훌륭한 시민이었다. 자기 동료들에게서 이런 푸대접을 받아야 할 사람이 아니었다. 윗사람에게는 잘 복종해 왔다. (실례를 들라면 들 수도 있습니다.) 또 누구의 불행도 원치 않았다. 열심히 하느님을 믿었다. 그러다가 드디어 죽어 버리고 만 것이다. (이쯤해서 죽는 편이 좋다고 생각한다면) 사람들에게서 애도를 받으면서……라는 말까지 있습니다.

그러나 나는, 이 가엾은 주인공을 죽이지 말고 잃어버린 외투를 도로 찾아 주고, 그의 수많은 선행을 장관이 좀더 자세히 알게 되어 그를 자기 측근으로 끌어올려 승진시켜 주고, 봉급도 넉넉히 올려 주도록 했다면 더욱 좋았을 것이라고 생각합니다. 그렇게 하면 권선징악이 되고, 동료들도 더 이상 그를 어떻게 할 수 없지 않았겠느냔 말입니다. 만일 내가 작가라면 그렇게 했을 겁니다. 그렇게 하지 않으면 이 작품에 어떠한 특색이 있고 무슨 장점이 있겠습니까? 그저 흔해빠진 비속한 생활 단편의 견본에 불과합니다.

그건 그렇고, 어째서 당신 같은 사람이 이따위 책을 내게 보낼 생각을 했습니까? 이것은 좋지 않은 경향을 가진 책입니다. 진실과는 아주 떨어진 얘기입니다. 이 책에 나오는 것과 같은 관리는 도저히 실재할 수 없는 인물이니까요. 이상과 같은 이유에서 나는 이 작품을 좋게 평가할 수 없습니다. 바렌카, 나는 이 작품이 심히 못마땅하다는 것을 정식으로 표명하는 바입니다.

당신의 충실한 종복인 마카르 제부슈킨

7월 27일 — 바르바라의 편지

경애하는 마카르 알렉세예비치!

요즈음 당신이 하시는 행동과 가끔 보내 주시는 편지에 언제나 저는 깜짝깜짝 놀라곤 했어요. 그리고 당신이 어째서 그렇게 되셨는지 도무지 영문을 몰라 궁금했었답니다. 표도라의 얘기를 듣고 이제는 모든 것을 알게 되었습니다. 그렇지만 마카르 알렉세예비치, 어째서 당신은 그처럼 자포자기의 구렁텅이로 빠져들어 가셨습니까? 당신의 설명만으로는 도저히 만족할 수가 없습니다. 그러고 보니, 요전에 좋은 취직 자리가 생겼을 때 제가 기어이 가겠다고 고집한 것이 역시 옳았던 것 같군요.

더욱이 최근에 일어난 그 사건 때문에 저는 무척 겁을 먹고 있습니다. 당신은 저를 사랑하고 아끼는 마음에서 할 수 없이 제게 숨기고 있었다고 하셨습니다. 당신이 만일의 경우를 위해 은행에 예금해 두었던 돈을 저를 위해 쓰고 있을 뿐이니 염려할 것은 없다고 우기시던 그때에도 저는 너무 지나치게 폐를 끼친다고 생각하고 있었어요.

그런데 이제 와서보니 당신은 조금도 여분의 돈을 가지고 있지 않으시면서 저의 불쌍한 처지를 아시고 동정한 나머지 봉급을 미리 돌려 쓰셨을 뿐 아니라, 제가 앓아누웠을 때는 옷까지 파셨다는 것을 이제 알게 되었습니다. 그와 같은 사실에 어떻게 대처해야 하며 어떻게 생각해야 옳을지 저는 지금 이 순간까지도 판단을 못 하고 괴로운 처지에서 헤매고 있습니다.

아아, 당신은 단순한 동정과 친척간이라는 정의에 끌려 처음 저를 도와주셨던 그 정도로 그치시고, 그 이상 쓸데없는 데 돈을 낭비하시지 말았어야 했어요. 마카르 알렉세예비치, 당신은 우리 사이의 우정을 배반하셨습니다. 제게 솔직히 말씀해 주시지 않고 그런 것을 숨기고 계셨으니까요. 덕택에 이제는, 당신이 제게 옷을 맞춰 주시고, 과자와 책 같은 걸 사보내 주시고, 극장이나 교회에 데리고 다니시고 하느라고 한 푼도 없이 툭툭 털어 버렸다는 것을 알게 된 이제는, 그 보답으로 도저히 용서받을 수 없는 자신의 경솔한 행위에 대한 뉘우침 때문에 저는 가슴을 베어내는 것 같은 괴로움을 감수해야만 하게 되었습니다. (당신의 형편에 대해서는 조금도 생각해 보지 않고 염치없이 그런 호의를 받아들였으니 그것도 당연하겠지요.) 당신이 제게 만족을 주려고 하신 일들이 이제는 제게 괴로움을 주는 결과가 되었고, 남은 것은 오직 부질없는 후회뿐입니다.

저도 요즈음 당신이 우울해진 것을 눈치채고 있었으므

로, 무슨 좋지 않은 일이 일어날 것이라 근심하고 있었습니다만, 설마 이렇게 되리라고는 꿈에도 생각 못 했습니다. 마카르 알렉세예비치, 그처럼 당신이 실망에 빠지시리라고는 정말 몰랐어요! 저는 어쩌면 좋을까요! 당신을 아는 분들은 이제 당신을 어떻게 생각할 것이며, 또 뭐라고 말하겠습니까? 착한 마음씨와 겸양의 미덕, 그리고 그 총명함에 대해 저를 비롯하여 모든 사람들에게 존경을 받아온 당신이, 여지껏 한 번도 남의 입에 오른 일이 없는 당신이, 이제 와서 별안간 그렇게 탈선을 하시다니 어쩌면 좋을까요! 당신이 술에 취해 곤드레만드레가 되어 한길에 쓰러져 계신 것을 순경이 발견하고, 집에 모셔다 드렸다는 얘기를 표도라에게서 들었을 때, 제 가슴은 어떠했겠습니까? 나흘 동안이나 자취를 감추고 계셨기 때문에 무슨 심상치 않은 일이 있나 보다 생각하고 있었지만, 그래도 저는 그 얘기를 듣고 깜짝 놀란 나머지 돌기둥처럼 되어 버렸답니다.

　마카르 알렉세예비치, 당신이 결근하신 이유가 어디에 있었는지를 상관들이 알게 되면, 그때 그분들은 뭐라고 말할 것인지 한번 생각해 보셨어요? 남들이 당신을 비웃고 있다든지, 남들이 모두 우리 사이를 알게 되었다든지, 이웃 방에 사는 사람들이 저까지 끌어들여 당신을 놀려대고 있다는 말씀을 당신은 하십니다. 그러나 마카르 알렉세예비치, 그따위 소리엔 조금도 귀를 기울이지 마시고 마음을 안정하세요. 그리고 당신이 그 장교들과 다투셨다는 얘기를 듣고 저는 몹시 놀랐습니다. 하지만, 거기에 대해서는 분명한 것을 모르고 있으니 좀 자세하게 알려 주시기 바랍니다.

주신 편지에 의하면, 당신은 제 우정을 잃게 될까 염려하여 제게 모든 것을 솔직하게 털어놓을 수 없다고 하셨습니다. 그리고 제가 병에 걸렸을 때, 어떻게 저를 구해야 할지를 몰라서 절망에 빠져 계셨다구요. 어떻게 해서든지 저를 붙잡아 두고 병원에 끌려가지 않도록 하려고 가지신 물건을 모두 파시고 게다가 빚까지 잔뜩 짊어지셨기 때문에 하숙집 주인 마누라에게 날마다 싫은 소리를 듣고 계시다구요. 하지만, 그런 사실을 모두 제게 숨긴 것이 오히려 더욱 나쁜 결과를 초래하게 되었습니다. 어쨌든 저는 이제야 모든 것을 알게 되었습니다. 당신은 제가 당신의 불행의 원인이라는 것을 눈치채지 못하게 하려 하셨지만, 오히려 저는 그 때문에 지금 갑절이나 더 큰 괴로움과 슬픔을 겪고 있답니다. 마카르 알렉세예비치, 그러한 내막을 알고 저는 정말 소스라치게 놀랐어요. 아아, 그리고 벗이여! 불행이란 전염병과 같은 것이군요. 불행하고 가난한 사람들은 자기의 불행을 더 전염시키지 않기 위해 서로 멀리 피해 가며 살아야 할 것 같아요. 저는, 당신이 그전에 혼자서 조용하고 고독한 생활을 하시던 시절에는 전혀 경험하시지 못했던 여러 가지 커다란 불행을 안겨 드렸습니다. 그것을 생각하면, 저는 죽고 싶도록 괴롭고 괴롭습니다.

이제는 제발 당신에게 일어난 일이라든지, 어째서 당신이 그러한 행동을 하시게 되었는지 그런 것을 솔직히 적어 보내 주십시오. 그리고 가능하다면 저를 안심시켜 주십시오. 저는 이기적인 생각에서 저를 안심시켜 달라는 말을 하는 것이 아닙니다. 어떤 일이 있더라도 영원히 제 가슴에서 지워 버릴 수 없는 당신에 대한 사랑과 우정이 그렇게 말하는 것입니다. 그럼 이만 실례합니다. 답장을 고대하겠습니다. 마카르 알렉세예비치, 당신은 여지껏 저를 잘못 보고 계셨습니다.

충심으로 당신을 사랑하는
바르바라 알렉세예브나

7월 28일 ─ 마카르의 편지

더없이 귀중한 나의 바르바라 알렉세예브나!
이미 모든 것이 끝나 버리고, 이제는 차츰 이전의 상태로 되돌아가고 있으니 나도 당신의 명령대로 솔직히 말하겠습니다. 귀여운 나의 벗! 남들이 나를 어떻게 생각하겠느냐고 당신은 그 점을 몹시 염려하는 것 같군요. 그래서 우선 거기에 대해 말하겠습니다. 내게 무엇보다 귀중한 것은 명예입니다. 그래서 당신에게 내 불행과 탈선에 대해 말씀을 드리기 전에, 아직도 나의 상관들은 아무도 이 사실을 모르고 있으며 앞으로도 알게 되는 일이 없을 테니까, 그들은 종전과 다름없이 내게 믿음을 표시하리라는 것을 특히 말해 두는 바입니다. 다만 한 가지 마음에 꺼리는 것이 있다면, 그것은 세상 사람들의 헛소문뿐입니다. 하숙집 주인 마누라는 시끄럽게 고함치고 있습니다만, 당신이 보내 주신 10루블로 밀린 방세의 일부를 갚았더니, 지금은 입속말로 중얼거릴 정도이며 그 이상 아무 일도 없습니다. 그리고 다른 친구들에 대해서도 걱정할 필요가 없습니다. 그런 친구들에게는 돈을 꾸어 달란 말만 하지 않으면 아무 일도 없으니까요.

결론적으로 말씀드린다면, 바렌카, 내게 보내 주는 당신의 존경을 나는 세상에서 가장 귀중하게 생각하고 있으며, 또 이번에 약간 탈선을 하였을 때에도 그것이 얼마나 위안이 되었는지 모른답니다. 다행히도 나는 가장 커다란 타격과 난관을 극복한 셈입니다. 내가 당신을 마치 애인처럼 사랑하여 아무래도 헤어질 수가 없기 때문에 당신을 속이면서까지 내 곁에 붙잡아 둔 데 대해, 당신은 나를 성실치 못한 벗이라고도 이기적인 놈이라고도 생각지 않았습니다. 그래서 나는 다시 열심히 관청에서 근무하며 맡은 직책을 완수할 수 있게 되었습니다.

예프스타피 이바노비치는, 어제 내가 그 옆으로 지나갈 때 한 마디의 말도 던지지 않더군요. 바렌카, 숨기지 않고 솔직히 말한다면, 나는 지금 빚 때문에 옴쭉달싹도 못할 지경에 빠져 있답니다. 그리고 내 옷장 속도 형편없게 되어 버렸지요. 하지만 이것도 역시 문제가 아닙니다. 여기에 대해서 당신에게 거듭 부탁합니다만, 제발 비관일랑 하지 말아 주십시오. 또 반 루블짜리 은화를 보내 주었군요. 바렌카, 이 반 루블은 정말 창자가 끊어질 듯한 슬픔을 줍니다. 이게 도대체 뭐란 말입니까, 이 꼴이 뭐란 말입니까! 글쎄 이 늙어빠진 등신은 당신을 도와드리지는 못할망정, 오히려 가엾고 가난한 고아인 당신에게서 이렇게 원조를 받다니 정말 한심한 일입니다!

당신에게 돈을 내주었다니, 표도라도 제법이군요. 내겐 당분간 돈이 들어올 가망이 없습니다. 그러나 혹시 조금이라도 그런 희망이 보이면 곧 자세하게 써 보내겠습니다. 세상 사람들의 쓸데없는 억측과 소문만이 무엇보다도 마음에 걸립니다. 그러면 나의 귀여운 천사여, 안녕히. 당신의 손등에 키스를 보내며 하루 속히 튼튼한 몸이 되기를 빕니다. 지금 자세한 편지를 쓰지 못하는 것은, 있는 힘을 다하여 직무에 태만했던 죄를 씻으려는 생각에서 출근을 서두르고 있기 때문입니다. 이제까지 일어난 모든 사실과, 이 집에 하숙하고 있던 장교와의 사이에 일어난 불상사에 대한 상세한 보고는 저녁까지 기다려 주시기 바랍니다.

당신에게 진심으로 존경과 사랑을 바치는
마카르 제부슈킨

7월 28일 — 마카르의 편지

아아, 바렌카! 이번만은 당신에게 잘못이 있습니다. 이번에 주신 당신의 편지는 나를 곤경에 빠뜨려 꼼짝도 못하게 만들어 버렸습니다. 그러나 지금 한가한 틈을 타서 내 마음속을 관찰해 보니, 내가 옳았다는 것을, 어디까지나 내가 정당했다는 것을 비로소 깨닫게 됩니다. 바렌카, 내가 추태를 부린 데 대해서 말하는 것이 아닙니다. (사실 그건 생각만 해도 낯이 뜨거워 못 견디겠답니다!) 내가 당신을 사랑한다는 것, 그리고 내가 당신을 사랑하는 것은 절대로 경박하고 분별없는 마음에서가 아니라는 것을 말하고 싶을 따름입니다. 귀여운 벗! 당신은 아무 것도 모르고 있습니다. 만일 당신이 어째서 이렇게 되었는지, 어째서 내가 당신을 사랑하지 않을 수 없는지, 그것만이라도 알고 있다면 결국 그렇게까지 말하지는 않았을 겁니다. 당신은 극히 당연한 말을 그럴싸하게 꾸며대고 있는 데 불과하며, 속으로는 전혀 다른 생각을 하고 있다고 나는 믿습니다.

바렌카, 그 장교들과 내가 어떤 소동을 일으켰는지, 그것은 나 자신도 전혀 알 수 없고 또 분명히 기억하고 있지도 않습니다. 나의 천사여, 당신에게 미리 말해 두겠습니다. 나는 그 순간까지 무서운 혼란 상태에 빠져 있었습니다. 당신도 한번 생각해 보십시오. 나는 만 1개월 동안을, 말하자면 가느다란 실오라기에 매달려 있다시피 했으니까요. 형편없는 가난 속에서 허덕이고 있었지요. 당신에게는 그것을 숨겨왔고, 또 하숙집에서도 그런 눈치를 나타내지 않았습니다. 그러나 주인 마누라에게는 시끄럽게 욕도 얻어먹고 공갈 비슷한 말도 듣고 있었습니다. 하지만 그것은 별로 문제시할 바가 못 됩니다. 그까짓 못된 노파쯤 떠들고 싶으며 실컷 떠들라 하면 그만이니까요. 다만, 남보기에 창피스러운 게 탈이란 말입니다. 더욱이 어떻게 캐내었는지 나와 당신 사이를 알아 가지고 온 집안이 떠나갈 듯한 큰 소리로 차마 입에 담지도 못할 말을 떠들어댑니다. 나는 듣고 있을 수가 없어서 귀를 틀어막아 버렸습니다. 그러나 난처하게도 다른 친구들은 귀를 틀어막기는 커녕 오히려 귀를 기울이고 있었단 말입니다. 바렌카, 그래서 나는 마침내 어디다 몸을 숨겨야 할지 모를 만큼 창피한 입장에 놓이게 되었습니다……

바렌카, 이리하여 지금 말한 바와 같은 여러 가지 불행이 겹치고 겹쳐서 나는 재기불능 상태에 빠져들고 말았습니다. 그러던 차에, 표도라에게서 뜻밖에도 괴상한 소식을 들었습니다. 당신 집에 불량한 놈팡이가 나타나서 되먹지 않은 수작을 걸어 당신을 모욕했다고 하지 않겠습니까. 바렌카, 그놈이 당신에게 틀림없이 굉장한 모욕을 주었으리라고 나는 짐작했습니다. 왜냐 하면 나 자신도 그 말을 듣고 참을 수 없는 모욕을 느꼈으니까요. 나의 사랑하는 천사여, 그래서 나는 미칠 것 같은 기분이 되어 그만 완전히 이성을 잃고 말았지요. 바렌카, 나는 여지껏 한 번도 경험한 적이 없는 분노에 사로잡혀 밖으로 뛰어나갔습니다. 나는 당장 그놈을, 그 못된 놈팡이를 찾아가려 했던 것입니다. 나의 귀여운 천사인 당신에게 욕을 보이게 해서는 안 되겠다는 그 한 가지 생각 때문에, 나는 내가 무엇을 하려고 하는지조차 알 수 없었습니다! 나는 얼마나 슬펐는지 모릅니다! 때마침 비인지 진눈깨비인지가 부슬부슬 내리고 있었습니다. 말할 수 없이 음산한 날이었습니다! 그래서 나는 일단 집으로 되돌아서려 했습니다.

그러나 바렌카, 나는 여기서 뜻하지 않은 함정에 빠지고 말았습니다. 다름 아니라, 예멜리얀 일리치라는 친구를 만난 것입니다. 이 친구도 역시 관리지요. 아니, 엄밀하게 따진다면 이전에는 관리였지만, 그후 쫓겨났기 때문에 현재는 관리가 아닙니다. 지금 무엇을 해먹고 사는지는 모르겠지만, 마침 그때 그 근방을 어슬렁거리며 걷고 있었습니다. 그래서 우리는 곧 어깨를 나란히 하고 걷기 시작했지요. 그렇게 하여 우리는…… 아니, 바렌카, 당신에게 이런 얘기까지 늘어놓을 필요가 어디 있겠습니까? 내 동료의 불행이나 재난을 참고 견딘 경로 같은 것은 들어 봐야 별로 재미있을 리가 없을 테니까요. 그럼 이것은 생략하겠습니다. 어쨌든 그후 사흘째 되는 날 저녁에, 역시 이 예멜리얀이라는 친구의 충동을 받아 나는 그 장교놈을 찾아가고야 말았습니다. 그놈의 주소는 우리 집 문지기에게 물어서 알아냈습니다. 이왕 얘기가 나왔으니 하는 말입니다만, 나는 벌써 오래 전부터 그 젊은 놈팡이를 수상하게 여겨 왔었지요. 그러니까 그 녀석이 우리 하숙집에 있을 때부터 나는 늘 그의 거동을 감시하고 있었습니다.

지금 생각해 보니, 그날 저녁 나는 예의에 벗어난 짓을 한 것 같습니다. 그 집 현관에 들어가 안내를 청했을 때, 나는 그야말로 제정신이 아니었으니까요. 나는 말입니다, 바렌카. 사실 말이지 그때 일은 아무 것도 기억에 없습니다. 다만 기억에 남아 있는 것은, 그의 방에 상당히 많은 장교들이 있었다는 것뿐입니다. 하지만 이것도 내 눈에만 몇 갑절로 많게 보였는지도 모르지요. 거기서 내가 무슨 말을 했는지 그것도 역시 생각이 나지 않습니다. 하여튼 가슴에 끓어오르는 분노를 되는 대로 마구 털어놓은 것만은 사실입니다. 그러다가 나는 쫓겨나고야 말았습니다. 층계 밑으로 떼미는 바람에 굴러 떨어졌지요. 그렇다고 그들이 나를 집어던진 것은 아니지만, 아무튼 떼밀려 나온 것은 틀림없습니다. 내가 어떤 꼴을 하고 돌아왔는지 그것은 바렌카, 당신의 상상에 맡기겠습니다. 이것이 사건의 전부입니다. 물론 나는 자신의 얼굴을 더럽혔고 명예를 손상시켰습니다. 하지만 이 사건은 아무도 모르고 있단 말입니다. 제3자로서 이것을 알고 있는 사람은 당신밖에 없어요. 그러니까 이 사건은 처음부터 일어나지 않은 것이나 다름없습니다. 바렌카, 아마 당신도 그렇게 생각하시겠지요?

이것은 내가 분명히 알고 있는 사실인데, 작년에 우리

동료 중 한 사람인 크센치 오시포비치라는 친구가 역시 이러한 방법으로 포트로 페트로비치라는 친구에게 행패를 부린 일이 있었습니다. 그러나 남의 눈에 띄지 않게 비밀리에 했지요. 즉, 상대방을 문지기 방으로 끌고 들어가서 —나는 그때 문틈으로 모두 엿볼 수 있었습니다—하고 싶은 짓을 다 했단 말입니다. 그러나 신사적인 방법이었습니다. 어째서 신사적인 방법인가 하면, 나를 빼놓고는 아무도 보는 사람이 없는 데서 행패를 부렸으니까요. (나 같은 사람은 보나 안 보나 마찬가지지요. 아무에게도 입밖에 낼 리가 없으니까요.) 이렇게 한판 벌어지고 난 후에는 양쪽이 다 언제 그런 일이 있었냐는 태도였습니다. 피해를 입은 포트로 페트로비치라는 친구는 굉장히 자존심이 강한 사람이기 때문에 그 사건을 누구에게도 입밖에 내지 않았습니다. 그래서 이 두 사람은 지금도 여전히 인사를 주고받고 또 악수를 나누고 있는 형편입니다.

이렇게 말한다고, 내가 당신에게 맞서려는 건 아닙니다. 바렌카, 나는 당신의 의견에 감히 반대하고 나설 용기가 없습니다. 사실 나는 이번에 아주 커다란 실책을 저질렀습니다. 무엇보다 무서운 것은, 나 자신이 생각해 봐도 어이가 없을 만큼 체면이 깎였다는 사실입니다. 그렇지만 이것은 틀림없이 내가 타고난 운명일 것입니다. 당신도 아시다시피, 사람이란 누구든지 자기에게 정해진 운명을 피해 달아날 수가 없는 법이니까요.

바렌카, 이상이 내가 이번에 겪은 불행과 재난에 대한

상세한 설명입니다. 차라리 당신이 읽지 말아 주었으면 하는 일들 뿐입니다만, 아무튼 알려 드리는 바입니다. 사랑하는 벗이여, 나는 약간 몸이 불편합니다. 그리고 이번 일 때문에 쾌활한 마음을 아주 잃고 말았습니다. 그러면 친애하는 바르바라 알렉세예브나, 마지막으로 당신에게 다시 한 번 나의 사랑과 존경의 뜻을 보냅니다.

당신의 충실한 종복인 마카르 제부슈킨

7월 29일 — 바르바라의 편지

경애하는 마카르 알렉세예비치!

보내 주신 편지 두 통 다 받아 읽었습니다. 그리고 저는 깊은 탄식을 금할 수 없었습니다! 그런데 말씀입니다, 마카르 알렉세예비치, 당신은 아직도 무엇인지 제게 숨기시고 불쾌한 사건 중의 일부만을 적어 보내셨거나 아니면 당신의 편지는 아직도 어딘지 분명치 않은 데가 있어요. 저희 집에 좀 와주세요. 오늘중으로 꼭 좀 와주세요, 네! 알아들으셨지요. 꼭 오셔서 함께 식사라도 해주세요. 당신이 하숙집에서 어떻게 지내시는지, 그리고 주인 마누라와는 어떻게 결말을 지으셨는지 거기에 대해서 저는 아무 것도 모르고 있습니다. 일부러 숨기려는 것처럼 당신이 한 마디도 적어 보내시지 않으니까요. 그럼 친애하는 벗이여, 이만 실례합니다. 오늘은 꼭 와주세요. 매일같이 저희들에게 오셔서 식사를 하신다면 얼마나 좋겠어요! 표도라는 음식 솜씨가 아주 훌륭합니다. 그럼 이만 쓰겠습니다.

당신의 바르바라 도브로셀로바

8월 1일 — 마카르의 편지

친애하는 바르바라 알렉세예브나!

선(善)은 선으로 갚는다는 말이 있듯이, 이번엔 당신이 내게 보답할 수 있는 기회를 하느님이 주셨다고 무척 좋아하시는 모양입니다. 바렌카, 나는 당신의 천사와 같은 착하고 깨끗한 마음씨를 믿고 있습니다. 따라서 당신을 나무라는 뜻에서 하는 말이 아닙니다. 하지만, 내가 이 나이에 주책없이 함부로 돈을 써서 빚을 짊어졌다는 것만은 너무 꾸짖지 말아 주십시오. 그야 물론 잘한 짓은 아닙니다. 그러나 이제 어떡하면 좋단 말입니까! 당신이 그것을 굳이 들추어 내어 좋지 못한 짓이었다고 지적하신다면 할 말이 없기는 합니다. 그러나 그것을 당신의 입에서 듣는 것이 내게는 더없는 고통입니다. 바렌카, 이런 말을 한다고 화를 내지는 마십시오. 사실 내 가슴은 찢어질 것만 같습니다. 가난뱅이란 원래가 변덕스럽게 마련입니다. 이것은 자연의 법칙이라 할 수 있지요. 나는 그전부터 이것을 느끼고 있었습니다. 가난뱅이란 뒤틀린 성미를 가지고 있는 법입니다. 하느님께서 창조하신 이 세상을 보는 눈조차 전혀 다릅니다. 지나가는 사람들을 하나하나 곁눈질해 보며 언제나 자기 주위를 겁먹은 눈으로 둘러보면서 남이 하는 한 마디 한 마디 말에 귀를 기울입니다.—혹시 저기서 내 얘기를 하고 있는 것은 아닐까, 꼴사나운 놈이라고 나를 욕하고 있는 것은 아닐까, 내가 무슨 생각을 하는지 눈치를 살피고 있는 것은 아닐까, 이쪽에서 보면 꼴이 어떻고 저쪽에서 보면 꼴이 어떨까 하고 나를 흉보고 있는 것은 아닐까?—이런 쓸데없는 데 신경을 쓰게 됩니다. 가난뱅이란 걸레 조각만도 못한 존재고, 따라서 누구한테서도 존경받을 수 없다는 것은 다 잘 알고 있는 사실입니다. 엉터리 문학가들이 아무리 별의별 수작을 다 늘어놔 봐야 가난뱅이에게는 전과 조금도 다를 바가 없습니다.

그럼 어째서 전과 조금도 달라지지 않겠습니까? 그것은 다름 아니라, 가난뱅이란—세상 사람들의 견해에 의하면 말입니다—호주머니 속을 뒤집어 보이듯이 자기 자신에 관한 모든 것을 하나도 숨김없이 남에게 보여 주어야만 하기 때문입니다. 절대로 자신의 비밀을 가져서는 안 되고, 더욱이 자존심 같은 건 손톱만큼이라도 가져서는 안 되기 때문입니다.

요전에 예멜리얀에게서 들은 바에 의하면, 어디서 그를 불쌍히 여겨 구호금을 갹출해 준 일이 있었답니다. 10카페이카짜리 은전 한 닢이 그의 손에 들어올 때마다, 그에 대한 공식적인 적부(適否) 심사를 했다고 합니다. 그들은 예멜리얀에게 10카페이카를 공짜로 주었다고 생각하겠지요. 그러나 그것은 천만의 말입니다. 그들은 그에게, '나는 가난뱅이다'라는 것을 뼈저리게 느끼게 한 대가로 그 돈을 지불한 것입니다. 바렌카, 요즈음은 자선하는 방법도 실로 기묘하지 않습니까…… 아니, 그전에도 역시 그랬는지 모릅니다. 그걸 누가 알 수 있겠습니까! 하여튼 세상 사람들은 자선하는 방법을 모르고 있거나, 그렇지 않으면 그 방면의 뛰어난 명인(名人)이거나 두 가지 중 한쪽이겠지요. 당신은 아마 이런 것은 잘 모르실 겁니다. 좋습니다, 그럼 내가 가르쳐 드리지요! 다른 문제에 대해서라면 우리 가난뱅이들은 벙어리가 돼버릴 수밖에 없지만, 이 방면에 대해서만은 모르는 게 없으니까요!

하지만, 어떻게 가난뱅이들은 이러한 것을 모두 잘 알고 있느냐구요? 그리고 그런 생각을 어떻게 하느냐구요? 경험을 통하여 알고 있지요! 예를 들면, 어떤 괴상한 신사 양반이 내 뒤를 따라 음식점에 들어와서는, "저 가난뱅이 관리 녀석이 오늘은 뭘 처먹고 있을까? 나는 소테 파필리요트(요리 이름)를 잡수시지만, 저녀석은 기름 냄새도 안 나는 카샤(미음이나 죽 비슷한 음식)를 훌훌 먹고 있겠지." 하고 혼자 중얼거리는 걸 듣지 않아도 알고 있단 말입니다. 그렇지만 남이야 기름 냄새도 안 나는 카샤를 먹든 말든 도대체 그게 무슨 상관입니까? 바렌카, 세상에는 그따위 싱거운 신사가 흔히 있습니다. 그런 쓸데없는 생각만 하는 신사가 수두룩하단 말입니다.

그런 몰상식한, 소위 풍자작가라는 녀석들이 하릴없이 거리를 싸돌아다니며, 남이 발바닥을 땅에 대고 걷는지 혹은 발꿈치를 들고 걷는지 그런 것만 살펴보고 있지요. "야아, 저거 어느 관청에 다니는 놈인지 모르지만 저 구등관의 발 좀 봐라. 구두가 터진 구멍으로 발가락이 기어 나오는군 그래. 아니, 팔꿈치에도 구멍이 나지 않았어?" 이런 데 착안을 한단 말입니다. 그러고는 집으로 돌아가서 한 가지도 빼놓지 않고 상세하게 써가지고 그따위 밑씻개만도 못한 걸 활자로 찍어 출판합니다. 그러나 내 양복의 팔꿈치가 터졌든 말았든 도대체 그녀석들에게 무슨 상관이 있겠어요! 그렇습니다, 바렌카, 상스러운 표현을 용서해 주신다면 말하겠습니다만, 사실 가난뱅이란 이러한 점에서는 마치 당신들이 처녀로서의 수치심을 가지고 있듯이 그와 똑 같은 수치심을 가지고 있습니다. 물론 당신들은 여러 사람 앞에서—상스러운 말을 용서하십시오—옷을 벗지 않으시겠지요. 그와 마찬가지로 가난뱅이는 남들이 자기 방을 들여다보며 "홈, 이런 꼴을 하고 살고 있었군" 하고 수군거리는 걸 좋아하지 않는단 말입니다. 그런데 바렌카, 당신까지 정직한 인간의 명예와 자존심을 손상시키는 적의 편에 가담하여 내게 무안을 줄 필요가 어디 있습니까!

나는 오늘 날개 빠진 참새 새끼나 곰 새끼 모양을 하고 관청에 앉아 있었습니다. 부끄러운 나머지는 온몸이 확확

달아오르는 것 같았습니다. 바렌카, 나는 정말 부끄러워서 못 견딜 지경이었습니다! 양복 소매에서 팔꿈치까지 불그죽죽하게 드러나 보인다거나 실오라기 끝에 단추가 대롱대롱 매달려 있다면 누구를 막론하고 겁을 먹는 것이 당연하겠지요. 그런데 내 몸에 걸치고 있는 옷은 일부러 그렇게 한 것처럼 형편없는 꼴이었습니다! 이쯤 되면, 누구나 풀이 죽을 수밖에 없지요. 아니나 다를까, 스테판 카를로비치까지도 내게 공무상 용건으로 이러쿵저러쿵 한참 동안 얘기한 끝에 마치 무심하게 하는 듯한 말투로, "마카르 알렉세예비치, 거 옷이 말이 아닙니다 그려!"라고 넌지시 한 마디 덧붙이지 않겠습니까. 그러고는 자기가 속으로 무슨 생각을 했는지에 대해서는 시원스레 말해 버리지 않는단 말입니다. 하지만 나는 그의 속을 빤히 들여다 볼 수 있었지요. 그래서 나는 얼굴이 뜨거웠습니다. 이 대머리까지 새빨개져서 모락모락 김이 올라올 정도였습니다. 이런 것쯤은 사실 아무 것도 아닌 일이기는 하지만, 그래도 어쩐지 나를 불안케 하고 괴로운 상념 속으로 끌고 들어갑니다. 이 친구들은 무엇이든지 모두 알아차린 모양이로구나! 아아, 하느님, 나를 보호하소서. 그리고 이 친구들이 여러 가지 사실을 탐지하지 못하게 해주시옵소서!

솔직히 말씀드린다면, 나는 지금 어떤 사내에게 혐의를 품고 있습니다. 틀림없이 그놈이 소문을 냈을 거라고 의심하고 있습니다. 그런 악당 같은 놈들은 무슨 짓이든지 서슴지 않고 할 수 있으니까요. 사람을 배반하는 것쯤 그들에게는 예사입니다! 남의 사생활에 관한 모든 비밀을 들추어 내서 눈곱만한 금전을 받고서라도 팔아먹으려 드는 놈들입니다. 그놈들에겐 신성한 것이 없습니다. 나는 지금 이것이 어느 놈의 장난인지 알고 있습니다. 라타자예프의 짓이지요. 그놈은 우리 관청의 어떤 자와 잘 아는 사이인데, 무슨 얘기를 하다가 내 얘기를 과장해 가지고 그자에게 모두 지껄인 것이 분명합니다. 그렇지 않으면, 라타자예프 자신이 근무하는 관청에서 그따위 소문을 퍼뜨린 것이 우리 관청에까지 전해 왔을 겁니다.

물론, 우리 하숙집에서는 이 문제를 누구를 막론하고 전부 알고 있습니다. 그들은 당신 방 들창을 손가락으로 가리키며 수군거립니다. 나는 그들이 손가락질하는 것을 빤히 알고 있습니다. 어제만 해도 내가 식사에 초대받고 당신에게 갔을 때, 모두 들창 밖으로 상반신을 내밀고 있었으니까요. 그리고 주인 마누라는 "저것 좀 봐요. 저 색마 같은 놈의 영감이 앞집에 사는 나이 어린 계집애와 붙었구려!" 하고 수다를 떨었을 뿐만 아니라, 당신에 대해서까지 상스러운 말투로 떠들지 않겠습니까. 그렇지만 이런 것쯤은 라타자예프의 추악한 흉계에 비하면 아무 것도 아닙니다. 그놈은 나와 당신의 관계를 자기 작품 속에 집어넣어서 예리한 풍자적인 수법으로 우리 두 사람을 묘사하려 하고 있습니다. 이것은 그놈 자신의 입으로도 말한 바 있지만, 이 집에 사는 친절한 사람들이 내게 이 사실을 전해 주었습니다. 바렌카, 나는 이제 아무 것도 생각할 여유가 없고, 또 어떻게 마음을 정해야 좋을지도 모르겠습니다. 죄라는 것은 숨길 수가 없는 법입니다. 사랑하는 천사여, 우리는 하느님의 노염을 받은 것입니다.

그건 그렇고 바렌카, 당신은 내게 심심풀이가 될 만한 무슨 책을 보내 주겠다구요? 하지만 바렌카, 그따위 책 같은 건 마귀에게나 주어 버리십시오! 책이란 도대체 뭘 하는 물건입니까! 터무니없는 거짓말만 늘어놓은 게 아닙니까! 소설책이란 것은 정말 백해무익한 물건입니다. 허튼 수작을 하기 위해 쓴 것입니다. 그런 건 빈둥빈둥 놀고먹는 게으름뱅이들이나 읽을 물건이지요. 바렌카, 내 말을 믿으십시오. 오랜 세월에 걸친 경험을 통하여, 셰익스피어라든가 하는 사람의 얘기를 늘어 놓고 어떻습니까 셰익스피어는 문학의 세계에서 영원히 살아 있지 않습니까, 라고 한다고 해서 절대로 거기 넘어가서는 안 됩니다. 셰익스피어도 역시 엉터리입니다. 순전히 엉터리란 말입니다. 모두 사람을 웃기기 위해 쓴 것이지요!

당신의 마카르 제부슈킨

8월 2일 — 바르바라의 편지

경애하는 마카르 알렉세예비치!
무슨 일에 대해서나 그렇게 너무 걱정하실 건 없어요. 하느님의 도움으로 모든 것이 다 원만하게 해결될 테니까요. 표도라가 우리 두 사람이 할 일거리를 산더미같이 많이 맡아 왔답니다. 우리는 좋아서 어쩔 줄 모르며 곧 일을 시작했습니다. 그래서 아마 모든 형편이 좋아질 것 같아요. 표도라는 요즈음 제게 일어난 여러 가지 불쾌한 사건의 배후에 안나 표도로브나가 끼어들지 않았나 의심하고 있습니다만, 이제는 아무래도 좋습니다. 오늘 저는 왜 그런지 전에 없이 즐거운 기분입니다. 또 어디서 돈을 돌려쓰실 생각을 하고 계신 모양인데, 제발 이젠 그만두세요. 나중에 갚아야 할 때 곤란을 당하실 테니까요. 그러시느니보다 저희들과 더 가깝게 지내며 좀더 자주 찾아와 주시는 편이 좋을 거에요. 그리고 주인 마누라 따위는 염두에도 두지 마십시오. 그 밖에 당신을 해치려는 사람들이나 당신이 잘 못 되기를 바라는 사람들도 역시 마찬가지에요. 저는 당신이 너무 부질없는 의심을 품고 공연히 괴로워하시는 줄 믿습니다. 그리고 지난번에도 말씀드린 바와 같이, 당신이 보내시는 편지의 문장은 지나치게 과격한 데가 있는 것 같아요. 그럼 이만, 안녕히. 꼭 저희 집에 와주시리라 믿고 기다리겠습니다.

당신의 V.D.

8월 3일 — 마카르의 편지

나의 천사, 바르바라 알렉세예브나에게!

귀중한 나의 생명이여, 당신에게 급히 알려 드릴 일이 있습니다. 다름 아니라, 내게도 다소 희망의 빛이 찾아들었단 말입니다. 그러나 용서하십시오, 바렌카. 이제는 빚을 지지 말라고 써보내셨지만, 그러지 않고는 도저히 안 되겠습니다. 아시다시피 지금 나도 형편이 말이 아닌데, 별안간 당신에게 무슨 사고라도 생기면 어떻게 합니까! 당신은 그처럼 몸이 약하니까요. 그래서 아무래도 남의 돈을 좀 돌릴 필요가 있다는 걸 거듭 말씀드리는 바입니다. 그럼 다시 얘기를 계속하기로 하겠습니다.

　미리 말해 둡니다만, 나는 관청에서 에멜리얀 이바노비치라는 친구와 나란히 앉아서 일을 보고 있습니다. 이 친구는 요전에 내가 편지에 써 보낸 그 예멜리얀과는 별개의 인물입니다. 이 친구는 나와 같은 구등관이고, 또 나와 함께 우리 관청에서는 가장 고참이라 할 수 있지요. 마음씨가 착하고 욕심이 없고 입이 아주 무거워서 꼭 곰과 같은 모습을 하고 있습니다. 그 대신 일만은 썩 잘하지요. 영어 글씨 같은 건 정말 깨끗합니다. 솔직히 말해서, 나에 못지않을 정도로 잘 씁니다. 말하자면 퍽 쓸모가 있는 인물이지요! 나는 여지껏 이 친구와 한 번도 다정하게 얘기를 주고받은 일이 없습니다. 그저 습관에 따라 '안녕하십니까' '안녕히 가십시오'라고 인사를 할 뿐이고, 가끔 나이프가 필요할 때면, '나이프 좀 빌려 주십시오' 하는 정도였습니다. 한 마디로 말해서 일상적으로 필요한 일에만 국한되어 있었습니다.

그러던 것이 오늘은 이 친구가 내게 이런 말을 하더군요. "마카르 알렉세예비치, 왜 그렇게 풀이 죽어 우울한 얼굴을 하고 계십니까?" 그의 말하는 품이 내게 호의를 갖고 있는 것같이 보여서 나는, "에멜리얀 이바노비치, 실은 여차여차해서 그렇습니다." 하고 그에게 털어놓고 말했습니다. 물론 그렇다고 이것저것 가리지 않고 모두 이야기한 것은 아닙니다. 그럴 생각은 털끝만치도 없으니까 어떠한 일이 있어도 모두 털어놓을 리는 없지요. 하지만 어쨌든 돈에 쪼들려 죽을 지경이라는 정도까지는 얘기했습니다. 그랬더니 그가 하는 말이, "그럼 돈을 좀 빌려 쓰면 좋겠군요. 포트로 페트로비치한테 말해 보십시오. 그 사람은 돈놀이를 하고 있답니다. 나도 꿔쓴 일이 있는데, 이자도 받을 만큼 적당히 받고 절대로 무리한 요구는 하지 않습니다."라고 말하더군요.

바렌카, 이 말을 들었을 때 내 심장은 금방 살아날 것처럼 뛰었습니다. 제발 하느님께서 포트로 페트로비치의 마음을 움직여 그가 내 은인이 되게 하여, 내게 돈을 꿔주게 하셨으면…… 나는 이런 생각만 했습니다. 그렇게만 되면 주인 마누라에게 돈을 지불할 수도 있고, 당신도 도와드릴 수 있고, 내 몸치장도 좀 깨끗이 할 수 있으련만……. 꾸기도 전에 이런 속셈까지 했지요. 사실 지금 상태로서는 창피해서 자리에 앉아 있을 수조차 없을 지경이니까요. 이를 허옇게 드러내고 남을 비웃는 심술궂은 동료들은 별문제라 하더라도(참으로 밉살스러운 녀석들입니다!) 이따금 장관 각하께서 우리 책상 옆을 지나가시는 일이 있단 말입니다. 그러니까 어쩌다 흘끗 나를 바라보다가 내 이 누추한 복장에 시선을 멈추는 날이면 어떻게 되겠습니까. 더욱이 장관각하께서는 복장 단정을 무엇보다 중요시하는 어른이니까 큰일이란 말입니다! 하기는 각하께서 아무 말씀도 하지는 않으시겠지만, 하여튼 나는 부끄러운 나머지 숨이 끊어지고 말 겁니다. 틀림없이 숨이 끊어질 겁니다.

그래서 나는 마음을 단단히 먹고, 수치심을 구멍투성이가 된 양복 호주머니 속에 쑤셔넣다시피 하며 포트로 페트로비치의 곁으로 갔습니다. 나는 희망에 넘쳐 있었습니다. 하지만 그와 동시에 어찌될 것인가 하는 두려운 기대 때문에 거의 숨이 막혀 버릴 것 같은 기분이었습니다. 그러나 바렌카, 이를 어쩌면 좋습니까! 결국은 모든 것이 허사가 되고 말았습니다.

그는 무슨 일을 하면서 페도세이 이비노비치와 이야기하고 있었습니다. 나는 그의 옆으로 가까이 가서 팔소매를 잡아당기며, "포트로 페트로비치! 포트로 페트로비치!" 하고 불렀지요. 그가 내게 얼굴을 돌리자 나는 다음 말을 계속했습니다. "실은 여차여차해서 돈이 필요한데 20루블 가량 빌려 줄 수 없겠습니까……." 하고 말이지요. 그는 처음에 내 말을 잘못 알아들은 모양이었지만, 내 설명을 다시 듣고 나더니 갑자기 깔깔거리고 웃어대더군요. 그러고는 아무 말도 하지 않고 입을 다물어 버리고 말았습니다. 나는 다시 부탁을 했습니다. 그러자 이번에는, "담보물은 있습니까?"라고 물었습니다. 그러면서도 한편으로는 서류에 얼굴을 박고 펜을 돌리면서 나를 거들떠보려 하지도 않았습니다. 나는 약간 어리둥절했지만 조심스럽게 대답했습니다. "저어, 포트르 페트로비치, 실은 담보로 맡길 만한 물건이 없습니다. 하지만 월급을 타면 즉시 갚아 드리겠습니다. 어떤 일이 있어도 제일 우선적으로 그 돈만은 꼭 갚아 드리지요."

마침 그때 누가 그를 불러 갔습니다. 나는 그를 기다렸습니다. 얼마 후에 그는 돌아왔으나 내 존재 같은 건 완전히 무시하는 태도로 펜촉을 깎기 시작했습니다. 그래서 나는 또다시 부탁을 했습니다. "포트로 페트로비치, 어떻게 좀 융통해 주실 수 없을까요?" 그러나 그는 내 말을 못 들은 척 여전히 침묵을 지키고 있었습니다. 나는 그의 곁에 기둥처럼 서 있었습니다. 마지막으로 한 번만 더 말해보자는 생각에서 나는 그의 팔소매를 잡아당겼습니다. 그는 무슨 말인지 입 속으로 중얼거리더니 펜촉을 다 깎자 다시 글을 쓰기 시작하지 않겠습니까. 그래서 나도 그만 단념하고 물러나왔습니다.

바렌카, 그따위 친구들도 혹시 쓸모가 있는 인간들인지는 모르겠지만, 거만하기 짝이 없습니다. 그러나 내게는 그것이 문제가 아닙니다! 그따위 친구들을 상대할 필요가 어디 있어요! 그러니까 나도 이런 것을 전부 당신에게 알리는 게 아니겠습니까. 에멜리얀 이바노비치도 어이없다는 듯이 웃으며 머리를 가로젓더군요. 하지만 그는 역시 착실한 친구여서 내게 희망을 주었습니다. 그는 어떤 사람을 한 명 소개해 주겠다고 약속했는데, 그는 브이보르스카야 거리에서 돈놀이를 하며 사는 14등급 관리라고 합니다. "그 친구라면 틀림없이 빌려 줄 겁니다!" 그는 이렇게 말했습니다.

사랑하는 천사여, 나는 내일 그곳에 가볼 작정입니다. 어떻습니까, 당신 생각엔? 돈을 빌리지 못하면 그야말로 큰일입니다! 주인 마누라는 금방이라도 나를 쫓아낼 것처럼 야단을 치며 식사도 주지 못하겠다고 합니다. 더구나 신고 있는 이 구두도 형편없게 되었고, 양복 단추도 떨어져 나가고 없습니다. 그렇다고 갈아입을 옷도 없습니다! 혹시 상관들 중 누구든지 이런 거지 같은 꼴을 발견한다면 정말 어떻게 되겠습니까! 큰일이지요, 바렌카. 정말 큰일입니다!

마카르 제부슈킨

8월 4일 ─ 바르바라의 편지

사모하는 마카르 알렉세예비치!

제발 부탁입니다. 될 수 있는 대로 빨리 얼마라도 좋으니 돈을 좀 빌려다 주십시오. 어떤 일이 있어도 요즈음처럼 곤란을 받으시는 당신에게 도움을 바라고 싶지 않습니다만, 지금 제가 어떤 형편에 처해 있다는 걸 아신다면 당신도 용서해 주실 줄 믿습니다. 우리는 도저히 이 집에 그대로 머물러 있을 수 없게 되었습니다. 제 신변에 지극히 불쾌한 일들이 일어났기 때문입니다. 지금 제가 얼마나 혼란에 빠져 흥분하고 있는지 그것을 당신이 알아 주셨으면 합니다. 친애하는 벗이여, 상상만이라도 해보십시오. 오늘 아침 저희들 방에, 훈장을 가슴 가득히 붙인, 할아버지라 해도 될 만큼 나이먹은 낯모르는 사람이 느닷없이 찾아왔어요. 무슨 일 때문에 왔는지 몰랐기 때문에 저는 정말 소스라치게 놀랐습니다. 때마침 표도라는 가게에 물건을 사러 나가고 없었습니다. 노인은 제게, 지내기는 어떠며 무엇을 하고 있느냐고 묻더니, 대답도 기다리지 않고 자기는 그 장교의 삼촌이라고 했습니다. 그리고 나는 조카놈이 그런 못된 짓을 해서 온 집안이 다 알도록 당신에게 모욕을 준 데 대해 몹시 화를 내고 있다, 조카놈은 주책 없는 난봉꾼이다. 그래서 나는 당신을 보호해 줄 용의가 있다. 그리고 젊은 놈들의 말을 곧이들으면 안 된다고 충고 비슷한 소리까지 하고 나서, 나는 당신을 내 친딸이나 다름없이 생각하며 염려하고 있다, 당신에게는 꼭 아버지 같은 느낌을 갖게 된다, 그러니까 어떤 일이라도 기꺼이 도와주고 싶다, 이렇게 덧붙여 말했습니다. 저는 얼굴이 화끈화끈 달아올라서 노인의 말을 어떻게 생각해야 할지 몰랐지만, 고맙다는 말은 섣불리 입밖에 내지 않았습니다. 그러자 노인은 억지로 제 손을 잡고 한쪽 손으로 제 볼을 톡톡 두드리며, 당신은 참 예쁘게 생겼다, 특히 양쪽 볼에 보조개가 무엇보다도 내 마음에 들었어. (별소리 다 듣겠어요!) 나중에는, 나야 이렇게 늙었으니 괜찮겠지 하며(참 더러운 놈도 다 있어요!) 제게 키스를 하려고 하지 않겠어요.

마침 그때 표도라가 돌아왔습니다. 그는 약간 당황한 빛을 보였으나 다시 지껄이기 시작했습니다. 당신이 겸손하고도 행실이 바른 것에 나는 진심으로 경의를 표한다, 내게는 조금도 서먹서먹하게 굴 필요가 없다, 이런 수작을 하더니 표도라를 한쪽 구석으로 끌고 가서 무슨 당치도 않은 이상한 구실을 붙여 얼마나 되는지는 몰라도 돈을 쥐어 주려 했습니다. 물론 표도라가 그런 돈을 받았을 리는 없지요. 얼마 후에 돌아갈 차비를 했습니다만, 또다시 조금 전에 하던 말을 되풀이하며 한 번 더 찾아오겠다고 했습니다. 그때는 귀걸이를 선물로 갖다 주겠다고요.

그는 어쩐지 몹시 허둥거리며, 또 한다는 말이 집을 옮기는 게 좋겠다, 내가 썩 좋은 셋방을 한 군데 봐놓았는데 그걸 소개해 주마, 방세 같은 건 한 푼도 낼 필요가 없다, 당신이 하도 정직하고 영리해서 나는 홀딱 반해 버렸다, 이런 말도 했어요. 행실이 좋지 않은 젊은 녀석들은 조심해야 한다고 충고하고 나서 맨나중에, 나는 안나 표도로브나와 잘 아는 사인데, 그녀가 당신에게 찾아가겠으니 그렇게 알라고 전해달라는 부탁을 받았다, 이렇게 말하지 않겠어요. 그래서 저는 모든 것을 깨달을 수 있었습니다. 그때 제가 어떻게 했는지 정확히는 기억에 없습니다. 그런 일은 생전 처음으로 당했으니까요. 저는 발끈 성을 내어 노인에게 톡톡히 망신을 주었습니다. 표도라도 옆에서 거들어 주었지요. 그래서 노인은 거의 쫓겨나다시피 하여 저희 방에서 나갔습니다.

우리는 이것이 모두 그녀의 짓이라고 결정지었습니다. 그렇지 않고서야 그 노인이 어디서 우리들의 얘기를 들었겠어요?

그래서 지금 당신에게 원조를 청하는 거에요. 제발 이런 처지에 놓여 있는 저를 저버리지 마시고 구해 주십시오! 다소를 불문하고 얼마라도 좋으니 돈을 빌려다 주십시오. 이 집에서 다른 곳으로 옮기려 해도 돈이 없지만, 그렇다고 이대로 이 집에 계속 머물러 있을 수는 없어요. 표도라도 그렇게 말하고 있습니다.

저희들에게는 지금 적어도 25루블이라는 돈이 필요해요. 이 돈은 나중에 제가 반드시 갚아 드리겠습니다. 제가 벌어서 꼭 갚겠어요. 표도라는 2,3일 안으로 또 일감을 맡아오게 되어 있으니까, 이자가 비싸다고 망설이게 되시더라도 그런 것은 개의치 마시고 어떤 조건에라도 응하십시오.

어떤 일이 있어도 반드시 다 갚아 드릴 테니 제발 저를 살려 주시는 셈치고 도와주십시오. 말 못 할 곤경에 빠져 계시는 바로 이런 때에, 당신에게 폐를 끼치는 것은 괴롭기 한이 없습니다만, 그래도 의지할 곳은 역시 당신밖에 없으니 어떻게 합니까? 그럼 이만 실례합니다. 마카르 알렉세예비치! 제 처지를 잘 생각해 주시기 바랍니다. 그리고 하느님께서 당신에게 도움을 주시어 제 부탁이 이루어지게 해주시기를 빕니다!

V. D.

8월 4일 ─ 마카르의 편지

나의 귀중한 바르바라 알렉세예브나!

이러한 여러 가지 뜻하지 않은 타격에 나는 전율을 금할 수가 없습니다! 이처럼 무서운 재난에 나는 얼이라도 빠져나가는 듯합니다! 그따위 능글맞은 난봉꾼들과 엉큼한 영감쟁이들이 당신에게 덤벼들어 귀엽고 사랑스러운 천사인 당신을 병석에 눕히려 할 뿐만 아니라, 그 못된 놈들은 나까지 때려눕히려 하고 있군요. 아니, 놈들은 반드시 나를 때려눕힐 것입니다. 놈들이 틀림없이 나를 때려눕히리라는 것을 나는 단언할 수 있습니다! 이번만 해도 당신을 도와드리지 못하게 된다면, 나는 차라리 죽어 없어지는 편이 나을 테니까요!

바렌카, 당신을 도와주지 못한다면, 그것은 곧 나의 죽음을 의미합니다. 그야말로 깨끗이 죽어 없어질 수밖엔 없을 겁니다. 그러나 만일 당신을 도와드릴 수 있게 된다면, 당신은 올빼미라든지 그 밖의 맹금(猛禽)에게 집어먹히려던 작은 새가 자기 둥지에서 도망치듯이 내게서 날아가 버리겠지요. 바렌카, 이것을 생각하면 나는 괴로워 견딜 수가 없습니다. 그런데 바렌카, 당신은 어쩌면 그렇게도 잔인합니까! 어째서 당신은 그런 말을 하십니까? 못된 놈들이 당신을 괴롭히고 당신에게 모욕을 준다구요? 귀여운 나의 병아리여, 당신은 고민에 싸여 있다구요? 그리고 내게 폐를 끼치게 된 것을 슬퍼하고 있다구요? 뿐만 아니라, 삯바느질을 해서라도 그 돈을 꼭 갚겠다구요? 그러나 그것은 사실대로 말하면 기한 내에 빚을 갚기 위해, 그러잖아도 몸이 약한 당신의 건강을 스스로 해치려는 것과 다를 바가 없는 것입니다.

바렌카, 당신 자신이 무슨 소리를 하고 있는지 한번 잘 생각해 보십시오! 무엇 때문에 당신이 바느질을 해야 한단 말입니까? 무엇 때문에 그런 노동을 해야 한단 말입니까? 쓸데없는 근심 걱정으로 머리를 쓰며, 그 좋은 눈을 못 쓰게 만들고 자기의 건강을 해칠 필요가 어디 있습니까? 아, 바렌카, 바렌카, 아시다시피 나는 아무 짝에도 쓸모없는 인간입니다. 나 자신이 그것을 잘 알고 있습니다. 하지만 나는 반드시 쓸모있는 인간이 되어 보이겠습니다! 나는 모든 난관을 극복하고 관청일 이외의 일도 맡아서 하겠습니다. 문학가들의 여러 가지 원고를 맡아다가 정서도 할 작정입니다. 내가 그들을 찾아가서 일거리를 직접 맡아 올 작정입니다. 그들은 글씨가 깨끗한 사람을 구하고 있으니까요. 나는 그것을 잘 알고 있습니다. 어쨌든 당신이 건강에 해로운 일을 하도록 그냥 두지는 않겠습니다. 몸을 망치는 그따위 짓은 절대로 하지 못하게 하겠습니다. 사랑하는 천사여, 돈은 틀림없이 구해 보겠습니다. 돈을 구하지 못할 지경이면 차라리 죽어 버리고 말겠습니다. 사랑하는 벗이여, 이자를 비싸게 달란다고 해서 망설일 필요는 없다고 하셨습니다만, 내가 지금 그런 것에 놀라서 망설일 줄 아십니까. 절대로 놀라거나 망설이거나 하지 않을 테니 안심하십시오. 나는 우선 지폐로 40루블만 빌려달라고 할 작정입니다.

이 정도라면, 별로 큰돈이라 할 수 없지 않습니까. 바렌카, 당신은 어떻게 생각하지요? 한번에 40루블이나 꿔 달라 해도 저쪽에서 나를 믿어 줄는지 어떨는지? 다시 말하자면, 내가 첫눈에 그만한 신뢰감을 일으킬 수 있겠는지 어떤지 그것을 당신에게 물어 보고 싶단 말입니다. 내 얼굴을 보고 첫눈에 내게서 좋은 인상을 받을 수 있을까요? 귀여운 천사여, 내가 그만한 신용을 얻을 수 있는 능력을 가지고 있는지 한번 생각해 보십시오. 이 점에 대해서 당신의 의견은 어떠신지요? 그런데 바렌카, 나는 몹시 두려움을 느끼고 있습니다. 거의 병적인, 솔직히 말해서 병적인 두려움을 느끼고 있습니다!

하여튼 돈을 빌리게 되면 그 40루블 중에서, 바렌카, 당신에게 25루블을 떼어 드리지요. 주인 마누라에게는 은화로 2루블만 지불하고, 그 나머지는 나 자신을 위한 급한 비용으로 쓸 작정입니다. 사실 주인 마누라에게는 좀더 줬으면 좋겠지만, 아니 어떤 일이 있어도 반드시 줘야 할 형편이지만, 당신도 내 모든 사정을 살피시고 내게 꼭 필요한 물건을 하나하나 따져 보시면 은화 2루블 이상은 도저히 지불할 수 없다는 것을 아시게 될 겁니다. 따라서 이 점에 대해선 당신에게 새삼스럽게 설명하지 않아도 될 것이고 또 그럴 필요도 없습니다. 나는 우선 은화 1루블로 구두를 한 켤레 살 예정입니다. 지금 신고 있는 구두는, 당장 내일 아침 관청에 출근할 때는 걸치지 못하게 될지도 모르는 고물이니까요. 그리고 넥타이, 이놈도 매고 다니기 시작한 지가 1년이 넘었으니까 이번엔 꼭 마련해야겠지만, 당신이 낡은 앞치마를 뜯어서 넥타이뿐만 아니라 마니슈카(역주 ; 와이셔츠 위로 앞가슴에 걸치는 수건 비슷한 것)까지 손수 만들어 주겠다고 약속했으니까 당신만 믿고 넥타이에 대해서는 더 생각하지 않기로 하겠습니다.

그러니까 우선 구두와 넥타이는 마련된 셈치고, 사랑하는 벗이여, 이번에는 단추가 있어야 합니다! 물론 당신도 찬성하실 줄 믿습니다만, 아무래도 단추는 달고 다녀야겠습니다. 그런데 내 제복에는 반 가량 그놈의 단추가 떨어져 나갔단 말입니다. 혹시 장관 각하께서 내 단정하지 못한 복장을 발견하시고 무슨 말씀을 하실까 생각하면 몸이 부르르 떨립니다. 정말 무엇이라 말씀하시겠습니까! 아니, 그러나 바렌카, 나는 각하께서 말씀하시는 걸 듣지 못할 겁니다. 나는 죽어 버리고 말 테니까요. 나는 그 자리에 까무러쳐서 그만 죽고 말 겁니다. 지금 이렇게 생각만 해도 부끄러운 나머지 죽을 것만 같은데, 하물며 정말 그런 일을 당하면…… 아아, 바렌카, 말은 해서 뭘 합니까! 이렇게 꼭 필요한 물건을 사고 나면 3루블이 남는 셈입니다. 이걸 가지고 그날그날의 생활비에 충당하고 또 담배를 반 파운드(역주 : 1파운드는 약 400그램) 살 생각이지요. 사랑하는 천사여, 나는 담배 없이 살 수 없는 인간인데, 벌써 아흐레째나 담배를 한 대도 입에 대보지 못했으니까요. 솔직히 말해서 이런 것쯤은 당신에게 아무 말 않고 그냥 사버릴 수도 있는 문제입니다만, 그렇게 하기가 어쩐지 마음에 걸려서 미리 말씀드려 두는 것입니다. 당신은 그곳에서 마지막 한 푼까지 톡톡 털고 불행과 궁핍 속에 허덕이고 있는데, 나만 여기서 혼자 여러 가지 쾌락을 맛보고 있다고 생각하면 아무래도 떳떳치 못할 겁니다. 그래서 양심의 가책을 면하기 위해 당신에게 이런 말까지 미리 해두는 것입니다.

바렌카, 하나도 숨김없이 터놓고 말씀드리자면, 나는 지금 극도로 곤궁한 처지에 있습니다. 여지껏 한 번도 경험한 일이 없을 정도로 궁핍한 상태에 있습니다. 주인 마누라는 나를 아주 업신여기고 또 누구 한 사람 나를 손톱만큼도 존경하려 하지 않습니다. 무서운 궁핍과 산더미 같은 빚이 있을 뿐이지요. 한편 관청에서는 어떠냐 하면 ―전에도 동료들에게서 대접받은 적은 없지만―역시 말이 아닙니다. 나는 모든 것을 숨기고 있습니다. 누구에게나 모든 것을 숨기려고 노력합니다. 아니, 나 자신의 몸까지도 숨기려는 형편이지요.

사무실에 들어가면 동료들을 외면한 채, 멀찍이 앉아 있습니다. 바렌카, 내가 이런 사실을 털어놓고 말할 수 있는 용기를 얻는 것은 오직 당신뿐입니다…….

그런데 만일 돈을 꿔주지 않으면 어떡할까요! 그러나 이런 생각은 미리 하지 않는 편이 좋을 겁니다. 그런 생각까지 공연히 해서 골치를 앓을 필요는 없을 테니까요. 그런데도 내가 이런 말을 하는 것은, 당신이 혹시 그런 생각을 하며 부질없이 속을 태우지나 않을까 염려되어 미리 주의를 주고 싶기 때문입니다. 아아, 그러나 만일 돈을 구하지 못하면 당신은 어떻게 되겠습니까! 사실은 그렇게 되면, 당신은 지금 계신 집에서 다른 곳으로 이사하실 수 없게 되겠지요. 따라서 당신은 지금처럼 내 곁에 그대로 남아 있게 되는 셈이군요. 아니, 그게 아닙니다. 돈을 구하지 못한다면, 나는 다시 돌아오지 않겠지요. 어느 구석에 몸을 숨기고 그대로 죽어 버릴 것입니다.

이상으로 할 말은 다 했습니다. 이제는 수염이나 좀 깎아야겠습니다. 얼굴은 단정해야 하고, 또 그것이 언제나 유익한 결과를 초래하니까요. 그럼 우리에게 하느님의 가호가 있기를 빕니다! 이제부터 기도를 올리고 돈을 구하러 나서기로 하겠습니다!

M. 제부슈킨

8월 5일 ― 바르바라의 편지

그립고 그리운 마카르 알렉세예비치!
당신만이라도 제발 절망 속에 빠지지 말아 주세요!
그러잖아도 슬픈 일은 산더미같이 많으니까요. 우선 은전으로 30카페이카를 보내 드립니다. 이 이상은 도저히 안 되겠어요. 내일까지만이라도 이것으로 어떻게든지 지내시기 바랍니다. 제일 급한 것부터 사십시오. 이제 저희들한테는 한 푼도 남은 것이 없답니다. 그리고 내일은 어떻게 될지 전혀 알 수 없는 형편입니다. 마카르 알렉세예비치, 정말 서글프기 짝이 없군요! 그러나 돈을 빌리지 못했다고 너무 상심하지는 마세요. 어쩔 수 없는 일이니까요! 표도라는, 이런 일쯤은 아직 아무 것도 아니다, 당분간은 이 집에 그냥 있을 수도 있고, 다른 곳으로 옮겨 간다 해도 저쪽에서 찾으려 든다면 어디에 가 있든지 결국은 우리를 찾아내고야 말 테니까 별로 신통할 것도 없다, 이렇게 말합니다. 그러나 제 생각 같아서는, 여기 이대로 있는 것만은 아무래도 좋지 않을 것 같아요. 이렇게 마음이 어지러운 때만 아니더라도 그 이유를 말씀드릴 수 있겠습니다만…….

그런데 마카르 알렉세예비치, 정말 당신은 이상한 성격을 가지고 계시는군요! 당신은 무슨 일에나 너무 지나치게 마음을 쓰시는 것 같아요. 그렇기 때문에 당신은 항상 누구보다도 불행한 사람이 되시는 거에요. 저는 당신의 편지를 언제나 주의해서 읽습니다만, 당신이 자기 자신에 대해서는 한 번도 그래 본 일이 없을 만큼 저에 대해 깊이 염려하고 계시다는 것을 어느 편지에서나 느낄 수 있어요. 물론, 누구든지 당신이 마음씨가 착하고 친절한 분이시라고 하겠지만, 그러나 솔직히 말씀드리자면, 당신은 너무 지나칠 만큼 친절하십니다.

마카르 알렉세예비치, 당신에게 친구로서 충고를 해야겠어요. 말할 것도 없이 저는 당신을 고맙게 생각하고 있습니다. 저를 위해 당신이 베풀어 주신 모든 은혜에 깊이 감사하고 있어요. 언제나 가슴 깊이 명심하고 있지요. 그렇지만 제 본의는 아니었다 하더라도, 어쨌든 저 때문에 그처럼 갖은 고초를 다 겪으시고서도 여전히 저와 함께 기쁨과 슬픔을 나누며 살아가시는 당신의 모습을 볼 때, 제 마음이 얼마나 괴롭겠는지 한번 생각해 주시기 바랍니다. 남의 일에 그처럼 마음을 쓰고, 모든 일에 그처럼 진정으로 동정하다가는 누구든지 가장 불행한 인간이 되고 말 것입니다. 오늘 퇴근하시는 길에 저의 집에 들어 오셨을 때, 저는 당신을 보고 깜짝 놀랐어요. 몹시 겁을 먹은 것 같은, 절망 속에 빠진 것 같은, 핏기가 하나도 없는 창백한 얼굴이었습니다. 당신이 아닌 다른 사람 같았어요. 돈을 빌려 오지 못했다는 말을 해서 저를 놀라게 하고 실망시킬까 봐 겁이 났기 때문에 그랬을 거에요. 그러다가 제가 금방 웃음을 터뜨릴 것 같은 기색을 보시고서야 마음을 놓으셨지요?

마카르 알렉세예비치, 너무 슬퍼하지 마세요. 절대로 희망을 버리지 마세요. 그리고 좀더 정신을 단단히 차리세요. 애원합니다, 간절히 간절히 바라고 빕니다. 그러면 모든 일이 원만히 잘 되어 나가겠지요. 그러나 지금처럼 항상 남의 슬픔과 괴로움을 대신 짊어지신다면, 고달프고 괴로운 생활만이 계속될 거에요. 그럼 안녕히 계십시오. 그리고 제발 저에 대해서 지나친 염려는 하지 말아 주시기를 거듭 부탁하고 애원합니다.

V. D.

8월 5일 ― 마카르의 편지

사랑스러운 나의 바렌카!

참으로 다행입니다, 나의 천사여. 참으로 고마운 일입니다! 내가 돈을 구해 오지 못한 것이 아직은 그리 큰 불행이라 할 수 없다는 말씀이군요. 그것 참 다행입니다. 그렇다면 나도 안심했습니다. 당신이 그렇게 마음을 정하신 데 대해 나는 행복을 느낍니다. 당신이 나를, 이 늙은이를 버리지 않고 지금까지 계시던 집에 그대로 머물러 계시겠다니 기쁘기 한량없군요. 마음에 있는 것을 모두 털어놓고 말하자면, 당신이 이번에 주신 편지에다 나를 매우 훌륭한 인간이라 하시고, 빈 말일지는 몰라도 내 성품을 칭찬해 주신 것을 읽었을 때 내 가슴은 환희에 넘쳤습니다. 그렇다고 우쭐한 마음에서 이런 말을 하는 것은 아닙니다. 내 마음을 그처럼 염려해 주시는 것을 보고, 나는 당신이 얼마나 나를 사랑해 주시는지 비로소 똑똑히 알았기 때문입니다. 하지만 이런 얘기는 그만둡시다. 이제 새삼스럽게 내 마음을 가지고 운운할 필요가 어디 있겠습니까! 마음이란 돌아가는 대로 놔둬야지 달리 어쩔 수 없는 것이랍니다.

바렌카, 당신은 내게 옹졸한 인간이 돼서는 안 된다고 꾸짖는군요. 옳은 말입니다. 나의 천사여. 나도 역시 옹졸해서는 못 쓴다고 생각합니다. 하지만 바렌카, 내일 내가 출근할 때 어떤 신을 신고 가야 하는지 그것부터 당신 자신이 한번 말씀해 주십시오. 이것이 곤란한 문제란 말입니다. 사실 이런 생각을 자꾸만 하게 되면 자기 자신을 파멸시킬 수도 있습니다. 그러나 사랑하는 벗이여, 내가 이런 문제에 대해서 마음을 쓰며 한탄하는 것은 나 자신을 위해서가 아니라는 점을 말해 둬야겠습니다. 나 자신만에 관한 일이라면, 나무가 얼어터지는 엄동설한 속에서도 외투를 입지 않아도 상관없고 구두를 신지 않고 돌아다닐 수도 있겠지요. 그런 것쯤은 얼마든지 견디어 낼 수 있습니다. 나는 원래 하잘 것 없는 인간이니까 그런 것쯤은 문제가 아닙니다. 하지만 세상 사람들이 뭐라 하겠습니까? 그게 문제란 말입니다. 내가 만일 외투도 걸치지 않고 나다닌다면 나의 적들이, 그 독살스러운 혓바닥을 나불거리며 무슨 수작을 할지 아느냔 말입니다. 말하자면 그런 친구들 때문에 외투를 입고 다녀야 하고, 구두도 신고 다니지 않을 수 없다는 것입니다. 사랑하는 벗이여, 귀여운 사람이여, 이와 같은 이유에서 구두는 명예와 체면을 지키기 위해 내게 반드시 필요한 물건이지요. 구멍이 숭숭 뚫린 구두를 신고 다닌다는 것은, 곧 이 두 가지를 상실하는 결과가 되는 것입니다. 바렌카, 오랜 경험을 통하여 터득한 내 말을 믿어 주십시오. 세상이 무엇인지, 세상 사람들이 어떤 것인지 잘 아는 이 늙은이의 말을 곧이들으십시오. 그리고 엉터리 문학가니, 독설가니 하는 자들의 말에는 절대로 귀를 기울이지 마십시오.

그건 그렇고, 바렌카, 오늘 내가 겪은 일에 대해서는 아직 자세하게 알려 드리지 않았군요. 나는 지독한 고통을 참고 견뎠습니다. 바렌카, 나는 오늘 아침 불과 몇 시간 동안에 여느 사람이 1년을 걸려도 맛보지 못할 극심한 심적인 고통을 맛보았습니다. 그럼 차근차근 얘기하겠습니다. 첫째로, 나는 그 돈놀이를 한다는 하급 관리가 외출하기 전에 가서 만나 보고, 또 나 자신도 출근 시간에 늦지 않으려고 일찌감치 집을 나섰습니다. 진눈깨비가 사정없이 퍼붓고 있었습니다. 나는 외투를 푹 뒤집어쓰고 터벅터벅 걸어가며 쉴새없이 이런 생각만 했습니다. '주여, 내 죄과를 사해 주시고 내 소원을 이루게 해주시옵소서!'

어떤 교회 옆을 지나갈 때, 나는 내가 범한 모든 죄과를 뉘우치는 마음이 들어 성호를 그었습니다. 그러나 나는 문득 내가 하느님께 그런 것을 기원할 자격이 없는 인간이라는 생각이 들었습니다. 나는 어쩐지 풀이 죽어 아무 것도 보고 싶지 않았습니다. 그래서 그 다음부터는 길도 가리지 않고 아무렇게나 마구 걷기만 했습니다. 한길은 휑하니 비어 있고, 이따금 마주치는 사람들이란 모두 무슨 근심이라도 있는 것 같은, 바쁜 듯이 보이는 사람들뿐이었습니다. 그것도 당연하지요. 이런 진눈깨비 내리는 이른 아침에 누가 산책을 하러 기어나오겠습니까! 때와 기름으로 옷이 새까맣게 된 한 패의 노동자들과 만났습니다. 그들은 내게 몸을 툭툭 부딪치며 지나갔습니다. 나는 겁이 났습니다. 어쩐지 무시무시했습니다. 돈을 구해야 한다는 문제에 대해서는, 솔직히 말해서 생각해 보고 싶지도 않았습니다. 운수에 맡기는 수밖엔 별도리가 없다! 하는 마음뿐이었습니다.

보스크레센키 다릿목까지 오니까 구두창이 다 떨어져나가서 도대체 무엇을 신고 있는지 나 자신도 알 수 없을 지경이었습니다. 그런데 바로 그때, 재수없게도 같은 관청에 근무하는 예르믈라예프라는 서기를 만났답니다. 그는 걸음을 멈추고 몸을 앞으로 내밀며 마치 술값이라도 달라는 듯한 꼴을 하고, 내가 지나가는 것을 곁눈질해 보는 것이었습니다.

'망할 놈의 자식 같으니!' 하고 나는 생각했습니다. '보드카를 마시고 싶으면 제 돈 내고 마실 것이지, 내가 어디 지금 너 같은 놈 상대하게 되었어!'

나는 몹시 피로해서 발을 멈추고 잠깐 쉬었다가 다시

걷기 시작했습니다. 어디 다른 곳으로 시선을 옮겨서 거기다 마음을 집중시키고, 기분을 전환하여 기운을 좀 회복하려는 생각에서 일부러 사방을 둘러보았지만, 아무 것도 눈에 띄지 않았습니다. 나는 한 가지 일만 계속해서 생각할 수가 없었습니다. 게다가 온몸이 진흙투성이가 되어 스스로 부끄러울 지경이었지요. 마침내 나는 멀리 저쪽으로 망루처럼 생긴 노란빛 목조 이층집이 있는 것을 발견했습니다.

'그렇지, 맞았어. 에멜리얀 이바노비치가 말한 대로 저것이 마르코프네 집이로군.' 하고 나는 생각했습니다. (마르코프라는 건, 돈놀이를 한다는 바로 그 사람입니다.)

나는 이미 자기가 무엇을 하는지조차 모를 지경이 되어, 저것이 마르코프의 집이라는 것을 뻔히 알면서도, "여보시오, 저건 누구 집입니까?" 하고 순경에게 물어 보았습니다. 이 순경은 몹시 건방진 놈이어서, 성난 듯한 태도로 마지못해 한 마디 내뱉듯이 대답했습니다.

"뭐라구?…… 저건 마르코프네 집이야."

순경이란 원래가 이렇게 무뚝뚝한 친구들뿐입니다.

그러나 순경쯤이라면 별로 대수롭지 않은 문제지요. 그런데 눈에 띄는 모든 것이 어쩐지 불쾌한 인상을 주는 것이었습니다. 말하자면, 하나하나 뒤를 이어 나타나는 것이 모두 불쾌하고 싫은 것들뿐이었습니다. 보는 사람의 마음에 따라 달빛이 슬프게도, 즐겁게도 보이는 것과 같은 이치겠지요. 이것은 언제나 그런 법이니까 할 수 없는 일입니다. 나는 그 집 앞길을 세 번이나 오락가락 했습니다만, 걸으면 걸을수록 기분은 점점 침울해졌습니다.

'안 되겠는걸!' 하고 나는 생각했습니다. '꿔주지 않을 거야. 절대로 꿔줄 리가 없어! 도대체 생면부지인데다가 신용할 만한 근거도 없고, 더욱이 이렇게 주제가 말이 아닌 놈에게 누가 함부로 돈을 내주겠느냐 말이야. 운수에 맡길 수밖엔 없어. 다만 나중에 후회하지 않도록 어쨌든 한번 부탁이라도 해봐야지. 설마 나를 잡아먹지야 않을 테니까.'

나는 살그머니 대문을 열었습니다. 그러나 거기에는 새로운 불행이 나를 기다리고 있었습니다. 꼴사납고 지저분한 개가 내게 달려들며 미친 듯이 짖어대지 않겠습니까! 바렌카, 이런 아무 것도 아닌 사소한 일이 곧잘 사람의 얼을 빼고 겁을 집어먹게 하여 미리 뱃속에 다짐해 두었던 결심을 뒤집어엎곤 한답니다. 그래서 나는 정신없이 허겁지겁 집 안으로 발을 들여놓기는 했습니다만, 거기에는 또 다른 새로운 불행이 내가 들어서기를 기다리고 있었습니다. 아래층 어두컴컴한 현관에 무엇이 있는지 잘 살펴보지도 않고 뛰어들어가는 바람에, 커다란 통에서 우유를 병에 따르고 있던 노파를 들이받아 우유를 몽땅 쏟아 버리게 하는 일대 소동을 일으키고야 말았습니다. 노파는 꽥꽥 소리를 지르며 덤벼들었습니다. "아니 여보, 어디를 기어들어가려고 이 지랄이야? 뭐 하러 왔어?"

그러고는 차마 들을 수 없는 욕지거리를 퍼부었습니다.

바렌카, 나는 긴급한 용무가 있을 때마다 언제든지 이런 봉변을 당하게 되더군요. 아마 이것이 내 운명인 모양입니다. 나는 이렇게 항상 '제3자'에게 걸려들곤 합니다. 이 소동을 듣고 마귀할멈처럼 생긴 핀 족(族)의 주인 마누라가 안에서 나왔습니다. 나는 주인 마누라에게 직접 물어보았습니다. "이 집이 마르코프 씨 댁입니까?" "그런데요." 하며 주인 마누라는 잔뜩 버티고 서서 나를 찬찬히 바라보고 있더니, "그 사람에게 무슨 볼일이 있나요?" 하고 물었습니다.

나는 주인 마누라에게, 실은 에멜리얀 이바노비치에게 이러이러한 말을 듣고 왔다고 설명하고 나서, 주인을 좀 만나 보았으면 좋겠다고 했지요. 주인 마누라는 딸을 불렀습니다. 딸이 나왔습니다. 나이 찬 처녀인데도 맨발이었습니다.

"아버지를 불러라. 이층에 하숙하고 있는 사람에게 올라가 계실 거야. 자, 그럼 들어오시지요."

나는 방 안에 들어갔습니다. 제법 괜찮은 방이었습니다. 벽에는 그림이 많이 걸려 있었는데, 전부 장군들의 초상화뿐입니다. 소파와 둥근 탁자가 놓여 있고, 목시초와 봉숭아 화분도 있었습니다. 차라리 오늘은 그냥 돌아가는 편이 현명하지 않을까? 만나 봐야 하나, 그냥 돌아가야 하나? 나는 여러 가지로 궁리해 보았습니다. 바렌카, 나는 정말이지 그 자리에서 도망치고 싶었습니다.

'내일 다시 찾아오는 편이 좋을 거야. 날씨도 좋아질 것이고 나도 좀 침착하게 될 테니까. 오늘은 들어오는 길에 우유를 쏟아뜨렸고, 또 저 벽에 걸려 있는 장군들도 저렇게 성난 얼굴로 나를 노려보고 있으니 아무래도 좋은 일이 일어나지 않을 것 같아…….' 나는 이렇게 생각하고 방문 쪽으로 돌아서는데, 주인인 마르코프가 방으로 들어왔습니다. 그는 머리가 희끗희끗하고 도둑놈 같은 눈초리를 가진 나이 지긋한 사내였는데, 때묻은 자리옷에다 가느다란 허리띠를 동여매고 있었습니다. 무슨 일로 어떻게 찾아왔느냐고 묻더군요. 나는 에멜리얀 이바노비치에게 이러이러한 말을 듣고 왔다고 대답한 후, "그래서 실은 한 40루블 가량 융통해 주실 수 없을까 해서……." 하고 말을 꺼냈지만, 끝까지 다 말할 수는 없었습니다. 그의 눈빛을 보고 일이 틀렸다는 것을 알아챘기 때문입니다.

"원, 천만의 말씀을!" 하고 그는 말했습니다. "내가 무슨 돈을 가지고 있다고 그런 소릴 하시오…… 그렇지만 뭐 잡힐 만한 물건은 없소?"

나는 그를 설득하기 시작했습니다. 담보물은 없지만 에멜리얀 이바노비치가…… 한 마디로 말해서, 돈이 꼭 필요하다는 것을 누누이 늘어놓았지요. 그는 내 말을 실컷 듣고 나서,

"안 됩니다. 에멜리얀 이바노비치고 뭐고 돈이 없는 걸 어떡합니까!"라고 말했습니다.

'흥, 제기랄!' 나는 이런 생각이 들었습니다. '일이 이렇게 되리라는 건 나도 알고 있지 않았는가, 벌써부터 예감

하고 있지 않았느냐 말야!'

 바렌카, 만일 이때 내가 디디고 선 대지가 푹 꺼져 들어갔다면 나는 얼마나 고맙게 생각했을지 모릅니다. 온몸에 오한이 일어나고 두 다리가 후들후들 떨리며 징그러운 벌레가 등골을 기어가는 것 같았습니다. 나는 그의 얼굴을 쳐다보았습니다. 그는 마치, '이것봐, 빨리 돌아가게. 그러고 있어 봐야 아무 소용없어!'라고 금방 내뱉을 듯한 얼굴로 나를 바라보고 있었습니다. 사실 다른 경우에 이런 일을 당했다면, 나는 창피해서 죽을 지경이었을 것입니다.

 "그런데, 그렇게 많은 돈을 대체 무엇에 쓰려는 거요?"
(바렌카, 글쎄 이것도 말이라고 하는 소리입니까!) 그냥 멍청히 서 있을 수도 없어서 나는 입을 열었지만, 그는 귓등으로도 들으려 하지 않고 이렇게 말했습니다.

 "안 되겠어요. 돈이 있으면 기꺼이 빌려 드리고 싶지만, 없는 걸 어떡합니까."

 그래서 나는 하는 수 없이 그에게 사정사정하며 애걸복걸했습니다

 "그저 얼마 동안만 빌려 주시면 됩니다. 기한 내에는 틀림없이 갚아드리지요. 아니, 기한이 되기 전에 갚아 드릴 수도 있습니다. 이자도 요구하시는 대로 드리겠습니다. 좌우간 틀림없이 갚아드릴 테니 그리 아시고 빌려 주십시오."

 바렌카, 나는 그 순간 당신을 생각했습니다. 당신의 불

행과 궁핍을 생각했고, 또 그렇게 곤란을 당하면서도 내게 보내 준 반 루블짜리 은전을 생각했습니다.

"아니, 안 되겠습니다." 하고 그는 말했습니다. "이자는 문제가 아니지만 무슨 담보물이라도 있으면 좋을 텐데. 아니, 그러나 내게는 돈이 없습니다. 한 푼도 없어요. 가지고 있다면야 기꺼이 융통해 드리지만……" 게다가 이 도둑놈 같은 녀석은 하느님의 이름까지 끌어대면서 절대로 가진 돈이 없다고 되풀이하더군요.

바렌카, 나는 어떻게 그 집에서 뛰어나왔는지, 어떻게 브이보르스카야 거리를 지나 보스크레센스키 다리로 나왔는지, 그런 것은 전혀 기억에 없습니다. 기운이 하나도 없고 몸이 얼어서 그냥 와들와들 떨리기만 했습니다. 열 시가 되어서야 겨우 관청에 출근할 수 있었습니다. 나는 옷과 몸에 묻은 흙탕물을 좀 털려고 했지만, 스네기레프라는 수위 녀석이, 옷솔이 상한다고 안 된다더군요. 옷솔은 관용품이기 때문에 쓸 수 없다는 것입니다. 바렌카, 나는 이 친구들에게 이렇게 구두닦는 걸레만도 못한 취급을 받고 있답니다. 바렌카, 나를 못 살게 괴롭히는 것은 돈이 아닙니다. 세상 사람들에게서 받는 이러한 푸대접, 그들의 쑥덕공론, 그들의 냉소와 험담, 이런 것이 나를 죽도록 괴롭히는 것입니다. 또 나의 이 초라한 꼬락서니가 언제 어느 때 장관 각하의 눈에 띌는지도 모르지 않습니까. 아아, 바렌카, 나의 황금 시절도 이제는 영영 지나가 버리고 말았습니다! 나는 오늘 당신에게 받은 편지를 모조리 다시 읽어 보았습니다. 귀여운 벗이여, 그저 서글픈 생각뿐입니다! 그럼 당신에게 하느님의 가호가 있기를 빌며, 이만 씁니다.

M. 제부슈킨

추신—바렌카, 실은 반쯤 유머를 섞어 가며 나의 슬픔을 좀 우스꽝스럽게 적어서 보내려 했습니다. 다소나마 당신의 마음을 위로해 드리고 싶었기 때문이지요. 그런데 아무래도 내게는 그 유머라는 게 어렵군요. 그럼 바렌카, 한번 당신에게 찾아가겠습니다. 내일은 꼭 찾아가지요.

8월 11일 — 마카르의 편지

바르바라 알렉세예브나! 귀여운 나의 비둘기, 나의 생명이여!

나는 파멸입니다. 우리 두 사람은 파멸입니다. 다시는 어찌해 볼 도리가 없는 결정적인 파멸입니다! 나의 명예와 자존심은 송두리째 날아가 버리고 말았습니다! 나는 멸망했습니다. 당신도 멸망했습니다. 바렌카, 나와 함께 당신까지도 아주 멸망해 버리고 말았단 말입니다! 이것은 나 때문입니다. 내가 당신을 이와 같은 멸망의 구렁텅이로 끌어들인 것입니다! 사랑하는 벗이여, 나는 지금 모든 사람들에게서 쫓기고 업신여김과 비웃음을 받고 있습니다. 주인 마누라는 노골적으로 내게 욕지거리를 하게 되었습니다. 오늘도 아침부터 고래고래 고함을 지르며 마구 욕설을 퍼붓는 품이 나를 나무 조각만큼도 여기지 않는 것 같습니다.

그리고 요전날 저녁에는 라타자예프의 방에서 그 친구들 중 하나가, 당신에게 보내려고 초안을 잡아 둔 나의 편지를 커다란 소리로 낭독했습니다. 내가 호주머니에 넣었다가 어떻게 잘못 떨어뜨린 것이 그들 손에 들어간 모양입니다. 바렌카, 그들이 얼마나 나를 조소했는지 아십니까! 우정을 배신한 그녀석들은 흥이 나서 떠들며 배를 움켜쥐고 웃어대더군요. 나는 그녀석들이 모인 방으로 들어가서 라타자예프에게 그의 배신 행위를 꾸짖고, 너는 친구를 팔아먹은 배신자라고 들이댔습니다. 그랬더니 라타자예프는, "그렇게 말하는 너야말로 배신자가 아니냐. 우리를 배반하고 여러 가지 못된 짓을 하며 혼자서 달콤한 맛만 보고 있으니 말이야. 너는 로벨라스(역주 ; 색마라는 뜻)야!"라고 대꾸하더군요. 덕택에 이제는 모두들 나를 로벨라스, 로벨라스라고 부릅니다. 그 밖의 이름은 없어지고 만 셈이지요! 나의 천사여, 아시겠어요? 그 친구들은 이미 모르는 것 없이 다 알고 있답니다. 당신에 대한 것도 무엇이든지 다 알고 있어요!

아니, 그뿐이겠습니까! 팔리도니란 놈까지 그들과 한패가 되어 버렸습니다. 오늘 소시지 가게에 가서 뭘 좀 사오라고 심부름을 시키려 했더니, 할 일이 있다는 핑계로 못

가겠다더군요. 그래서 내가, "너는 심부름을 해야 할 의무가 있지 않느냐!"고 했더니, "천만에! 그런 의무가 어디 있어요. 당신이 우리 주인 마님에게 돈을 내지 않는 이상, 내게도 그런 의무는 없지 않습니까." 이렇게 나옵니다.

나는 이 무지몽매한 하인 놈의 모욕을 참고 견딜 수가 없었습니다. "야, 이 못난 놈아!" 하니까 기다렸다는 듯이, "체! 못나긴 누가 못났는데!"라고 대꾸를 합니다. 나는 이놈이 술 기운에 이따위 버릇없는 수작을 하는가 보다 생각하고 다시 한 마디 했습니다.

"너 이놈, 취했구나, 취했어!"

"흥, 언제 술값이나 한 푼 주고 그런 소릴 하는 거요? 당신에겐 술 한 잔 먹을 돈도 없지 않소. 나이 어린 계집애에게 10카페이카짜리 잔돈푼이나 동냥하는 주제에!" 그러고는 이런 소리까지 덧붙이지 않겠습니까. "체, 그래도 나리님 행세를 하려 드니, 내 참 아니꼬워서!"

아아, 바렌카, 이렇게 비참한 상태에 이르고 말았습니다. 사랑하는 벗이여, 나는 이제 살아있기가 부끄럽습니다! 마치 무슨 큰 죄나 지은 사람 같습니다. 신분증이 없는 부랑자의 처지보다도 더욱 나쁩니다. 이렇게 처참한 액운이 다시 어디 있겠습니까! 나는 멸망입니다! 멸망할 수밖에 없습니다.

아니, 다시는 살아날 수 없을 만큼 나는 멸망해 버린 것입니다!

M. 제부슈킨

8월 13일 — 바르바라의 편지

그립고 그리운 마카르 알렉세예비치!

우리들에게는 불행한 일만이 꼬리를 물고 일어나는군요. 그래서 이제는 저도 어찌해야 좋을지 알 수가 없습니다. 앞으로 다시 당신에게 어떤 일이 일어날지도 모르는데, 설상가상으로 이제는 저 자신에게도 기대를 가질 수 없게 되었습니다. 다름 아니라, 오늘 다리미로 왼손을 데어 버렸어요. 그만 잘못해서 다리미를 떨어뜨리는 바람에 타박상과 화상을 한꺼번에 입고 말았습니다. 이제는 삯바느질도 못 하게 되었습니다. 게다가 표도라까지 자리에 누워 오늘이 사흘째랍니다.

걱정이 되어 견딜 수가 없습니다. 그러나 은전으로 30카페이카를 보내 드립니다. 이것은 우리가 가지고 있는 거의 마지막 한 푼까지 긁어모은 돈입니다. 하느님께서도 알고 계시겠지만, 저는 지금 어떻게 해서든지 가난에 쪼들리고 계신 당신을 도와드리고 싶은 생각뿐입니다.

그러나 아무런 도움도 되어 드릴 수 없는 자신의 처지가 울고 싶도록 안타깝기만 합니다! 그럼 안녕히. 오늘 저희들에게 와주신다면 얼마나 저는 기뻐할는지요…….

V. D.

8월 14일 — 바르바라의 편지

마카르 알렉세예비치, 도대체 어떻게 된 일입니까? 당신은 아마 하느님이 두려운 줄도 모르시는 모양이군요! 당신은 저를 미칠 지경으로 만드시는군요. 그리고도 부끄럽지 않으세요! 당신은 당신 자신을 멸망시키려 하고 계십니다. 제발 체면만은 잃지 말아 주세요! 당신은 정직하고 고상하고 자존심이 강한 분이십니다. 그런데 다른 사람들이 당신의 행동을 알게 되면 어떡하시겠습니까! 아마 당신은 창피해서 죽어 버리는 수밖에 없을 거에요! 당신은 그 허옇게 센 머리칼이 부끄럽지 않으세요? 그리고 하느님의 노염이 두렵지 않으세요? 앞으로는 절대로 당신을 도와드릴 수 없다고 표도라는 딱 잘라 말합니다. 저도 이제는 돈을 드리지 않겠습니다. 마카르 알렉세예비치, 당신이 이렇게까지 저를 상심케 하실 줄은 정말 몰랐어요! 당신이 그렇게 나쁜 짓을 하셔도 제게는 아무런 상관이 없다고 당신은 생각하고 계시지요? 당신 때문에 제가 얼마나 고통을 당하고 있는지 당신은 아직 모르시는군요! 저는 이 집 층계도 오르내릴 수 없게 되었어요. 모두 저만 보면 손가락질을 하며 무서운 소리들을 하는군요. 저 계집애가 글쎄 그 술주정뱅이 영감하고 붙었다는구나, 이런 소리를 맞대놓고 합니다. 이런 말을 듣는 제 기분이 어떻겠어요!

당신이 곤드레만드레가 되어 하숙에 끌려올 적마다 이

집에 들어 있는 사람들은 모두 경멸에 찬 표정으로 손가락질을 하며 "저것 봐라, 저 집에 사는 하급 관리가 또 저런 꼴로 끌려왔구나!" 하고 야단입니다. 덕택에 저는 부끄러워 죽을 지경입니다. 저는 이 집에서 다른 곳으로 옮기겠습니다. 반드시 옮길 테니 두고 보세요. 다른 집 부엌데기나 빨래하는 하녀로 가는 한이 있더라도, 이 집에는 있을 수 없어요. 제게 와달라는 편지를 보냈는데도 당신은 오시지 않았지요? 그러고 보니 당신에게는 제 눈물이나 애원 같은 것은 아무 소용도 없군요. 그건 그렇고 마카르 알렉세예비치, 술을 드실 돈은 어디서 생겼습니까? 제발 좀 자중해 주세요! 그러시다가는 필경 몸을 망치시고 말 거에요! 또 그런 수치가 어디 있겠어요! 어제만 해도, 주인 마누라가 당신을 집에 들여놓으려 하지 않았기 때문에 당신은 현관 앞에 쓰러져서 밤을 지새우시지 않았습니까. 저는 다 알고 있습니다. 이런 사실을 알았을 때 제 마음이 얼마나 아팠겠는지 한번 생각해 보세요.

저희 집에 오십시오. 그래도 여기 오시면 마음이 가벼워지실 테니까요. 함께 책을 읽기도 하고 지나간 옛일이라도 회상합시다. 표도라는 자기가 성지를 순례했을 때의 얘기를 들려줄 거에요. 그리운 임이여, 제발 당신 자신을 멸망시키고 또 저를 멸망시키는 그런 짓은 그만두십시오. 오직 당신 한 분만을 의지하고 살며, 또 당신을 위해서 그 곁을 떠나지 않고 있는 바렌카가 아닙니까! 그런데 당신이 그러시면 어떡하란 말입니까! 제발 불행에 지지 않는 훌륭한 어른이 되어 주십시오! '가난한 것은 죄가 아니다'라는 말이 있지 않아요! 이런 일은 모두 일시적인 불행에 지나지 않는데, 어째서 그렇게 자포자기한단 말입니까! 하느님께서 보살펴 주시어 만사가 다 잘 되어 나갈 거에요. 그러니까 이런 때일수록 당신은 자중하셔야 합니다. 20카페이카짜리 은전 한 닢을 보냅니다. 담배든지 뭐든지 사시고 싶은 것을 사십시오. 다만, 그걸로 술만은 잡수시지 마시기 바랍니다.

그리고 저희들에게 찾아와 주십시오. 꼭 와주세요. 혹시 전번처럼 겸연쩍게 생각하실지 모르지만, 그런 생각은 버리십시오. 그것은 진실한 수치심이라 할 수는 없습니다. 당신이 진심으로 뉘우치신다면, 그것만으로 충분합니다. 하느님을 믿고 의지하십시오. 하느님께서는 모든 일을 좋게 처리해 주실 겁니다.

V. D.

8월 19일 ─ 마카르의 편지

바르바라 알렉세예브나, 그리운 벗이여!

부끄럽습니다, 바렌카, 정말 부끄러워 못 견딜 지경입니다. 그렇지만 그런 일쯤은 별로 대수로울 것이 없다고 봅니다. 어째서 좀더 마음을 즐겁게 가질 수 없겠습니까? 구두창이 어찌되었든 그런 건 하찮은 것이 아닙니까. 그래서 나는 이제 구두창이 떨어져 나간 것쯤 염두에도 두지 않습니다. 앞으로는 항상 흙투성이가 된 낡아빠진 구두창으로 만족하렵니다. 구두 자체로 말하더라도 역시 하찮은 물건이지요! 희랍의 성현(聖賢)들도 구두 같은 건 신지 않고 맨발로 다녔으니까요. 그런데 우리 같은 인간들이 무엇 때문에 그따위 귀찮은 물건을 발에 걸치고 다녀야 한단 말입니까? 내가 맨발로 다닌다고 해서 나를 모욕하고 경멸한다면, 그것은 전혀 이유 없는 짓들입니다!

아아, 그런데 바렌카, 당신은 어째서 그런 말을 써보냈습니까! 표도라에게 이렇게 말해 주십시오. 너는 어리석고 변덕스럽고 점잖지 못 하고 침착하지 못한 등신 같은 여자다, 이렇게 전해 주십시오. 등신도 이만저만한 등신이 아니라고 하십시오. 그리고 당신 편지에, 머리가 허옇게 센 나이에 부끄럽지도 않느냐 운운했는데, 바렌카, 그건 당신이 잘못 보셨습니다. 나는 당신이 생각하듯이 그렇게까지 늙지는 않았으니까요. 예멜리얀은 당신에게 안부 전해 달라고 합니다. 깊이 상심한 나머지 울고 지낸다고 써보내셨군요. 그러나 나도 역시 상심한 나머지 울고 지낸다고 써보내는 바입니다. 끝으로 당신의 건강과 행복을 빕니다. 나는 지극히 건강하고 무사합니다.

당신의 벗 마카르 제부슈킨

8월 21일 — 마카르의 편지

친애하는 벗, 바르바라 알렉세예브나!

나는 진심으로 미안하게 생각합니다. 당신에게 정말 미안한 짓을 했다고 생각합니다. 그러나 내 생각으로, 당신이 무슨 말을 하신다 해도 내가 미안하게 여긴다는 그 사실에서는 아무런 이득도 찾을 수 없을 것 같습니다. 나는 그와 같은 탈선 행위를 하기 전부터 그것이 당신에게 미안한 짓이라는 것을 잘 알고 있었으니까요. 그저 너무나 실망한 나머지 나쁘다는 것을 알면서도 그만 그렇게 되어 버렸을 뿐입니다. 사랑하는 벗이여, 나는 간악한 인간도 못 되며, 잔인무도한 인간도 못 됩니다. 피에 굶주린 범이 아니고서야 어찌 당신처럼 귀여운 사람을 갈기갈기 찢어 버릴 생각인들 할 수 있겠습니까. 나는 당신도 아시다시피 양처럼 양순한 마음을 가진 인간입니다. 그런 잔인한 생각은 꿈에도 할 수 없지요. 나의 귀여운 천사여, 따라서 이번 나의 탈선 행위에 대해서는 전적으로 나만을 꾸짖을 수는 없다고 생각합니다. 왜냐 하면 내 마음과 생각은 조금도 악한 데가 없었을 뿐 아니라, 도대체 어떤 점이 나빴는지 그것조차 알 수 없기 때문입니다. 바렌카, 무엇이 나로 하여금 그런 실수를 저지르게 했는지 아무리 생각해 봐도 모를 일입니다. 당신은 내게 은화로 30카페이카를 보내 주셨고, 또 그 다음에 20카페이카를 보내 주셨습니다. 부모조차 없는 고아인 당신이 보내 준 그 은전을 바라볼 때, 나는 가슴을 에는 듯한 쓰라림을 느꼈습니다. 당신 자신은, 그 귀여운 손에 화상을 입고 게다가 당장 굶게 된 처지에 있으면서도 내게 담배라도 사피우라고 돈을 보내 주시는군요. 이런 경우에 나는 대체 어떤 태도를 취해야 하겠습니까? 아무런 양심의 가책도 없이 마치 도둑놈 같은 심보로 가엾은 고아인 당신에게서 돈을 빼앗아 써야 한단 말입니까!

그래서 나는 아주 풀이 죽어 버리고 말았습니다. 처음에는 나 자신을 아무 짝에도 쓸모 없는, 나 자신의 구두창보다 별로 나을 것이 없는 인간이라 생각하지 않을 수 없었습니다. 그 결과 자신을 무슨 의미있는 인간으로 보는 것은 타당치 않은 일이라 여기게 되었습니다. 뿐만 아니라 나라는 인간 자체가 매우 옳지 못한, 어떤 의미에서는 비열하기 짝이 없는 존재라고까지 생각하게 되었습니다. 그리고 이처럼 자존심을 상실하고 자기의 선량한 특질과 가치를 부정하는 방향으로 기울어지게 되면, 이미 거기엔 파멸이 있을 뿐입니다. 모든 것이 엉망진창이지요. 이것은 운명에 의해 이미 그렇게 정해진 것입니다. 따라서 나는 여기에 대해 잘못이 없다고 할 수 있지요.

처음에 나는 우울한 기분을 좀 전환해 보려고 밖으로 나갔던 것입니다. 그러나 좋지 못한 일만이 뒤를 이어 나타났습니다. 모든 자연이 울상을 하고 있는 듯이 보였고 날씨는 추웠습니다. 게다가 비까지 구질구질 내리지 않겠습니까. 나는 우연히 예멜리얀을 만났습니다. 바렌카, 그는 쓸 만한 물건은 모두 전당포에 잡혀먹어서 이제는 한 가지도 수중에 남은 것이 없는 형편이었습니다. 나와 만났을 때는 벌써 이틀 동안이나 입에 풀칠도 못 해서, 저 당잡힐 만한 가치도 없거나 잡히지도 못할 성질의 물건을 가지고 애걸복걸해 볼 셈으로 전당포에 가는 길이었습니다. 바렌카, 이렇게 딱한 형편을 보고 어찌 가만 있을 수가 있겠습니까. 나는 그만 자기 자신의 일을 제쳐놓고, 말하자면 인류애에 몸을 맡겨 버렸습니다. 그러나 사랑하는 벗이여, 실은 이것이 이번 실수의 동기가 되었던 것입니다. 우리는 서로 끌어안고 얼마나 울었는지 모릅니다. 우리는 당신 얘기를 했습니다. 그는 무척 착하고 감상적인 인간이랍니다. 실은 이렇게 말하는 나 자신도 역시 항상 그런 감상에 빠져 있기 때문에 그와 같은 실수를 저지르게 된 것이지요.

　사랑하는 비둘기여, 나는 당신에게 어떠한 은혜를 입었는지 잘 알고 있습니다. 당신을 알게 되면서부터 나는 처음으로 나 자신을 한층 더 잘 알게 되었습니다. 그리고 당신을 사랑하기 시작했습니다. 당신을 알기 전까지만 해도 나는 실로 고독한 인간이었고, 마치 이 세상에서 살아 있는 것이 아니라 잠을 자고 있었다 해도 과언이 아닙니다. 그 간악한 놈들은 내 용모까지도 추악하다고 흥을 보며 멸시했습니다. 그래서 어느새 나 자신도 나를 멸시하게 되었습니다. 저 친구는 등신이다, 이렇게 그들은 입버릇처럼 말했습니다. 그래서 나 자신도 정말 내가 등신인 줄 알았습니다.

그러나 당신이 내 앞에 나타나서 어둡고 침침한 내 생활을 밝게 비추어 주었습니다. 그래서 내 가슴도, 영혼도 갑자기 밝아지고 정신적인 안정을 얻게 되었고, 내가 결코 다른 사람들보다 못난 인간이 아니라는 것을 알게 되었습니다. 비록 내게 뛰어난 점이 없고 매끈하고 세련된 점이 없다 하더라도, 나 역시 그들과 동일한 인간이 아니냐, 사상과 감정을 가진 인간이 아니냐, 이렇게 깨달았단 말입니다. 그러나 지금 나는 운명의 압력과 학대를 받고 있음을 느끼고, 다시금 자기 자신의 가치를 부정하게 되었습니다. 여러 가지 불행에 짓눌려 나는 완전히 의기를 상실해 버린 것입니다.

그럼, 바렌카, 이번 일에 대해서는 당신도 이미 다 잘 알고 계실 테니까 더 이상 캐묻지 마시기를 눈물로 애원합니다. 그런 얘기를 꺼내면 가슴이 찢어지는 것처럼 괴롭고 슬프니까요.

당신에게 존경을 바치는 충실한 벗
마카르 제부슈킨

9월 3일 — 바르바라의 편지

마카르 알렉세예비치, 전번에 저는 편지를 쓰다 말았습니다. 괴로워서 계속해 쓸 수가 없었기 때문입니다. 저는 혼자 앉아서, 아무에게도 이야기하지 않고 홀로 슬퍼하며 홀로 시름에 빠져 있는 편이 오히려 좋을 때가 있는데, 요즈음에는 그것이 점점 더 잦아졌어요. 제 지난날의 추억 속에는 자신에게도 설명할 수 없는 이상한 것이 있어서 그것이 강한 힘을 가지고 제 마음을 꼼짝 못 하게 사로잡기 때문에, 그럴 때면 저는 몇 시간이고 주위의 온갖 사물에 무관심해지고 현재의 일을 모두 잊어버리고 만답니다. 또한 제가 현재의 생활에서 받는 인상은, 그것이 유쾌하거나 괴롭거나 슬프거나를 막론하고, 제가 지난날에 받은 것과 같은 인상, 특히 저의 황금 시절인 유년 시절을 연상시켜 주는 것이라고는 하나도 없습니다. 제가 자주 혼자서 추억에 잠기곤 하는 것도 실은 이러한 데 원인이 있는지도 모르지요. 그러나 이와 같이 과거를 회상하고 난 후엔 반드시 가슴이 쓰라립니다. 공상에 빠지기 쉬운 제 성격이 저를 피로하게 하는가 봅니다. 그러잖아도 제 건강은 날이 갈수록 더욱 나빠지기만 하는데…….

그렇지만 오늘은, 이 고장 가을 날씨치고는 보기 드물게 상쾌하고 청명한 아침이어서 저도 살아날 것 같은 기분으로 기쁘게 새 날을 맞이했습니다. 그러고 보니 벌써 여기도 가을이 찾아왔군요! 시골에서 살 때, 저는 가을을 얼마나 좋아했는지 모릅니다! 코흘리개 어린애였지만, 그래도 제법 여러 가지 감정을 알 수 있었지요. 저는 가을날 아침보다도 저녁이 더욱 좋았습니다. 지금도 기억하고 있지만, 집에서 바로 가까운 곳에 있는 산기슭에 호수가 있었습니다. 이 호수는—지금도 눈에 선합니다—굉장히 넓고 환하고, 마치 수정처럼 맑았습니다. 고요한 저녁녘에는 호수도 잔잔합니다. 호숫가에 우거진 나무들은 꼼짝도 하지 않고, 가득히 괸 물은 거울처럼 매끄럽지요. 저녁 공기는 무척 상쾌했습니다. 아니, 상쾌하다기보다 차갑습니다! 이슬이 방울방울 풀잎에 맺힙니다. 호숫가의 오막살이에서는 등불이 반짝거리기 시작하고, 들판에 나갔던 가축이 떼를 지어 몰려 들어옵니다.

 이런 시각에 나는 곧잘 호수를 보려고 살짝 집에서 빠져나와 이렇게 아름다운 경치를 언제까지나 넋을 잃고 바라보곤 했습니다. 물가에서 어부들이 마른 나뭇가지 따위를 모아 놓고 불을 붙입니다. 불빛이 수면 위를 멀리 흘러갑니다. 하늘은 꽁꽁 얼어붙은 것처럼 푸른데, 지평선 가까운 데는 불꽃같이 새빨간 줄무늬가 박혀 있습니다. 그러나 그 줄무늬도 점점 빛을 잃어 희끄무레하게 됩니다. 달이 떠오릅니다. 대기는 맑을 대로 맑아서 무엇에 놀라 푸드덕 하고 자리를 옮겨 앉는 새들의 날개치는 소리며, 산들바람에 흔들리는 갈대잎의 속삭임이며, 수면에 뛰어오르는 물고기의 꼬리치는 소리까지 모두 들을 수 있습니다. 검푸른 수면에서는 뽀얀 수증기가 올라갑니다. 먼 곳은 이미 어두워져서 모두 안개 속에 자취를 감추고, 가까운 데 있는 것들은—보트라든지, 호수의 가장자리라든지, 조그만 섬들이라든지— 그와 반대로 마치 끌 같은 것으로 도드라지게 새긴 것처럼 뚜렷이 떠오릅니다. 누가

물가에 버리고 갔는지 나무통 같은 것이 물결에 조용히 흔들리고 있습니다. 노랗게 단풍이 든 버드나무 가지가 갈대 사이에 걸려 있습니다. 늦도록 남아 있던 물새 한 마리가 푸드덕 하고 날아가더니 다시 차가운 물 속으로 들어갔다가 이윽고 하늘 높이 솟구쳐 올라 저 멀리 어둠 속으로 사라져 버립니다. 저는 황홀한 마음으로 언제까지나 아름다운 자연을 바라보며, 그 소리에 귀를 기울였습니다. 정말 이러한 것들은 제게 얼마나 신비스러웠는지 모릅니다! 그러나 저는 그때 아직도 코흘리개 어린애였습니다!

저는 가을을 몹시 좋아했어요. 곡식들은 이미 거둬들여 농사일도 끝나고, 여기저기 농가에서는 저녁마다 마을 사람들이 모여 앉아 재미있게 시간을 보내며 겨울을 기다리는 늦가을을 제일 좋아했습니다. 그때가 되면 만물은 더욱 침침해지고, 하늘은 구름에 덮여 음산하게 흐리고, 노란 낙엽은 벌거숭이가 된 숲기슭 오솔길에 곱게 깔리고, 숲은 더욱더 검푸른 빛을 띠게 됩니다. 특히 황혼이 깃들 무렵에는 축축한 안개가 내리고, 수목들은 그 젖빛 안개 속에서 마치 거인이나 정체 모를 무서운 괴물 같은 모양을 나타냈다가는 없어지곤 합니다. 저는 산책을 하러 나갔다가 다른 사람들에게 뒤떨어져 혼자 부지런히 그곳을 지나간 일이 있지만, 얼마나 무시무시했는지 모릅니다! 마치 나뭇잎처럼 온몸이 오들오들 떨려옵니다. 이렇게 우물쭈물하다가는 무서운 괴물이 텅빈 숲속에서 불쑥 나타날지도 모른다는 생각이 듭니다. 어느새 바람이 숲속에서 불어와서 신음하는 듯 구슬픈 소리를 내며, 마른 가지에서 수없이 많은 가랑잎을 털어 공중에 날려 올립니다. 그러면 그 뒤를 따라 수백 수천의 새들이 길고도 폭넓은 줄을 지어 시끄러운 소리를 내며 날아와서는 한때 하늘을 시꺼멓게 가리우고 만물을 덮어 버립니다. 점점 더 무서워집니다. 귀를 기울이면, 마치 어떤 사람의 목소리가 들리는 듯합니다. 누군가 속삭이는 듯합니다.

"애야, 어서 어서 빨리 달려라! 우물쭈물하면 큰 일이다. 이제 곧 무서운 일이 일어날 테니까, 빨리빨리 도망쳐라!"

공포가 가슴을 꿰뚫고 지나갑니다. 나는 숨이 끊어지도록 달리고 또 달립니다. 할딱거리며 겨우 집으로 뛰어듭니다. 집 안에는 활기가 넘치고 즐겁기만 합니다. 우리 어린에게도 일이 맡겨집니다. 완두콩이나 양귀비 열매 따위를 까는 일이지요. 생나무 장작이 벽난로 속에서 탁탁 튀면서 탑니다. 어머니는 우리들이 재미있게 일하는 모양을 대견스러운 눈으로 바라보십니다. 울리야나라는 늙은 유모가 옛날 얘기라든지, 요술쟁이나 죽은 송장이 살아나오는 무서운 얘기를 들려줍니다. 우리 어린애들은 무서워서 서로 몸을 꼭 붙이고 있지만 입가에는 흐뭇한 미소가 감돌고 있습니다. 별안간 모두 입을 다물고 죽은 듯 조용해집니다. 제게 무슨 소릴까? 누가 대문을 두드리는 것 같은데…… 그러나 그것은 아무 것도 아닙니다. 프롤로브나 할머니가 실을 뽑느라고 민들레를 돌리는 소리입니다. 한꺼번에 웃음소리가 터져나옵니다. 하지만 이런 일이 있는 밤에는 어쩐지 무서운 생각이 자꾸 들어서 제대로 잠을 잘 수가 없습니다. 잠이 들면 곧 무시무시한 꿈을 꾸는 것입니다. 그래서 잠이 깨면, 그 다음부터는 옴쭉달싹 못 하고 이불을 뒤집어쓴 채 날이 밝을 때까지 오들오들 떨고 있기가 일쑤였습니다.

그러나 아침이 되면 꽃처럼 싱싱하게 되어 기운차게 자리에서 일어납니다. 들창 밖을 내다보면 들판 가득히 하얗게 서리가 내리고, 가느다란 늦가을 서릿발이 잎이 떨어진 나뭇가지에 꽃처럼 피어 있지요. 나뭇잎같이 얇다란 살얼음이 진 호수에서는 흰 수증기가 모락모락 올라갑니다. 새들이 즐겁게 지저귑니다. 태양이 찬란한 빛을 사방에 골고루 던져 유리처럼 얇은 얼음을 녹여들어 갑니다. 만물이 눈부시게 밝고 즐겁기만 하지요! 벽난로 속에서는 또다시 탁탁거리며 불이 붙습니다. 모두 사모바르를 가운데 놓고 앉아서 차를 마십니다. 추위에 떨며 밤을 새운 검정개 폴칸이 들창으로 방 안을 들여다보며 귀엽게 꼬리를 흔들고 있습니다. 숲으로 나무를 하러 가는 농부가 기운차게 생긴 말에 올라타고 들창을 스쳐 지나갑니다. 우리는 누구나 다 진심으로 흡족했고, 진심으로 즐거웠습니다! ……아아, 어린 시절은 제 인생을 통하여 가장 호화로운 황금 시대였습니다

이렇게 지나간 날의 추억 속에 잠겨 있으니까, 그만 어

린애처럼 울음이 터져나오는군요. 과거의 모든 일들은 눈앞에서 보는 것처럼 분명하고 생생하게 머리에 떠오르는데, 현재의 생활은 왜 이렇게 어둠침침하기만 할까요! 앞으로 어떻게 될까요? 어떤 결과가 올까요? 그런데 저는 아무래도 이 가을 안으로 죽을 것만 같은 일종의 예감을, 신념을 가지고 있습니다. 그럴 수밖에 없는 것이, 저는 아주 몸이 형편없으니까요. 이제는 정말 죽는가 보다, 이런 생각을 자주 하면서도 한편으로는 지금 이 상태로는 죽고 싶지가 않습니다. 이 고장에 파묻히고 싶은 마음은 추호도 없단 말입니다.

아마 저는, 지난 봄에 앓아누웠던 것처럼 다시 자리에 눕게 될 것 같습니다. 아니, 사실은 그때 그 병이 아직도 완쾌되지 않은 모양이에요. 지금도 저는 몹시 괴로워서 견딜 수가 없어요. 오늘은 표도라가 어디로 나가서 하루 종일 들어오지 않기 때문에 저 혼자 쓸쓸히 앉아 있답니다. 얼마 전부터 저는 방 안에 혼자 앉아 있는 것이 무서워졌어요. 누구인지 다른 사람이 이 방에 들어와 있는 듯한 느낌이, 누구인지 다른 사람이 제게 말을 거는 듯한 느낌이 줄곧 떠나지를 않습니다. 그래서 무슨 생각에 깊이 잠겨있다가 문득 제정신으로 돌아올 때면, 한층 더 겁이 납니다. 당신에게 이렇게 긴 편지를 쓰는 것도 실은 그 때문입니다. 편지를 쓰고 있는 동안엔 그런 무서운 생각을 잊을 수 있으니까요. 이젠 종이도 떨어지고 시간도 없으니 이만 쓰겠습니다. 옷과 모자를 마련하려고 모아 두었던 돈도 은화로 1루블밖엔 안 남았습니다. 주인 마누라에게 은화로 2루블 지불하셨다구요? 참 잘 하셨어요. 그 여자도 당분간은 좀 잠잠해지겠군요.

　어떻게 해서든지 당신의 옷을 고치도록 하세요. 그럼 안녕히 계십시오. 몸이 몹시 피곤합니다. 어째서 이렇게 약골이 되었는지는 몰라도, 조금만 일을 하면 곧 지쳐 버리고 맙니다. 이래 가지고는 일거리가 생긴다 해도 엄두를 못 낼 것 같습니다. 이런 것을 생각하면, 정말이지 저는 앞길이 막막합니다.

V. D.

9월 5일 — 마카르의 편지

　귀여운 나의 바렌카에게!

　사랑하는 나의 천사여, 나는 오늘 여러 가지 깊은 인상을 받았습니다. 우선 내가 하루 종일 두통에 시달렸다는 것부터 말씀드려 둡니다. 그래서 신선한 바깥 공기라도 마시려고 폰탄카 운하 근처로 산책을 나갔습니다. 몹시 어둡고 질벅질벅한 저녁이었습니다. 요즈음은 다섯 시만 지나면 벌써 어두워지니까요! 비는 오지 않았지만, 그 대신 웬만한 비에 못지않을 짙은 안개가 자욱이 끼어 있었습니다. 널따란 띠와 같은 모양의 검은 비구름이 길게 드리운 채 하늘을 오락가락하고 있었습니다. 굉장히 많은 사람들이 방죽 위를 걷고 있었는데, 그들 군중은 마치 약속이라도 한 듯이 모두 슬픔을 자아내는 맥빠진 얼굴을 하고 있었답니다. 술취한 농부들, 장화에 맨머릿바람으로 나다니는 주먹처럼 꼴사나운 코를 가진 핀 족(族)의 여편네들, 노동자들, 마부들, 무슨 볼 일이 있어서 나온 것처럼 보이는 나와 같은 족속의 하급 관리들, 소년들, 줄무늬 작업복을 걸치고 자물쇠를 손에 들고 있는 기름때투성이가 된 얼굴이 폐병 환자처럼 핼쑥한 어느 대장간의 견습공, 펜촉을 깎는 나이프나 구리로 만든 싸구려 반지 따위를 내놓고 작자가 나타나기를 기다리고 있는 키다리 제대 군인…… 대개 이런 사람들뿐이었습니다. 하기는 이런 사람들 이외엔 아무도 그곳을 찾아올 리가 없는 그런 시각이기도 했지요.

그건 그렇고, 폰탄카는 정말 선박 왕래가 빈번한 운하더군요! 그처럼 수많은 배들이 어떻게 서로 비집고 들어가서 빽빽하게 자리잡을 수 있었는지 암만 생각해도 모를 일이었습니다.

다리 위에는 비에 젖은 과자 조각과 반쯤 썩은 사과를 파는 여편네들이 앉아 있었는데, 하나같이 지저분하게 옷이 젖어 있었습니다. 폰탄카 운하 방죽은 산책을 하기에는 너무 쓸쓸한 곳이더군요! 발 밑에는 비에 젖은 화강암 보도가 철벅거리고, 양쪽으로는 시꺼멓게 연기에 그을린 높다란 집들이 늘어서 있고, 게다가 가랑이 밑이나 머리 위나 할 것 없이 숨막힐 듯한 짙은 안개가 자욱이 끼어 있고…… 도무지 산책하기엔 마땅치 않은 곳이었습니다.

발길을 돌려 고로호바야 거리로 나왔을 때는 이미 캄캄해져서 가스등에 불이 켜지기 시작하더군요. 나는 꽤 오랫동안 고로호바야 거리에 나와 보지 못했습니다. 그런 기회가 없었기 때문이지요. 실로 활기가 넘치는 거리입니다! 값비싼 물건이 산더미처럼 쌓여 있는 가게들과 백화점들이 즐비하게 늘어서 있습니다. 유리창 속에 있는 아름다운 화초, 여러 가지 물건, 형형색색의 리본이 달린 모자들…… 모든 것이 눈부시게 번쩍이고 있습니다. 이런 물건들은 장식을 위해 진열해 놓은 것이라고 생각할지도 모르지만, 실제로 사서 자기 아내에게 선사하는 사람들이 있다는 걸 알아야 합니다. 정말이지 호화롭기 짝이 없는 거리입니다!

이 고로호바야 거리에는 독일 사람의 빵집도 굉장히 많습니다. 따라서 이 거리의 인구만 해도 헤아릴 수 없을 정도입니다. 무수한 마차가 쉴새없이 오갑니다. 포장도로가 용케도 견뎌 내는구나 할 지경이지요! 게다가 마차들은 모두 눈부실 만큼 호화찬란한 것들뿐이어서 유리창은 거울처럼 반짝거리고, 내부는 온통 비로드와 비단으로 장식되었으며, 마부조차 제법 귀족식으로 견장을 달고 사벨〔長劒〕을 차고 있답니다. 나는 지나가는 마차를 모조리 쳐다보았습니다. 그 속에는 언제나 공작 부인이나 백작 부인같이 보이는 귀부인들이 굉장한 옷치장을 하고 앉아 있었습니다. 아마도 이런 사람들이 무도회에 가려고 마차를 달리는 시각이었나 봅니다. 공작 부인이라든지 그 밖의 소위 귀부인이라는 것을 가까운 거리에서 똑똑히 볼 수 있다면 상당히 재미있을 것 같습니다. 분명히 기분이 아주 좋겠지요. 나 같은 인간은 기껏해야 오늘처럼 마차 속을 홀끗 들여다볼 뿐, 그 밖에는 한 번도 가까운 데서 본 일이 없으니까요.

그러나 바렌카, 나의 귀중한 보배여, 나는 이런 사람들을 보자 곧 당신 생각을 했습니다. 그리고 당신 생각을 하자 가슴이 아프기 시작했습니다. 어째서 당신은, 바렌카, 그토록 불행해야 합니까? 나의 천사여, 당신은 어느 모로 보아도 이런 사람들보다 못한 점이 없습니다. 내가 사랑하는, 마음씨가 곱고 어여쁘고 학식이 있는 분입니다. 그런데 그러한 당신이 어째서 그처럼 참혹한 운명을 지녀야 한단 말입니까? 한쪽에는 운명의 버림을 받은 착한 사람이 있는 반면에, 다른 한쪽에는 행복이 저절로 굴러들어오는 사람이 있는 것은 대체 어떻게 된 노릇입니까? 바렌카, 나는 알고 있습니다. 이런 생각을 하는 것이 옳지 않다는 것, 이것은 반기독교적인 자유사상이라는 것을 잘 알고 있습니다. 그렇지만 말입니다. 사실을 사실대로 말한다면, 한쪽에는 어머니 뱃속에 있을 때부터 '운명의 까치'가 행운을 예고해 주는 사람이 있는 반면에, 다른 한쪽에는 양육원에서 곧바로 저승으로 끌려가 버리는 사람이 있는 것은 도대체 어찌된 영문이냔 말입니다! 더욱이 이 행복이란 것은, '바보 이반'에게까지 가끔 차례가 가지 않습니까. "너, 바보 이반아." 하고 운명은 말합니다. "아비에게서 물려받은 재산으로 실컷 마셔라, 먹어라, 재미있게 놀아라. 너 같은 인간은 맛있는 것이나 배가 터지게 먹고 있으면 그것으로 족하다. 너한테는 그런 재주밖엔 없으니까!"

바렌카, 이것은 옳지 않습니다. 이런 생각을 하는 건 분명히 죄악입니다. 그러나 이런 옳지 않은 생각이 자꾸만 마음속에 기어드는 걸 어떡합니까. 바렌카, 당신도 저렇게 훌륭한 마차를 타고 다닐 수 있는 처지라면 얼마나 좋겠습니까. 그렇게만 된다면, 나 같은 가난뱅이가 아니라 고귀한 장군들이 당신의 시중을 들게 되겠지요. 그리고 당신은 초라한 무명 옷이 아니라 온통 금으로 장식한 비단 옷을 입고 다니시겠지요. 지금처럼 병들고 여윈 얼굴이 아니라, 사탕으로 만든 인형처럼 토실토실하고 볼그레한 얼굴이 되겠지요. 그때 나는, 한길에서 밝고 눈부신 들창 너머로 그러한 당신의 모습을 볼 수 있는 것만으로도 틀림없이 행복을 느낄 것입니다. 어여쁜 나의 비둘기여, 당신이 거기서 행복하고 즐겁게 지낸다는 생각만으로도 나는 기쁘기 한량없을 것입니다.

그러나 현실은 어떻습니까? 간악한 놈들이 당신에게 온갖 못된 짓을 다했을 뿐만 아니라, 어디서 빌어먹던 놈인지 알 수 없는 색마 같은 놈까지 나타나서 당신에게 모욕을 주지 않습니까. 그 파렴치한 놈들이 프록코트를 걸치고 거드름을 피우며 앉아서, 금테 안경 너머로 당신을 넌지시 바라보고 있다면 말입니다. 이쪽에서는 그놈들이 무슨 짓을 해도 가만히 있어야 하고 그놈들이 무슨 돼먹지 않은 수작을 해도 얌전히 듣고 앉았어야만 한단 말입니까! 개수작 마라, 이 빌어먹을 놈들아! 하고 호통을 쳐 주고 싶습니다. 그렇지만 귀여운 벗이여, 어째서 이런 억울한 일을 당해야 한단 말입니까? 그것은 당신이 보호자가 없는 고아이기 때문입니다. 필요한 경우에 당신의 뒷받침이 되어 주는 유력한 친구가 없기 때문입니다. 그러나 까닭없이 고아에게 모욕을 주는 그따위 놈들도 사람이라 할 수 있을까요. 아니, 그놈들은 사람이 아니라 쓰레기입니다. 인간이 아닙니다. 쓰레기란 말입니다. 다만, 그놈들 자신이 자기를 인간이라 생각하고 있을 뿐이지, 실제로는 인간 사회에 없는 물건들입니다. 나는 그렇게 확신하고 있습니다. 그놈들은 그와 같은 하찮은 존재에 지나지 않지요.

바렌카, 내 생각으로는 오늘 '고로호바야 거리에서 본 손풍금을 가진 거지가 그놈들보다는 존경할 만한 점이 있다고 봅니다. 그는 하루 종일 거리를 헤매고 돌아다니며 쥐꼬리만한 푼돈을 얻어 그것으로 자기의 생계를 유지하고 있습니다. 그 대신 그는 어디까지나 자기 자신의 주인입니다. 훌륭히 자신의 힘으로 자기를 먹여 살리고 있습니다. 그는 무턱대고 남의 자선을 바라는 것은 아닙니다. 그는 다른 사람들에게 만족을 주기 위해 기계처럼 충실히 움직이며 일을 하는 것입니다. 나는 힘 자라는 데까지 여러분에게 만족을 주려고 노력합니다. 그의 말은 이렇습니다. 그는 거지입니다. 사실, 틀림없는 거지입니다. 그렇지만 그는 몸이 고달프고 추위에 꽁꽁 얼어 있으면서도 여전히 자기 일을 계속합니다. 좀 색다른 일이기는 하지만, 어쨌든 자기 일을 계속합니다. 바렌카, 세상에는 이렇게 정직하고 고지식한 인간이 얼마든지 있습니다. 그들은 자기의 노동량과 그 효과에 비하여 너무 적은 보수밖엔 받지 못하고 있지만, 그 대신 누구에게 굽실거리지 않고 또 누구에게 빵을 구걸하지도 않습니다. 이렇게 말하는 나도 역시, 그 손풍금을 치는 거지와 같다고 할 수 있지요. 그렇다고 모든 점이 똑같다는 것은 아니지만, 내 생각으로는 고상하고 귀족적이라는 점에서는 그와 내가 완전히 동일하다고 봅니다. 나도 내 힘이 닿는 데까지 열심히 일하고 있으니까요. 나는 이것으로 족합니다. 그리고 이 이상 욕심을 낼 필요가 어디 있겠습니까. '욕심 없는 자는 죄를 짓지 않는다'라는 말이 있지 않습니까.

바렌카, 일부러 그 거지 얘기를 꺼낸 것은 다름 아니라, 내가 오늘 자신의 빈곤을 여느 때의 갑절이나 뼈저리게 느끼지 않을 수 없는 일을 당했기 때문입니다. 나는 그 손풍금 치는 거지를 좀 보려고 걸음을 멈추었습니다. 그러자 이런 생각이 머리에 떠올랐습니다. 내가 지금 걸음을 멈춘 것은 우울한 기분을 털어 버리기 위해서로구나 하는 생각 말입니다. 그래서 나는 그대로 서서 구경을 하기로 했습니다. 마부가 몇 사람, 그리고 나이 찬 처녀와 누더기가 다 된 옷을 걸친 조그만 계집애가 역시 구경을 하며 서 있었습니다. 거지는 누구네 집 들창 밑에 자리를 잡고 있었습니다. 얼마 후에 열 살 가량 되어 보이는 사내아이가 하나 눈에 띄었습니다. 원래는 깨끗하게 잘생긴 아이였지만, 바싹 마른데다 얼굴엔 병색이 완연하고 입고 있는 것이라고는 너절한 셔츠 한 장 뿐인데, 더욱이 맨발이나 다름없는 꼴을 하고 있었습니다. 입을 빠끔히 벌리고 음악을 듣고 있는 걸 보니, 정말 아직도 철없는 어린애였습니다. 소년은 이 독일 사람 거지가 여러 가지 인형을 놀려 춤추게 하는 것을 열심히 바라보고 있었습니다. 그러나 소년 자신의 수족은 추위에 새파랗게 되어 부들부들 몸을 떨며 셔츠 팔소매를 깨물고 있었습니다. 찬찬히 살펴보았더니, 무슨 종이 조각 같은 것을 손에 들고 있더군요. 어떤 신사 한 사람이 지나가며 손풍금을 치고 있는 거지에게 동전 한 닢 던졌습니다. 동전은 꽃밭에서 프랑스 인이 귀부인들과 춤추고 있는 장면을 그린 궤짝 속에 떨어져 들어갔습니다.

동전이 짤랑 소리를 내자, 소년은 퍼뜩 제정신으로 돌아왔는지 겁을 먹은 눈으로 주위를 둘러보고는 내가 돈을 던졌다고 생각한 모양이었습니다. 소년은 내게로 달려왔습니다. 조그만 그 손이 떨고 있었습니다. 가느다란 목소리도 떨려 나옵니다. 내 앞에다 들고 있던 종이 조각을 내밀며 "이걸 좀 읽어 보세요!" 합니다. 나는 그 종이 조각을 펼쳐 보았지요. 내용은 읽지 않아도 뻔한 것입니다.

"자비심 많은 여러분, 이 어린애들의 어미는 지금 죽어 가고 있습니다. 그래서 어린 자식 셋이서 굶주려 울고 있 습니다. 제발 좀 적선하십시오. 나는 아무래도 죽을 몸이 므로 이 세상에서 은혜를 갚을 수는 없지만, 지금 이 가 엾은 자식들을 도와주시는 은혜는 저승에 가서라도 잊지 않겠습니다. 제발 자비를 베풀어 주십시오."

이렇게 씌어 있었습니다. 문제는 뻔하지요. 요컨대 먹고 살 수가 없다는 겁니다. 하지만 내가 그 소년에게 무엇을 줄 수 있습니까? 동전 한 닢 쥐어 줄 수 없었지요. 그러니 마음인들 어찌 편할 리가 있겠어요! 이 가엾은 소년은 추위에 얼굴이 새파랗게 얼어 있었습니다. 배도 고팠겠지요. 그애의 말은 거짓말이 아닐 겁니다. 절대로 거짓말이 아닐 겁니다. 나는 그걸 잘 알 수 있습니다. 그렇지만 제 자식을 고이 기르지는 못할망정 이런 추위에 벌거숭이나 다름없는 옷차림으로 종이 조각을 손에 들려 밖으로 내보내는 그 어미의 마음보는 생각해 봐도 가증스럽기 짝이 없었습니다. 필경 이 애의 어머니는 의지라는 것을 전혀 갖지 못한 어리석은 여편네일지도 모릅니다. 그리고 아무도 자기를 돌보아 줄 사람이 없어서 어쩔 수 없이 두 다리를 꼬고 멍청히 앉아 있는지도 모릅니다. 그렇지 않으면, 정말 앓아누웠는지도 모르지요. 그렇다면 딱한 사정을 호소해야 할 당국을 찾아가서 탄원을 하든지 진정을 하든지 해야 할 게 아닙니까. 아니, 그애 어미란 여자는 사기꾼일 것입니다. 일부러 굶주리고 쇠약한 자식을 거리로 내보내 사람들을 속여 돈을 거둬들이고, 마침내는 무서운 병에 걸리게 하는 아귀처럼 몹쓸 년일 것입니다. 그럼 이 가련한 소년은 그런 종이 조각을 들고 헤매며 대체 무엇을 배우게 되겠습니까? 잔인한 마음을 가지게 될 뿐이지요. 소년은 이리저리 돌아다니고 뛰어다니며 구걸합니다. 사람들은 아랑곳 않고 지나가 버립니다. 그 소년을 상대할 여유를 가지고 있지 않기 때문이지요. 세상 사람들의 인심은 돌처럼 차디차고, 그들이 던지는 말은 가시가 돋친 듯 잔악합니다.

"비켜! 뒈져 버려! 이 빌어먹을 자식이!"

이것이 사람들에게서 듣는 소립니다. 그리하여 소년의 마음은 비뚤어져 갑니다. 마치 둥지가 터져 떨어진 새끼 새처럼 애처롭고 겁먹은 꼴을 하고 추위에 오들오들 떨고 있을 뿐입니다. 손발이 얼어 갑니다. 숨이 가쁩니다. 그러노라면 어느새 기침까지 콜록콜록 하게 됩니다. 얼마 후엔 병마가 징그러운 벌레처럼 소년의 가슴속으로 기어들어 갑니다. 그렇게 되면, 이미 죽음이 어둠침침한 저쪽 구석에까지 다가와서 소년을 노리고 있습니다. 빠져나갈 구멍도 없고 구해 줄 사람도 없습니다. 그리하여 소년의 일생은 끝나고 마는 것입니다! 어떻습니까, 바렌카. 세상에는 이런 일생도 있답니다!

아아, 바렌카, '예수님을 위해서'라는 애원의 목소리를 들으면서도 한 푼도 던져 주지 못하고, '하느님께서 도와주실 거다'라는 빈 말만 남기고 그냥 지나쳐 버려야 한다는 것은 실로 마음 아픈 일입니다. 흔히 볼 수 있는 여느 거지들이 구걸하며 '예수님을 위해서'라고 했다면, 그렇게까지 마음이 언짢지는 않았을 것입니다. (사실 똑 같은 '예수님을 위해서'라는 말에도 여러 가지 종류가 있으니까요.) 여느 거지들 같으면, 이상하게 말꼬리를 길게 뽑으며 아주 습관이 되어 틀에 잡힌, 말하자면 거지 티가 완연한 말투로 '예수님의 이름으로'를 말합니다. 이렇게 구걸하는 거지에게는 동전 한 닢 주지 않아도 그리 마음 아플 것이 없습니다. 이런 말투로 나오는 것은 아주 오래 해 먹은, 소위 고참인 직업적 거지입니다. '이런 능청스러운 놈 봐라. 제법 구걸하는 방법을 알고 있구나.' 누구든지 이렇게 생각합니다.

그러나 한편으로는 몹시 익숙지 못하고 무뚝뚝하기 짝이 없는, 무섭기조차 한 '예수님을 위해서'도 있습니다. 예를 들면, 오늘 그 소년이 종이 조각을 내보이며 내게 말한 것이 그것입니다. 그 소년은 아무에게도 구걸을 하지 않고 담장 옆에 서 있다가, 그제서야 내 옆으로 다가와서 "나리님, 예수님을 위해 한 푼만 주세요!" 했단 말입니다. 게다가 그 목소리가 하도 무뚝뚝했기 때문에 나는 일종의 공포 같은 것을 느끼며 무의식중에 몸이 오싹했을 정도였습니다. 하지만 호주머니가 비어 있었으므로 나는 거지에게 한 푼도 줘어 줄 수 없었던 것입니다. 한편, 돈 많은 부자 양반들은 어떤가 하면, 그들은 가난뱅이가 애걸하는 것을 좋아하지 않습니다. "참 귀찮은 놈들이야, 사람을 못 살게 구니 말이야!" 이렇게 그들은 내뱉습니다. 그렇습니다. 사실 가난이란 언제나 귀찮은 존재임에 틀림없을 것입니다. 가난뱅이들이 굶주려 신음하는 소리는 돈 많은 양반들의 수면을 방해할 테니까요!

사랑하는 벗이여, 솔직히 말한다면, 내가 이렇게 기다랗게 늘어놓은 것은 그렇게 함으로써 답답한 마음을 좀 풀어 보려는 것도 있지만, 그것보다는 내 문장이 훌륭해졌다는 것을 당신에게 보여 주고 싶었기 때문입니다. 하기는 당신도 요즘 내 문장이 제법 격식을 갖추어 가고 있다는 것을 인정하리라 믿습니다. 그건 그렇고, 나는 지금 형용할 수 없는 우수 속에 잠겨 있습니다. 그리고 나 자신의 심정에 스스로 깊은 연민을 느끼게 되었습니다. 그러한 자기 연민이라는 것이 아무 소용도 없다는 것을 잘 알면서도 나는 여전히 어떤 형태로든지 자신의 정당성을 시인하려 하고 있단 말입니다. 귀여운 벗이여, 인간에게는 아무런 까닭도 없이 자기 자신을 학대하거나 자기를 한 푼의 가치도 없는, 걸레 조각만도 못한 것으로 얕잡아 보는 버릇이 있습니다. 이런 버릇이 생기는 것은, 오늘 내게 구걸하던 그 가련한 소년처럼 나 자신도 항상 무엇에 위험을 느끼고 쫓기고 있는 인간이기 때문인지도 모릅니다.

바렌카, 그럼 내가 그런 인간이라는 것을 예를 들어 말할 테니 들어보십시오. 나는 아침 일찍 부지런히 관청으로 나가며 거리를 살펴보는 일이 가끔 있습니다. 온 시내가 잠이 깨어 잠자리를 차고 일어나 연기를 뿜으며 북적거리고 시끄럽게 들끓는 광경을 관찰하는 것입니다. 그러나 그런 광경을 눈앞에서 보면, 언제나 누구에게나 호기심이 강한 나의 이 코를 한 대 호되게 얻어맞은 것처럼 몸을 움츠리고는, 물보다도 조용히, 풀보다도 낮게 허리를 굽히고 손을 내저으며 총총걸음으로 달려가고 맙니다. 바렌카, 시꺼멓게 연기에 그슬린 커다란 도시의 집들에서 벌어지고 있는 일들을 한번 관찰해 보십시오. 그 집 안을 잘 들여다보십시오. 그러고 나서, 내가 까닭없이 자신을 얕잡아 보거나 어리석게 당황하는 것이 당연한지 어떤지를 판단해 주십시오. 그렇지만 바렌카, 이것은 어디까지나 비유에 지나지 않으며 꼭 그렇다는 뜻이 아니라는 것을 미리 알아 두시기 바랍니다. 자, 그럼 이러한 집들의 내부에서 어떤 일들이 벌어지고 있는지 관찰해 보기로 합시다.

여기, 연기에 그슬린 방이 한 칸 있습니다. 가난하기 때문에 어쩔 수 없이 방으로 쓰고 있을 뿐이지, 사실은 숨이 막힐 듯이 비좁고 습기 찬 구석방인데, 그 속에서 방금 한 직공이 꿈에서 깨어났습니다. 이것은 물론 비유의 말이지만, 어쨌든 그는 밤새도록 꿈을 꾸었습니다. 어제 잘못 재단한 구두가 꿈에 나타났지요. 마치 인간이란 이런 하잘 것 없는 것까지 꿈에 보지 않으면 안 된다는 듯이 말입니다. 그렇지만 그는 직공입니다. 구두를 만드는 직공입니다. 그러니까 그가 자기 직업에 관한 것만 생각하고 있었다고 해도 관대하게 용서해 주어야 할 겁니다. 더욱이 그에게는 먹을 것을 달라고 울며 조르는 어린애들과 굶주린 아내가 딸려 있으니까요. 그리고 그렇게 재미없는 꿈을 꾸고 자리에서 일어나는 것은 비단 이 직공 한 사람만은 아니니까요. 따라서 이 정도는 아무 것도 아닙니다. 뭐 새삼스럽게 이야기할 만한 것도 못 되지요. 그러나 여기에는 어떤 특수한 사정이 있답니다. 이 집에는 위층인지 아래층인지 분명히 알 수는 없지만 하여튼 금박으로 훌륭하게 장식한 방이 있는데, 그 방에도 역시 굉장한 부자인데도 불구하고 구두 꿈만 꾸는 친구가 있답니다. 그야 물론 모양이 다른, 요즈음 유행하는 최신형 구두가 틀림없겠지만, 어쨌든 구두는 구두란 말입니다.

하지만 바렌카, 이런 말을 하다 보니 우리들도 역시 어떤 의미에서 제화공과 같은 족속이 되어 버리는군요. 그건 문제삼지 않기로 하고, 다만 좋지 않은 것은 그 부자에게 가까이 가서 귀에 대고 이런 말을 소곤소곤해 주는 사람이 하나도 없다는 사실입니다. "이것 봐, 자기 생각만 하다니, 자기 혼자 잘살 생각만 하다니 말이 돼! 그런 생각은 집어치워. 너는 제화공과는 다르니까 말이야. 네 자식들은 모두 건강하고 마누라도 배고프단 말이 없지 않아. 그러나 주위를 한번 살펴봐! 자기 구두 같은 것만 생각하지 말고 좀더 커다랗고 고상한 문제를 생각하고 근심해야 한다는 걸 모르겠느냔 말이야!"

바렌카, 내가 비유를 들어 당신에게 말하고자 한 것은

바로 이 점입니다. 어쩌면 이것은 너무나 종교적인 사고 방식인지도 모릅니다. 그러나 이러한 생각이 가끔 내 가슴속에 떠올라 가득히 쌓이고 쌓였다가 불길같이 뜨거운 말이 되어 솟구쳐 나오는 것입니다. 그렇기 때문에 우리는 자기 자신을 너무 얕잡아 본다거나, 세상 사람들의 욕설과 공갈에 전전긍긍할 아무런 이유도 없다고 봅니다! 바렌카, 그러면 이 얘기는 이것으로 끝을 맺겠습니다. 당신은 혹시 내가 허튼 수작을 늘어놓고 있다고 생각하실지 모르겠습니다. 아니면 내가 마음이 울적해서 이런 소리를 한다고 생각하거나 어디 다른 책에서 뽑아 옮겨 썼다고 생각하실지도 모르겠습니다. 그러나 절대로 그런 것이 아닙니다. 당신이 만일 그렇게 생각하신다면 큰 잘못입니다. 나는 허튼 수작을 무엇보다도 싫어하는 사람입니다. 그리고 마음이 울적한 것도 아니며, 어디 다른 책에서 뽑아 적은 것도 아닙니다. 절대로 그런 일은 없단 말입니다!

그럼 다시 처음에 하던 얘기로 돌아갑시다. 나는 서글픈 마음으로 집에 돌아왔습니다. 탁자 옆에 앉아서 주전자에 차를 데워 두 잔째 마시려 할 때, 문득 눈을 들어 보니 이 집에 사는 그 가난한 고르슈코프가 들어왔단 말입니다. 그는 날마다 돈을 빌려달라고 이 집에 하숙하고 있는 사람들을 찾아 돌아다니고 있었는데, 내게도 찾아오려는 낌새를 벌써 알아차렸습니다. 말이 나왔으니 말이지, 그의 생활은 나보다도 몇 갑절이나 비참한 형편에 있습니다. 게다가 그는 아내와 자식을 거느린 몸이 아닙니까. 사실 내가 고르슈코프라 하더라도, 내가 그와 같은 처지에 있게 된다 하더라도 역시 어찌할 바를 몰랐을 것입니다. 그건 그렇고, 고르슈코프는 방에 들어와서, 내게 머리를 숙여 인사를 했습니다. 언제나 그렇듯이 속눈썹엔 눈곱이 끼어 있습니다. 그는 방바닥을 발로 문지르고 있을 뿐 좀처럼 말을 꺼내지 못합니다. 나는 그에게 의자를 권했습니다. 솔직히 말해서 형편없이 못 쓰게 된 것이었지만, 그 밖에 다른 의자가 없어서 하는 수 없이 거기 앉게 했습니다. 그리고 차를 권했습니다. 그는 사양했습니다. 사양하고 또 사양하다가 한참 만에 겨우 잔을 들었습니다. 그러나 이번에는 설탕을 타지 않고 그냥 마시려 듭니다. 그래서 내가 설탕을 넣어야 한다고 하니까, 또다시 사양하기 시작합니다. 넣으라느니, 그만두겠다느니, 이렇게 한참 동안이나 다투다시피한 끝에 제일 조그만 덩어리를 하나 자기 잔에 넣고는 차가 굉장히 달다는 소리를 몇 번이나 되풀이합니다. 아아, 가난은 사람을 이처럼 비굴하게 만든답니다!

"그런데, 어떻습니까? 무슨 볼일이라도 있어서 찾아오셨는지요?" 하고 나는 그에게 물었습니다.

"네, 보시다시피 요모양 요꼴이지요, 마카르 알렉세예비치. 다름 아니라, 자비로운 마음으로 우리 식구들을 좀 살려 주십사 하고요! 아내와 어린 자식들을 거느리고 있으면서 아무 것도 먹을 걸 주지 못하고 있습니다. 아비가 된 이놈의 마음이 어떻겠는지 살펴 주십시오."

내가 뭐라고 대꾸하려 하니까, 그는 내 말문을 막으며 자기 말을 계속했습니다.

"나는 말입니다, 마카르 알렉세예비치. 이 집에 사는 사람들이 모두 무섭습니다. 그렇다고 해서 뭐 정말 겁이 난다는 게 아니라 어쩐지 창피하고 서먹서먹하단 말이지요. 모두 하나같이 거만한 양반들뿐이니까요. 실은 당신도 지금 몹시 옹색하시다는 걸 알고 있기 때문에 폐를 끼쳐 드리지 않으려고 생각했었습니다. 그러니까 많은 돈을 융통해 주실 수 없다는 건 잘 알고 있지요. 그러나 그저 얼마만이라도 좀 빌려 주실 수 없겠습니까. 이렇게 염치 불구하고 이런 부탁을 하는 것은 당신의 친절한 마음씨를 알고 있기 때문입니다. 이렇게 말하면 어떨지 모르지만, 당신은 지금 몹시 옹색하십니다. 그리고 가난이라는 것이 어떤 것인지 직접 경험하고 계십니다. 따라서 당신은 틀림없이 나의 어려운 처지를 동정해 주실 줄 믿습니다." 그는 이렇게 말하고, 마지막으로 "염치없이 함부로 찾아 들어와서 이런 부탁 드리는 것을 용서해 주시기 바랍니다." 라고 했습니다.

나는 부탁을 들어드렸으면 기쁘기 한량없겠지만 실은 돈이 한 푼도 없다고 대답했지요.

"네, 그러시겠지만, 마카르 알렉세예비치." 하고 그는 거듭 부탁했습니다. "뭐 많은 금액을 빌려달라는 건 아닙니다. 아시다시피, (여기서 그는 얼굴을 새빨갛게 붉혔습니다.) 처자가 굶주림에 울고 있는데 그걸 차마 볼 수가 없어서…… 10카페이카짜리 은전 한 닢만이라도 좋습니다."

이 말을 들으니 가슴이 죄어드는 것 같은 기분이었습니다. 이 사람은 분명히 나보다도 몇 갑절이나 더 가난하구나, 이런 생각이 들었습니다. 하지만 내게는 톡톡 털어 봐야 20카페이카밖엔 남아 있는 돈이 없었고, 또 그 돈마저도 내일 당장 필요한 물건을 사기로 미리 정해 놓은 것입니다.

"지금도 말씀드렸지만, 아무래도 청을 들어드릴 수 없군요." 나는 이렇게 말했지요.

"그렇지만 마카르 알렉세예비치, 단 10카페이카라도 좋으니, 어떻게 좀……."

그래서 나는 서랍 속에 보물처럼 귀중하게 모셔두었던 20카페이카를 꺼내서 그에게 주어 버렸습니다. 그러나 바렌카, 나는 정말 좋은 일을 했다고 생각합니다! 아아, 세상에 그렇게 가난한 사람이 어디 있겠습니까! 나는 그와 다정하게 여러 가지 얘기를 주고받았습니다.

"그런데 고르슈코프 씨." 하고 나는 이렇게 물어 보았지요. "당신은 어째서 그렇게 곤란을 받으면서도 은화로 5루블 씩이나 하는 셋방에 들어 계십니까?"

그의 설명을 들어 보니, 그 방은 반 년 전에 빌렸다는 것입니다. 처음에는 3개월분의 방세를 선금으로 지불했으나, 그후 차츰 형편이 어려워져서 이제는 다른 곳으로 옮기려 해도 옮길 수조차 없게 되었다는군요. 그는 지금쯤이면, 어떤 소송사건이 원만하게 해결되리라 믿고 기다려 온 모양입니다. 그 사건이라는 게 또한 불쾌하기 짝이 없는 성질의 것입니다. 다름 아니라, 그는 어떤 사건에 대해 법정에서 증언을 해야 할 입장에 처해 있습니다. 그는 지금 청부 맡아 가지고 국고금을 사기해 먹은 어떤 상인과 소송을 계속하고 있다는 것입니다. 상대편 상인의 사기 행위는 이미 판명되었지만, 그놈이 이 사기 횡령 사건에 고르슈코프까지 물고 들어가려 한다는군요. 고르슈코프 역시 이 사건에 전혀 책임이 없다고는 할 수 없는 처지에 있답니다. 하지만 고르슈코프에게 죄가 있다면, 그것은 다만 자기 직무에 태만하고 무관심했다는 점과 국고금을 처리하는 데 실책이 있었다는 점밖엔 없습니다. 이 사건은 고르슈코프에게 불리한 여러 가지 장애가 자꾸만 나타나는 바람에 벌써 몇 해째나 끌어오고 있다는군요.

"이렇게 불명예스러운 죄를 내게 뒤집어씌우지만," 하고 고르슈코프는 말했습니다. "나는 결백한 몸입니다. 조금도 마음에 거리낌이 없어요. 사기를 했다느니, 횡령을 했다느니 하지만, 그건 전혀 허무맹랑한 소립니다."

그러나 어쨌든 그 사건 때문에 그는 비난을 받지 않을 수 없었고, 또 다니던 관청에서도 쫓겨났습니다. 그리고 형사상(刑事上) 유죄까지는 아니지만, 완전하게 자기가 결백하다는 증거를 내세울 수 없었기 때문에, 마땅히 그 상인에게서 받아야 할 거액의 돈을 아직도 못 받고 있는 형편입니다. 지금 소송을 하고 있다는 것은, 바로 이 문제지요. 나는 그의 말을 믿지만, 법정에서는 도무지 그의 증언을 믿으려 들지 않는단 말입니다. 게다가 이 사건은 무척 복잡할 뿐 아니라, 여러 가지 교묘한 계략이 꾸며져 있기 때문에 백 년이 걸려도 해결될 것 같지 않습니다. 겨우 해결이 날 만한 실마리가 나타났다고 생각하면, 그 상인 놈이 곧 농간을 부려서 다시 새로운 문제를 야기시키곤 한답니다.

바렌카, 나는 진심으로 고르슈코프를 동정합니다. 그를 가엾게 생각합니다. 일자리를 잃었지만, 이제는 장래성이 없으니까 아무 데서도 채용해 주지 않습니다. 저축해 두었던 돈은 다 써버리고, 설상가상으로 사건은 이 모양으로 해결될 가망도 없습니다. 하필이면 이런 때 어린애까지 낳아서 비용이 들고, 게다가 아들이 병에 걸렸으니 다시 돈이 없어집니다. 그러다가 아들이 죽으니 또 비용이 들지요. 마누라가 병들고, 고르슈코프 자신도 오래 전부터 만성이 된 병 때문에 몹시 힘들어 하고 있습니다. 한마디로 말해서, 그는 현재 죽을 고생을 하고 있습니다. 그런데도 그는 이 사건이 수일 내로 원만히 해결되리라 믿고 기다린다고 합니다. 거기에 대해 조금도 의심을 품고 있지 않습니다. 불쌍합니다, 가련합니다. 바렌카, 정말 딱해서 못 보겠습니다! 나는 그를 위로해 주었습니다. 그는 세상에서 버림받고 짓밟힌 사람입니다. 그는 자기를 감싸 주고 보호해 주기를 바라고 있습니다. 그래서 나는 그를 진심으로 위로해 준 것입니다.

그럼 바렌카, 부디 안녕히. 당신의 건강을 빕니다. 사랑하는 벗이여, 나는 당신을 생각하면 병든 심장이 기특한 약을 먹은 듯 금방 가벼워집니다. 비록 당신 때문에 애를 태우며 괴로워하는 일이 있다 하더라도, 내게는 그 괴로움이 달콤하게만 여겨진답니다.

당신의 진정한 벗인 마카르 제부슈킨

9월 9일 — 마카르의 편지

사랑하는 바르바라 알렉세예브나!
정신없이 펜을 들었습니다. 너무도 뜻밖의 사건이 일어나서, 나는 더할 수 없는 흥분 상태에 빠져 있습니다. 머리가 빙글빙글 돕니다. 주위의 모든 것이 빙글빙글 돌고 있는 것 같습니다. 아아, 귀여운 벗이여, 내가 지금 당신에게 무슨 얘기를 하려는 것인지 아십니까? 정말 뜻밖의 일이었습니다. 아닙니다, 정말 뜻밖이었다고는 할 수 없지요. 이런 일이 있으리라는 예감이 들었으니까요. 나는 벌써부터 그것을 느끼고 있었습니다. 그뿐만 아니라, 얼마 전엔 이와 비슷한 사건을 꿈에서 본 일조차 있었습니다.
그럼 무슨 사건이 일어났는지 얘기하지요. 문장이야 되든 안 되든 지금은 그런 것을 생각할 여유가 없습니다. 그저 마음에 떠오르는 대로 적어 가겠습니다. 나는 오늘 관청에 출근했습니다. 사무실에 들어가자 곧 자리에 앉아서 공문을 정서하기 시작했습니다. 그런데 바렌카, 어제도 역시 공문을 정서했다는 얘기부터 미리 해둬야 할 것 같군요. 내가 어제 무엇인가 쓰고 있는데, 치모페이 이바노비치가 가까이 와서, "여보게 마카르 알렉세예비치, 이것은 지급을 요하는 중요한 공문인데, 자네가 아주 정성을 들여 깨끗이 정서해 주게. 오늘중으로 장관각하의 결재를 맡아야 할 테니까."라고 친히 분부했습니다. 여기서 한 가지 더 말해 둬야 할 것은, 내가 어제 정상적인 정신상태에 있지 않았다는 사실입니다. 형용할 수 없는 슬픔과 우울 속에 빠져 있었다고나 할까요, 하여튼 아무 것도 주의해서 들여다보기가 싫었습니다. 마음은 어둡고 심장은 싸늘했습니다. 머릿속에는 쉴새없이 당신의 모습이 떠올랐습니다.

어쨌든 나는 지시받은 일에 착수하여 그 공문을 깨끗하고 훌륭하게 정서했습니다. 그런데 몹쓸 놈의 귀신이 붙었는지 야릇한 운명의 장난인지 뭐라고 당신에게 설명해야 좋을지 잘 모르겠습니다만, 그만 한 줄을 몽땅 빼먹어 버렸답니다. 따라서 아무리 읽어 봐도 무슨 뜻인지 전혀 알아볼 수 없는 공문서가 된 것은 뻔한 일이지요. 공문서는 어제는 시간이 늦었기 때문에 오늘 아침에야 각하의 사인을 받기 위해 제출되었습니다. 나는 아무 일도 없었겠거니 생각하고, 오늘도 여느 때와 같은 시각에 출근하여 에멜리얀 이바노비치와 나란히 자리를 잡고 앉아 있었습니다.

여기서 한 가지만 더 당신에게 미리 말해 둘 것은, 며칠 전부터 이전보다 갑절이나 기가 죽어서 조그만 일에도 얼굴을 붉히며 부끄럼을 타게 되었다는 것입니다. 나는 요즘 누구의 얼굴도 마음 놓고 바라보지 못합니다. 어디서 의자가 삐걱하는 소리만 나도 금방 겁을 집어먹고 어쩔 줄 몰라하지요. 그래서 오늘도 몸을 움츠리고 책상에 달라붙어 고슴도치 같은 꼴을 하고 얌전히 앉아 있으려니까, 예픰 아키모비치란 놈이(이 친구는 세상에서 둘도 없는 독설가입니다) 모두들 들으라는 듯이 커다란 소리로 이런 수작을 한단 말입니다. "여보시오, 마카르 알렉세예비치, 어째서 당신은 그렇게 땅이 꺼지게 한숨을 쉬며 웅크리고 앉았는 거요?" 하고는 일부러 괴상하게 얼굴을 찌푸리는 바람에 주위에 있던 친구들이 모두 배를 움켜쥐며 웃어댔습니다. 물론, 나를 보고 웃는 것이지요. 웃어도 이만저만하게 웃어대는 게 아닙니다. 나는 눈을 감고 귀를 틀어막고는 꼼짝도 않고 앉아 있었습니다. 이것이 나의 버릇입니다. 그러면 그들도 곧 조용해집니다.

그러자 갑자기 떠들썩해지며 이리저리 뛰어다니는 발소리와 누구를 부르는 소리가 들렸습니다. 어쩐 일일까, 내가 잘못 듣지나 않았나, 이렇게 생각하고 나는 귀를 기울였습니다. 분명히 나를 부르는 소립니다. 나를 찾고 있습니다. 제부슈킨이라고 내 이름을 똑똑히 부릅니다. 가슴속에서는 방망이질을 하기 시작했습니다. 어째서 그렇게 깜짝 놀랐는지 나 자신도 알 수 없는 일입니다만, 그렇게 놀란 적은 정말 생전 처음입니다. 나는 마치 아무 것도 듣지 못한 듯이, 그리고 나는 제부슈킨이 아니란 듯이 그냥 자리에 붙어앉아 있었습니다. 그러나 나를 부르는 소리는 점점 가까워지더니 나중엔 바로 귓전에서 "제부슈킨! 제부슈킨! 제부슈킨은 어디 있어?" 하고 고함을 치지 않겠습니까.

그래서 눈을 들어 보니, 내 앞에 예프스타피 이바노비치가 서 있더군요. 그는 "마카르 알렉세예비치, 각하가 부르시니 빨리 가보세! 자네, 그 서류를 정서하는 데 큰 실수를 했더군그래!"라고 합니다. 그는 이 말밖엔 하지 않았습니다. 그러나 바렌카, 그 이상 내게 무슨 설명이 더 필요하겠습니까? 눈앞이 캄캄합니다. 온몸이 싸늘하게 얼어들어 옵니다. 모든 감각이 일시에 없어져 버립니다. 발을 옮겨 놓으며 걸어가면서도 도무지 살아 있는 것 같지가 않았습니다.

첫째, 둘째, 세째 방을 지나서 마침내 나는 각하의 사무실에 들어 섰습니다. 그 순간 내 복잡한 심경은 도저히 정확하게 표현할 수 없을 것입니다. 눈을 들어보니, 각하께서 거기 서 계시고 그 주위에는 상관들이 쭉 늘어서 있습니다. 나는 너무나 어리둥절해서 인사를 하는 것조차 잊었던 모양입니다. 입술이 떨리고 다리가 떨립니다. 그렇게도 나는 겁에 질렸던 것입니다. 그러나 바렌카, 하기는 그것도 당연한 노릇이지요. 나는 무엇보다도 부끄러워 견딜 수가 없었습니다. 문득, 오른쪽에 걸린 커다란 거울 속에 초라하기 짝이 없는 나 자신의 모습이 비치는 것을 보고 나는 정말 기절을 할 지경이었습니다. 나는 마치 이 세상에 없는 인간처럼 남의 눈에 띄지 않게 항상 숨어살다시피 해왔습니다. 그렇기 때문에 각하는 제부슈킨이라는 자가 있는지 없는지조차 잘 모르셨을 것입니다. 어쩌면 자기 부하 중에 그런 이름을 가진 녀석이 있다는 것쯤은 들은 일이 있을지 모르지만, 하여튼 그 이상으로는 나를 알고 계실 리가 없습니다.

각하는 몹시 노하신 어조로 입을 열었습니다.

"자넨 무슨 일을 그렇게 하나! 눈이 어디 붙어 있어? 극히 중요하고도 시급을 요하는 공문인데, 자넨 그걸 망쳐 놓지 않았느냔 말이야. 그리고 자네도 마찬가지야!" 하며 각하는 예프스타피 이바노비치 쪽을 바라보셨습니다. 정신이 어떨떨해서 멍청히 서 있는 내 귀에 이런 말이 띄엄띄엄 한 마디씩 들어왔습니다.

"이런 부주의가 어디 있어. 직무 태만도 분수가 있지, 이래서야 어디 해먹겠나, 응!"

나는 입을 벌려 무슨 말이든 한 마디 하려고 했습니다. 용서를 빌고 싶었던 것입니다. 그러나 입이 말을 듣지 않았습니다. 그렇다고 그냥 도망쳐 나올 만한 용기도 없었습니다. 그러다가 그만…… 지금까지도 얼굴이 뜨거워서 붓을 들 수 없을 지경으로 어처구니 없고 창피한 사고를 일으키고야 말았습니다. 내 양복 단추가—글쎄, 그런 망할 놈의 단추가 어디 있겠습니까—실오라기에 겨우 매달려 있던 놈이 별안간 실을 끊고 마룻바닥에 떨어지더니,

두서너 번 그 자리에서 톡톡 튀고 나서 (분명히 내가 얼떨결에 떼어 냈을 것입니다만.) 하필이면 곧장 각하의 발 밑으로, 그것도 모두 숨을 죽이고 있는 판에 딸랑딸랑 소리를 내며 굴러가지 않겠습니까! 내가 각하에게 하려던 말인 변명과 사죄와 그 밖의 모든 답변을 고놈의 단추가 대신할 줄이야!…… 그 결과가 좋았을 리는 없지요.

각하는 즉시 내 모양과 복장에 주의를 돌렸습니다. 나는 거울 속에 비쳤던 나 자신의 모습이 생각났습니다. 그래서 나는 단추를 붙잡으려고 허둥지둥 달려갔습니다. 그 꼬락서니가 어떠했겠습니까! 몸을 굽히고 단추를 주우려 했지만, 얄밉게도 고놈은 데굴데굴 굴러가며 좀처럼 손에 잡히질 않았습니다. 나는 이 나이에 서투른 어릿광대 노릇을 한 셈이지요. 젖먹던 힘마저 빠져나가는 듯했습니다. 명예고 체면이고 그 밖의 모든 것을 한꺼번에 잃어버린 듯했습니다! 순간 어쩐 일인지 체레자와 팔리도니의 목소리가 귀에 울려오는 것 같았습니다. 마침내 나는 단추를 집어들고 일어나서 몸을 꼿꼿이 폈습니다. 만일 내가 정말 바보였다면, 손을 넓적다리에 붙이고 '차렷 자세'를 취한 채 그냥 버티고 서 있었을 것입니다. 하지만 나는 그렇게 하지는 않았습니다. 나는 옷에 붙어 있는 실오라기에다 그 단추를 달아매려고 이리저리 만지작거리기 시작했지요. 마치 그렇게 하면 단추가 도로 제자리에 붙을 것으로 생각하는 것처럼 말입니다. 게다가 연신 히죽히죽 웃고 있었던 것입니다. 각하는 처음엔 외면하고 말

앉습니다만, 조금 후에 다시 내게 시선을 던졌습니다. 그리고 예프스타피 이바노비치에게 이렇게 말하는 소리가 들렸습니다.

"어떻게 된 건가!…… 저걸 좀 보란 말이야. 저 꼴을! …… 도대체 저건 누구야!…… 뭣 하는 인간이야!……"

아아, 사랑하는 벗이여, 나는 이제 '저건 누구야?'라든지, '뭣 하는 인간이야?' 하는 말을 들을 만큼 각하의 주목을 끌게 되었습니다. 잠자코 듣고 있으려니까, 예프스타피 이바노비치의 목소리가 들립니다.

"아니, 별로 나쁜 인간은 아니올시다. 이렇다 할 결점도 없고, 품행도 방정한 편이지요. 그리고 봉급도 관등(官等)에 따라 규정된 금액을 받고 있습니다만……."

"그래? 그럼 어떻게 좀 저런 궁색한 꼴은 하지 않게 해줘야 할 게 아닌가!"라고 각하가 말했습니다. "봉급을 선불해 준다든지 해서 말이야……."

"네, 그래서 이미 그렇게 하고 있습니다. 꽤 오래 전부터 매달 선불을 받고 있다고 하는데, 아마 몹시 곤란을 받는 모양입니다. 품행은 더할나위 없이 방정해서 주의를 들을 일은 여지껏 한 번도 없습니다."

사랑하는 나의 천사여, 나는 온몸이 불덩어리가 되는 듯했습니다. 지옥불 속에 들어간 것 같았습니다! 금방 숨이 막힐 것만 같았습니다!

"좋아." 하고 각하가 커다란 소리로 말했습니다. "그럼 빨리 서둘러서 다시 작성하도록 하게. 그리고 제부슈킨

군, 이리 가까이 오게. 그걸 다시 정서하는데 이번에는 절대로 틀려서는 안 되네. 알겠나……."

그리고 각하는 다른 사람들에게도 여러 가지를 지시한 다음, 일동을 물러가게 했습니다. 그들이 다 나가버리자, 각하는 곧 지갑에서 100루블짜리 지폐 한 장을 꺼냈습니다.

"이건, 얼마 안 되는 돈이지만, 받아 두게……."

이렇게 말하며 내 손에 쥐어 주었습니다. 바렌카, 나는 몸을 부르르 떨었습니다. 감동의 물결이 가슴에 넘쳐 흘렀습니다. 그 순간, 내가 어떻게 했는지 알 수 없습니다. 그러나 감격한 나머지 각하의 손을 잡으려 했던 것만은 기억하고 있습니다. 그러자 각하도 새빨갛게 얼굴을 붉혔습니다. 바렌카, 나는 털끝만치도 사실이 아닌 말은 하지 않습니다. 각하는 나같이 하잘 것 없는 놈의 손을 잡고 흔들었습니다. 마치 자기의 동료를 대하듯, 자기와 같은 계급의 고관을 대하듯 내 손을 잡고 흔들어 주었단 말입니다. "그럼 돌아가게. 얼마 안 되는 돈이지만, 그저 내 성의라고 생각하게나…… 그럼 또 틀리지 않도록 조심하게, 이번 잘못은 눈감아 줄 테니까." 각하는 이렇게 말했습니다.

그래서 바렌카, 나는 이렇게 결심했습니다. 다름 아니라, 나는 당신과 표도라에게 부탁해서, 혹시 앞으로 내게 어린애가 생긴다면 그 어린애에게도 타일러서, 나를 위해서는 기도를 드리지 않아도 좋으니 그 대신 날마다 하루도 빼놓지 말고 일평생 각하의 만복을 빌어달라고 할 작정입니다. 그리고 바렌카, 나는 또 한 가지 당신에게 말하려 합니다. 이것은 정말 엄숙한 마음으로 하는 말이니 잘 들어주십시오. 나는 당신에게 맹세합니다. 나는 날마다 당신을 보며, 당신의 빈곤한 생활을 보며, 그리고 나의 비굴함과 무능함을 스스로 의식하며, 고난에 찬 가혹한 나날을 말할 수 없이 쓰라린 정신적인 고민 속에서 허덕이며 지내오긴 했지만, 그렇다고 해서 내게 귀중한 것은 절대로 100루블이라는 돈이 아닙니다. 내가 귀중하게 생각하는 것은, 각하가 지푸라기만한 가치도 없는 주정뱅이인 나 같은 놈의 손을 친히 잡고, 따뜻한 악수를 해주셨다는 사실입니다! 그 악수로써 각하는 나를 다시 살아나게 한 것입니다. 나의 영혼을 소생시켜 준 것입니다. 영원히 나의 생활을 즐기게 해준 것입니다. 나는 확신합니다. 비록 내가 하느님 앞에 아무리 많은 죄를 지었다 하더라도, 각하의 만복을 비는 내 기도는 반드시 하느님이 계신 곳까지 다다르고야 말 것이라고! 바렌카, 나는 지금 몹시 마음이 어지럽습니다. 극도의 흥분 상태에 있습니다! 심장이 금방 가슴 밖으로 튀어나올 것처럼 펄떡펄떡 뛰고 있습니다. 그리고 온몸이 나른한 것 같습니다.

우선 당신에게 40루블을 보내드립니다. 20루블은 주인 마누라에게 주고, 나머지 40루블은 내가 가지고 있겠습니다. 그 중에서 20루블로 옷치장을 하고, 15루블은 생활비로 쓸 예정입니다. 나는 아직까지도 아침에 받은 강한 충격 때문에 정신을 차리지 못하고 있습니다. 좀 누워서 쉬어 보겠습니다. 하지만 내 기분은 평온합니다. 극히 평온합니다. 다만 마음속 깊은 곳이 쑤시는 것을 느낄 뿐입니다. 그리고 가늘게 떨며 설레는 것을 느낄 뿐입니다. 나중에 한번 찾아가 뵙겠습니다. 지금은 여러 가지 형용할 수 없는 기분에 취해 있기 때문에 곤란합니다. 사랑하는 임이여, 더없이 귀중한 보배여, 하느님께선 모든 것을 보고 계십니다!

당신의 훌륭한 벗인 마카르 제부슈킨

9월 10일 — 바렌카의 편지

친애하는 마카르 알렉세예비치!

당신에게 행운이 찾아왔다니, 정말 말할 수 없이 기쁩니다. 그리고 장관님의 선행에 진심으로 감사를 드립니다. 이제는 슬픔을 잊고 좀 편하게 살 수 있게 된 셈이군요! 그러나 제발 이전처럼 돈을 함부로 낭비하지는 마십시오. 조용히, 될 수 있는 대로 검소하게 살아 주세요. 그리고 당장 오늘부터 조금씩이라도 날마다 저축을 하셔서 또다시 불행한 일을 당하지 않도록 하십시오. 저희들에 대해선 절대로 염려하지 말아 주시기 바랍니다. 저는 표도라와 함께 이럭저럭 살아나갈 수 있으니까요. 그런데 마카르 알렉세예비치, 웬 돈을 이렇게 많이 보내셨지요? 저희들은 정말이지 돈은 필요하지 않아요. 수중에 가지고 있는 것만으로도 충분합니다. 사실은 얼마 후에 이사를 할 예정인데, 그때는 돈이 좀 필요하지만, 표도라가 꽤 오래 전에 누구에게 꿔주었던 돈을 곧 받게 될 것 같다고 하니까 당신에게 폐를 끼치지 않아도 될 거에요. 그렇지만 제게 당장 필요한 물건을 살 돈으로 20루블만 받아 쓰겠습니다. 그리고 나머지는 돌려보내 드립니다.

마카르 알렉세예비치, 부디 돈을 아껴 쓰시기 바랍니다. 그럼 이만 씁니다. 내내 평안하고 건강하고 명랑하게 지내시기를 빕니다. 더 많이 쓰고 싶지만, 몸이 몹시 피곤해서 이만 실례해야겠어요. 사실은, 어제 하루 종일 자리에서 일어나지 못했답니다. 꼭 오시겠다 하시니 얼마나 반가운지 모르겠어요. 정말 꼭 오셔야 해요, 네, 마카르 알렉세예비치!

V. D.

9월 11일 — 마카르의 편지

귀여운 나의 바르바라 알렉세예브나!

이제야 비로소 나는 완전히 행복하고 흡족한 감정에 잠길 수 있게 되었습니다. 그런데 당신은 내게서 멀리 떠나시겠다니 말이 됩니까. 제발 그러지 마십시오. 당신에게 애원합니다. 제발 다른 곳으로 옮겨 가지 마십시오. 귀중한 나의 보배여! 표도라의 말 같은 건 귓등으로도 듣지 마십시오. 당신을 위해서라면 무엇이든지 다 하겠습니다. 이제부터는 몸가짐과 행동에도 신중을 기하겠습니다. 각하를 존경하는 뜻에서라도 나는 좀더 자중해야 할 것입니다. 그리고 우리는 또다시 행복에 넘친 편지를 교환합시다. 마음속에 품고 있는 생각과 기쁨, 그리고 슬픈 일이 생긴다면 그 슬픔까지도 서로 털어놓읍시다. 둘이 함께 뜻을 합하여 행복하게 살아갑시다. 함께 문학 연구도 합시다…….

나의 천사여! 내 운명은 이제 아주 바뀌어 버렸습니다. 모든 것이 좋은 방향으로 변해 버렸습니다. 주인 마누라도 이제는 무척 온순해졌습니다. 체레자도 훨씬 눈치가 빨라졌습니다. 아니, 그뿐이겠습니까. 그렇게 굼뜨게 굴던 팔리도니란 놈까지도 이제는 상당히 날쌔게 움직이게 되었답니다. 라타자예프와도 화해했습니다. 너무나 기쁜 나머지 내 발로 그의 방에 찾아갔지요. 바렌카, 그 친구는 정말 착하고 상냥한 인간입니다. 그 친구에 대한 악평은 전부 허튼 수작입니다. 그것이 모두 더러운 중상이었다는 것을 비로소 깨달았습니다. 그 친구 자신의 말을 들어 보면, 우리를 모델로 해서 작품을 쓰겠다는 생각은 꿈에도 하지 않았답니다. 그는 자기의 새로운 창작을 읽어 주더군요. 언젠가 나를 '로벨라스'라고 부른 것도 절대로 욕설이나 못된 별명이 아니라는 것입니다. 그의 설명을 들어 보니, 로벨라스라는 말은 '경쾌한 사내'라는 뜻을 가진 외래어인데, 더 그럴 듯하게 문학적으로 표현한다면

'멋진 젊은이'라는 뜻이 된다는 것입니다! 그 밖에 나쁜 뜻은 조금도 없다는군요. 말하자면, 아무런 악의도 없는 농담이었지요. 내가 무식하기 때문에 모욕을 당했다 생각하고, 어리석게 화를 낸 데 지나지 않았단 말입니다. 그래서 나는 그 친구에게 깨끗이 사과했습니다.

그건 그렇고 바렌카, 오늘은 정말 날씨가 기막히게 좋군요! 물론 아침에 고운 체로 거른 것 같은 안개비가 약간 내리기는 했지만, 그것은 아무 것도 아닙니다! 그 대신 공기는 더욱 신선해졌습니다. 나는 구둣방에 가서 아주 멋진 놈으로 한 켤레 샀습니다. 그리고 네프스키 거리를 끝까지 걸었습니다. 〈꿀벌〉(역주 ; 신문 이름)도 한 부 사서 읽었지요. 아, 참! 가장 중요한 얘기를 깜박 잊고 있었군요.

그럼 들어 보십시오, 이런 얘기입니다.

오늘 아침, 나는 에멜리얀 이바노비치와 아크센치 미하일로비치, 이렇게 셋이서 장관각하에 대한 얘기를 했답니다. 그런데 바렌카, 각하는 그와 같은 자비를 나 한 사람에게만 베푼 것이 아니더군요. 각하의 은혜를 입은 것은 나 한 사람뿐이 아니고, 따라서 각하의 마음씨가 착하시다는 것을 세상에서 모르는 사람이 없더라는 것입니다. 여기저기서 수많은 사람들이 각하를 찬양하며, 그 은덕에 감사의 눈물을 흘리고 있다는 것입니다. 각하는 고아가 된 소녀를 길러서 시집갈 준비까지 해준 다음, 자기 곁에서 비서 노릇을 하고 있는 이름 있는 관리와 혼인을 시켜 준 일도 있답니다. 그리고 어떤 과부의 아들을 어느 관청에 취직시켜 준 일도 있고, 그 밖에도 여러 사람에게 자선을 많이 베풀었다는 것입니다.

바렌카, 이런 얘기를 듣고 보니, 나도 각하의 은혜에 다소라도 보답하는 뜻에서 내게 베푼 각하의 덕행을 여러 사람 앞에서 공개할 의무가 있다고 생각했습니다. 나는 한 가지도 숨기지 않고 모두 얘기했습니다. 부끄러운 생각은 호주머니 속에 처박아 넣고 말입니다. 사실 이런 경우에 부끄러울 것은 무엇이며, 또 자존심에 구애받을 필요는 어디 있겠습니까! 여러 사람이 다 듣게 커다란 소리로 말하면 그만큼 각하의 덕행이 칭송받게 될 것 아닙니까! 나는 열정을 기울여 얘기했습니다. 부끄럼을 잊고 열띤 목소리로 얘기했습니다. 조금도 얼굴을 붉히지 않았을 뿐더러, 오히려 이런 얘기를 하게 된 것을 자랑스럽게 생각했습니다. 한 가지도 숨기지 않고 모두 얘기했습니다. (당신 얘기만은 삼가서 입밖에 내지 않았습니다.) 하숙집 주인 마누라에게 학대받은 얘기, 팔리도니란 놈까지 나를 깔보았다는 얘기, 라타자예프와의 관계며 구두에 관한 얘기, 마르코프에게 돈을 꾸러 갔던 얘기, 이런 것을 전부 털어놓았지요.

얘기를 듣고 있던 친구들 가운데서 누군지 킬킬거리고 웃기 시작했습니다. 아니, 사실대로 말하면 모두 웃기 시작했습니다. 그러나 그것은 다만, 내가 얘기하는 꼴이 어딘지 우스웠거나, 그렇잖으면 구두 얘기가 나왔기 때문일 것입니다. 틀림없이 구두 얘기가 나왔기 때문일 겁니다. 악의가 있어서가 아니라는 건 분명합니다. 그들이 킬킬거린 것은 단지 그들이 아직 나이가 젊기 때문이 아니면, 가난을 모르는 친구들이기 때문입니다. 결코 무슨 악의를 품고 내 말을 비웃는 뜻에서 웃었을 리는 없습니다. 즉, 각하에 대한 얘기를 그들이 비웃었을 리는 없단 말입니다. 그렇지 않습니까, 바렌카?

나는 아직도 완전히 정신을 차릴 수가 없습니다. 이번 사건은 그만큼 내 마음을 뒤흔들어 버린 것입니다. 벽난로에 땔 나무는 있습니까? 바렌카, 감기에 걸리지 않도록 조심하십시오. 당신은 자칫하면 감기에 걸리기 쉬운 체질이니까요. 아아, 귀여운 벗이여, 당신이 그처럼 비관하고 있는 걸 보면 나는 애가 타서 죽을 지경입니다. 내가 당신을 위해 하느님께 얼마나 기도를 드리는지 아십니까! 또 예를 들면, 당신에게 털실 양말은 있을까, 옷은 따뜻하게 입고 있을까, 줄곧 이런 것을 걱정하고 있답니다. 사랑스러운 비둘기여, 내 말을 듣고 만일 무엇이든지 필요한 물건이 있으면 제발 숨기지 말고 이 늙은이에게 말해 주십시오. 불행한 시기는 이미 지나가 버렸습니다. 나에 대해선 조금도 염려하지 마십시오. 앞으로는 유쾌하고 즐거운 일만이 있을 것입니다!

바렌카, 지금까지는 실로 슬픈 시기였습니다! 그러나 그것도 지나간 옛일이 되고 말았습니다! 앞으로 몇 해가 지나간 후에, 이제까지 고생한 일을 한숨과 함께 회상합시다. 나는 젊었던 시절을 기억하고 있습니다. 한푼도 없이 지낸 일이 종종 있었지요. 춥고, 배고프고…… 그러면서도 언제나 즐겁게 지냈습니다. 아침에 네프스키 거리를 지나가며, 예쁘장하게 생긴 얼굴을 만나기만 하면 온종일 행복했습니다. 참으로 좋은 시절이었습니다! 바렌카, 이 세상에 산다는 것은 정말 즐거운 일입니다! 특히, 여기 페테르부르크에서 살면 몇 갑절이나 더 즐겁지요!

나는 어제 눈물을 흘리며 하느님 앞에 진심으로 참회를 했습니다. 그리고 불행했던 시기에 내가 저지른 모든 잘못—불평을 늘어놓은 죄, 반기독교적인 자유사상을 품었던 죄, 술주정을 하고 공연히 화를 내고 한 죄, 이러한 모든 죄를 용서해 달라고 하느님께 빌었습니다. 나는 기도를 드리며 감격에 찬 마음으로 당신을 생각했습니다. 나의 천사여, 오직 당신만이 내게 힘을 주었고, 오직 당신만이 내게 위안을 주었습니다. 유익한 충고와 교훈을 주는 사람도 당신밖에 없었습니다. 바렌카, 나는 이것을 영원히 잊을 수 없을 것입니다. 귀여운 벗이여, 나는 오늘 그동안 당신에게서 받은 편지를 하나하나 전부 꺼내들고 키스를 했답니다! 그럼, 이만 쓰겠습니다. 누가 그러는데, 여기서 얼마 멀지 않은 곳에 기성복 시장이 있다는군요. 그래서 잠깐 거기에 가볼까 합니다. 그럼 나의 천사여, 안녕히, 안녕히!

당신에게 영혼을 바친 마카르 제부슈킨

9월 15일 — 바르바라의 편지

경애하는 마카르 알렉세예비치!

저는 지금 무서운 흥분에 사로잡혀 있습니다. 저희들에게 무슨 일이 일어났는지 아세요? 어쩐지 그 어떤 숙명적인 불행이 닥쳐올 것만 같은 마음이 듭니다. 다름 아니라, 브이코프 씨가 페테르부르크에 왔다는군요. 이를 어쩌면 좋겠어요. 표도라가 길가에서 만났다고 합니다. 그 사람은 길을 지나가다가 일부러 마차를 세우고는 표도라에게 다가와서, 지금 어디 살고 있느냐고 귀찮게 캐묻더랍니다. 처음에 표도라는 아무 대꾸도 하지 않았답니다. 그랬더니 그 사람은 능글맞게 웃으며, 네가 누구와 함께 살고 있는지 다 안다고 하더랍니다. 분명히 안나 표도로브나에게 들었을 테지요. 그래서 표도라도 그 이상 참지 못하고 한길 복판에서 마구 욕설을 퍼부으며 따지고 들었다는군요. 당신은 더럽기 짝이 없는 인간이다, 바르바라 알렉세예브나가 불행하게 된 것은 순전히 당신 때문이다, 이렇게 맞대놓고 말했답니다. 그러자 그 사람이 하는 말이 돈이 한 푼도 없으면, 누구나 불행할 수밖에 없지 않느냐고 하더랍니다. 그래서 표도라가, 바렌카는 삯바느질을 해서라도 얼마든지 살아나갈 수 있는 사람이다, 그리고 생각만 있었으면 결혼도 할 수 있었고 또 취직을 하려 들면 그런 일자리도 얼마든지 있었다, 그렇지만 이제는 영원히 행복을 놓치고 말았다. 게다가 병까지 걸렸기 때문에 머지않아 죽어 버릴 거라고 말했답니다. 그 사람은 거기에 대해서, 그애는 아직 나이가 어려서 그러는 거야, 아직도 철이 없어, 그래서 '모처럼 굴러 떨어지는 호박을 붙잡으려 하지 않는다.'(그 사람의 말을 그대로 옮기면)고 하더랍니다. 그렇지만 저도 표도라도, 설마 그 사람이 우리 집을 알 리야 없겠거니 생각하고 있었습니다.

그런데 어제 제가 고스치니 드보르에 물건을 사러 나가자마자, 그 사람이 불쑥 우리 방엘 찾아 들어왔다는군요. 그 사람은 우리 집에서 나와 마주치기를 꺼렸던 모양입니다. 그는 오랫동안 앉아서 표도라에게 저희들의 생활 형편을 캐물으며 방 안을 샅샅이 살펴보고, 제 바느질감까지 들추어보고 나서는, "당신들과 가깝게 지내는 관리라는 건 대체 어떤 인물이냐?"고 묻더랍니다. 바로 그때 당신이 뜰 안을 지나가는 게 보였으므로 표도라가 저분이라고 했더니, 당신을 바라본 다음 코웃음을 치더라고 합니다. 표도라는, 제가 그 동안 하도 슬픈 일을 많이 겪어서 이젠 몸이 아주 못 쓰게 되었는데, 여기서 서로 부딪히게 된다면 또 얼마나 불쾌해할지 모르니 그만 돌아가 달라고 했답니다. 그러니까 브이코프 씨는 잠시 입을 다물고 있다가, 자기는 뭐 별다른 목적이 있어서 온 것이 아니라고 하며 표도라에게 25루블을 쥐어 주려 했다는군요. 물론 표도라가 그것을 받았을 리는 없지요.

그런데 대체 어쩌자는 걸까요? 무엇 때문에 그 사람이 저희들을 찾아왔을까요? 어디서 저희들에 대한 걸 알아

냈는지 저는 알 수가 없습니다. 도무지 짐작조차 할 수 없어요! 표도라의 말에 의하면, 저희 집에 가끔 오는 아크시니야라는 자기의 시누이가 남의 빨래를 해주는 나스타시야라는 여자와 친한데, 그 나스타시야의 사촌오빠가 안나 표도로브나의 조카의 친구가 근무하고 있는 관청의 수위 노릇을 하고 있으니까, 아마 그렇게 해서 알았을 거라고 합니다. 그렇다면 무슨 좋지 못한 허튼 소문이라도 떠돌고 있는 것이나 아닌지 모르겠습니다. 하지만 표도라의 추측도 그리 믿을 만한 건 되지 못합니다. 어떻게 생각해야 좋을지 전혀 알 수가 없군요. 그건 그렇고, 브이코프 씨가 또다시 찾아오지는 않을까요? 생각만 해도 소름이 끼칩니다! 어제 표도라에게 그 사람이 왔었다는 얘기를 듣고, 나는 너무나 놀라서 하마터면 까무러칠 뻔했습니다. 그 사람은 이 이상 제게 무슨 볼일이 더 필요할까요? 저는 지금 그런 건 알고 싶지도 않습니다! 아아, 저는 무서워 견딜 수가 없어요! 지금 금방이라도 브이코프 씨가 불쑥 나타날 것만 같아요. 저는 앞으로 어떻게 될까요? 운명은 저를 위해 어떠한 불행을 다시 마련하고 있을까요? 마카르 알렉세예비치, 제발 지금 곧, 지금 곧 제게 와주세요. 손을 모아 애원합니다. 꼭 좀 와주세요.

V. D.

9월 18일 — 마카르의 편지

사랑스러운 바르바라 알렉세예브나!

오늘 우리 하숙집에서 형용할 수 없을 만큼 비통하기 짝이 없는 뜻밖의 일이 일어났습니다. 내가 늘 말하는 그 불쌍한 고르슈코프 말입니다. (이건 당신에게 반드시 전해 드려야 할 일이지요.) 이번에야말로 완전히 혐의를 벗게 되었답니다. 사건 심리는 이미 오래 전에 끝났지만, 오늘 판결을 내린다고 해서 그는 재판소에 갔다 왔습니다. 사건은 그에게 매우 유리하게 해결이 났습니다. 직무상의 태만과 부주의에 대해서는 완전히 무죄 판결이 내리고, 상대편 상인은 그에게 거액에 달하는 금액을 지불하라는 선고를 받았답니다. 따라서 그는 경제적으로 다시 일어서게 되었을 뿐 아니라, 잃었던 명예도 다시 회복할 수 있게 되어 만사가 다 잘되었답니다. 말하자면 소원을 성취했단 말입니다.

그는 재판소에서 오후 세 시에 집으로 돌아왔습니다. 그의 얼굴은 말이 아니었습니다. 안색은 백지장같이 창백하고, 입술은 잘게 떨고 있었지만 그래도 밝은 웃음을 띠며 마누라와 어린아이들을 끌어안았습니다. 우리는 그의 경사를 축하하러 떼를 지어 몰려갔습니다. 그는 우리들의 다정한 태도에 몹시 감격해서 사방을 향하여 꾸벅꾸벅 인사를 하며, 일일이 돌아가며 몇 차례나 거듭해서 악수를 청했습니다. 내 눈에는 어쩐지 그의 키가 갑자기 커졌고, 풍채도 늠름해졌으며, 언제나 끼어 있던 눈곱까지도 없어진 것처럼 보였습니다. 가엾게도 그는 극도의 흥분 상태에 빠져 있었습니다. 불과 2분을 한 자리에 가만히 서 있지 못하고, 아무거나 손에 잡히는 것을 집어들었다가는 이내 던져 버리기도 하고, 연신 벙글거리며 굽실굽실 인사를 하기도 하고, 앉았다가는 서고, 섰다가는 다시 앉고, 그러고는 "아아 나의 명예는, 나의 자식들은······" 하며 무슨 뜻인지 알 수도 없는 말을 중얼거리다가 나중에는 훌쩍훌쩍 울기까지 했습니다. 모든 사람들이 그가 우는 것을 보고 따라 울었습니다. 라타자예프가 그를 격려해 주려는 마음에서였겠지만, 이런 소리를 했습니다.

"이거 보시오, 당장 입에 풀칠을 할 수 없는 경우엔 명예고 뭐고 소용없는 말이라오. 돈, 돈이 제일이지요. 이젠 돈을 찾게 되셨으니, 그런 점에서 하느님께 감사를 드리시오!" 그러고는 그의 어깨를 가볍게 두드렸습니다. 내가 보기엔 이 말이, 고르슈코프에게는 어쩐지 언짢게 들렸던 모양입니다. 물론 그렇다고 맞대놓고 불만을 표시하지는 않았지만, 하여튼 이상한 눈초리로 라타자예프를 쏘아보고는 자기 어깨에서 그의 손을 밀어낸 것만은 사실입니다. 바렌카, 이전 같으면 이런 태도는 볼 수 없던 것이지요! 하지만 사람의 성격도 가지각색입니다. 만일 나 같으면, 이렇게 기쁜 일이 있을 경우 교만한 태도는 결코 보이지 않을 것입니다. 하기는, 너무 겉으로 굽실거리며 꾸벅꾸벅 절을 하고 돌아가는 것도, 내면적인 성실성이 결여되었거나 지나치게 우유부단하다는 증거 이외에는 아무 것도 아니지만…… 그러나 어쨌든 내가 상관할 문제는 아니군요.

"그렇지요." 하고 고르슈코프가 라타자예프의 말을 받았습니다. "돈도 물론 좋습니다. 아니, 고마운 일입니다. 고마운 일이에요!"

그러고는 우리가 그 방에 있는 동안 쉴새없이 "고마운 일이야, 고마운 일이야!……"만 되풀이하고 있었습니다.

그의 아내는 여느 때보다 훌륭하고 사치스러운 식사를 주문했습니다. 하숙집 주인 마누라가 그들을 위해 손수 요리를 만들었습니다. 주인 마누라는 어떤 면에선 친절한 데가 있는 여자입니다. 한편 고르슈코프는 식사 준비가 될 때까지 한 군데 가만히 앉아 있지 못하고, 들어오라고 하든지 말든지 그런 것은 개의치도 않고 다른 사람들의 방을 모조리 찾아 돌아다녔습니다. 방에 들어와서는 미소를 띠며 걸상에 앉아서 무슨 얘기를 중얼거렸지만, 때로는 아무 말 않고 그냥 멍청히 앉아 있다가 나가 버릴 때도 있었습니다. 해군 장교의 방에서는 트럼프를 손에 쥐어보기까지 했습니다. 네 번 해서 승부를 결정하기로 하고 열심히 트럼프를 치다가 세 번째 마지막에 가서 그만 트럼프 놀이의 방법을 잊고 실수를 하고는 도중에 기권하고 말았습니다.

"이거 안 되겠는 걸!" 하고 그는 말했습니다. "난 도무지 자신이 없어!"

그러고는 방에서 나가 버렸습니다. 나는 복도에서 그와 마주쳤습니다. 그는 내 두 손을 잡고 물끄러미 나를 바라보았는데, 아무래도 그 눈초리가 좀 이상했습니다. 그는 힘을 주어 내 손을 꼭 쥐어 보고는 여전히 미소를 품은 얼굴로 내게서 물러갔습니다. 그런데 어쩐지 그 미소는 죽은 사람의 얼굴에서 보는 것 같은 이상야릇한 것이었습니다. 그의 아내는 기쁨의 눈물을 흘리고 있었고, 그들의 방 안은 마치 명절을 맞은 듯이 모든 것이 기쁘고 명랑한 빛을 띠고 있었습니다. 그들은 곧 식사를 끝마쳤습니다. 식사가 끝나자, 고르슈코프는 아내에게 "여보, 난 좀 누워서 쉬어야겠소." 하며 자리에 들어갔습니다. 그 다음, 조그만 딸을 머리맡에 불러 놓고 오랫동안 머리를 쓰다듬어 주었습니다. 그러다가 다시 아내에게,

"페텐카는 어떻게 되었어? 우리 페타 말이야, 그앤 어디 갔어?……" 하고 물었습니다.

아내는 성호를 그으며, 그애는 죽어서 없지 않느냐고 대답했습니다.

"음, 그렇군. 알겠어. 페텐카는 지금 천당에 가 있지."

아내는 남편이 오늘 일어난 일 때문에 정신이 뒤집힐 만큼 몹시 흥분해 있다는 것을 알아차렸으므로 그에게 이렇게 타일렀습니다.

"여보, 우선 한잠 푹 주무시구려."

"응, 그게 좋겠어. 그럼 좀 눈을 붙여 볼까."

그는 얼굴을 옆으로 돌리고 잠시 가만히 누워있더니, 다

시 아내 쪽을 보고 무슨 말을 하려는 것 같았습니다. 아내는 무슨 말인지 알아듣지 못했으므로, "지금 뭐라고 하셨어요?" 하고 물어 보았지만, 아무 대답도 없었습니다. 얼마 동안 대답을 기다려 보다가, 아마 잠이 들었나 보다 생각하고 아내는 방에서 나와 주인 마누라에게 가서 한 시간 가량 앉아 있었습니다. 한 시간 후에 돌아와 보니, 남편은 아직도 잠이 든 채 꼼짝 않고 누워 있었습니다. 그래서 아내는 계속 자나 보다 생각하고 의자에 앉아서 무슨 바느질 같은 걸 시작했습니다. 그 여자의 말을 들어 보면, 자기는 그후 반 시간 가량 여러 가지 밑도 끝도 없는 생각에 깊이 잠겨있었기 때문에 남편에 대해서는 깜박 잊고 있었다는 것입니다. 그러다가 어떤 불안한 느낌이 들어 퍼뜩 제정신으로 돌아온 아내는, 무엇보다도 먼저 방 안에 무덤과도 같은 깊은 정적이 깃들어 있는 데 깜짝 놀랐습니다. 침대 쪽을 바라보았더니, 남편은 아까와 똑같은 모양으로 누워 있었습니다. 그 여자는 남편곁으로 가서 이불을 들추고 찬찬히 들여다보았습니다. 그런데 이게 어쩐 일입니까! 남편은 이미 숨이 끊어져 싸늘하게 몸이 식어 있었습니다. 바렌카, 죽어 버렸어요, 고르슈코프가 죽어 버렸단 말입니다! 마치 벼락을 맞아 죽은 것처럼, 별안간 죽어 버리고 말았단 말입니다! 죽은 원인이 무엇인지, 그것은 하느님밖엔 아무도 모릅니다.

바렌카, 나는 어찌나 심한 충격을 받았는지, 여지껏 똑똑히 정신을 차릴 수가 없습니다. 사람이 이처럼 쉽사리 죽어 없어지리라고는 아무래도 믿어지지 않는군요. 고르슈코프라는 노인은 얼마나 가엾고 불행한 사람입니까! 아아, 이것도 운명이라는 걸까요! 그의 아내는 얼빠진 사람이 되어 눈물만 흘리고 있습니다. 조그만 딸애는 어느 구석에 숨어 버렸는지 나타나지도 않습니다. 지금 그 방에서는 야단법석들입니다. 의사의 검시(檢屍)가 시작되려나 봅니다. 하지만 나는 당신에게 이 이상 정확한 것을 알려 드릴 수는 없습니다. 얼마나 기막힌 일입니까! 아아, 그리고 얼마나 슬픈 일입니까! 정말이지 내일 죽을지, 한 시간 후에 죽을지 모르는 생명이라는 것을 생각하면 서글프기 짝이 없습니다. 사람이란 이처럼 어이없게 죽어 가는 것입니다……

당신의 마카르 제부슈킨

9월 19일 ─마카르의 편지

친애하는 바르바라 알렉세예브나!

사랑하는 벗이여, 급히 당신에게 알려 드릴 일이 있습니다. 라타자예프가 나를 위해 어느 저술가의 원고를 정서하는 일을 주선해 주었습니다. 어떤 사람이 마차를 타고 그를 찾아와서, 굉장히 두터운 원고 뭉치를 맡기고 갔습니다. 그래서 고맙게도 일거리가 많이 생겼단 말이지요. 다만 까다롭기 짝이 없는 글씨로 마구 휘갈겨 썼기 때문에 어디부터 어떻게 손을 대야 좋을지 모를 지경이어서 탈입니다. 게다가 될 수 있는 대로 빨리 써줘야 합니다. 전혀 뜻을 알아볼 수 없게 엉망으로 쓴 곳도 있습니다. 하여튼 한 장에 40카페이카씩 받기로 약속이 되었습니다. 내가 이런 글을 쓰는 것은 다름 아니라, 이번에 부수입이 생기게 되었다는 걸 당신에게 알려 드리고 싶었기 때문입니다. 그럼 이만 씁니다. 바렌카, 안녕히 계십시오. 지금 곧 일을 시작하려 합니다.

당신의 충실한 벗인 마카르 제부슈킨

9월 23일 — 바르바라의 편지

친애하는 마카르 알렉세예비치!

벌써 사흘째나 당신에게 편지 한 장 드리지 못했습니다만, 실은 몹시 염려되는 일이 많아서 안절부절 못하고 있었기 때문입니다.

그저께 브이코프 씨가 찾아왔어요. 마침 표도라는 어디 나가고 없었기 때문에 저 혼자 있을 때였습니다. 누가 온 것 같아서 문을 열었더니, 그 사람이 오지 않았겠어요! 저는 얼마나 놀랐던지 한참 동안이나 꼼짝도 못 하고 서 있었습니다. 제 얼굴이 금방 새파랗게 질리는 것을 저는 느낄 수 있었어요. 그는 언제나 그렇듯이 커다란 소리로 웃으며 방 안에 들어와서 자기 손으로 의자를 끌어다가 걸터앉았습니다. 저는 꽤 오랫동안 정신을 차리지 못하고 있다가, 한쪽 구석에 가 앉아서 하던 일을 시작했습니다. 그는 곧 웃음을 거둬 버렸습니다. 아마 제 얼굴을 보고 깜짝 놀란 모양이었습니다. 당연한 일이지요. 저는 요즈음 형편없이 몸이 수척해서 눈과 볼이 움푹 꺼져 들어가고 안색은 손수건처럼 창백하니까요. 정말이지 1년 전에 저를 본 사람이 지금 저를 다시 만난다면 잘 알아보지 못할 거에요. 그는 한참 동안 저를 뚫어지게 바라보고만 있다가, 이윽고 다시 유쾌한 얼굴이 되며 무슨 얘기인지 늘어놓기 시작했습니다. 제가 뭐라고 대답했는지, 그것은 지금 기억에 없습니다. 그러다가 그는 다시 껄껄거리며 웃어댔습니다. 한 시간 동안이나 그는 저희 방에 앉아서 저와 얘기를 했고, 또 이것저것 물어도 보았습니다.

그리고 돌아갈 때가 거의 다 돼서 그는 제 손을 잡고 이런 말을 했습니다. (그의 말을 그대로 옮기겠어요.) "바르바라 알렉세예브나, 이건 당신에게만 하는 말이지만, 당신의 친척이기도 하고 나도 가깝게 지내는 안나 표도로브나 말이오. 그녀는 아주 몹쓸 여자입니다. (이 밖에도 아주 점잖지 못한 욕설을 한 마디 했습니다.) 그 여자는 당신의 사촌동생을 나쁜 길로 처넣었고, 또 당신에게도 갖은 고생을 다 시켰습니다. 이렇게 말하는 나 자신도 그 때는 악한의 역할을 했지만, 세상에 살다보면 어쩌다 그렇게 되는 수도 있는 법이지요. 할 수 없는 일입니다."

이렇게 말하고, 그는 굉장히 커다란 소리로 한바탕 웃

어댔습니다. 그 다음, 자기는 말재주만 부리는 그따위 인간이 아닐 뿐더러, 변명할 필요가 있는 중요한 문제나 신사로서의 의무상 잠자코 있을 수 없는 문제에 대해서는 대개 얘기한 셈이니까, 이제는 간단명료하게 마지막으로 남은 문제에 대해 말하겠습니다 하더니, 글쎄 제게 결혼을 신청하지 않겠어요. 나는 당신의 명예를 회복해 드리는 것을 의무로 생각하고 있다, 나는 재산이 넉넉한 사람이다, 결혼을 하면 곧 내 영지(領地)가 있는 시골로 데리고 가겠다, 나는 거기서 토끼 사냥이나 하며 살고 싶다, 페테르부르크는 더러운 곳이기 때문에 다시는 올라오지 않을 생각이다, 내가 재산을 상속해 주지 않기로 작정한 '망나니 조카녀석'(그의 표현에 따른다면)이 여기에 있기 때문에 페테르부르크가 더욱 싫다. 그래서 법적으로 떳떳한 재산 상속자가 있으면 하는데, 실은 당신에게 청혼을 하는 가장 중요한 동기가 바로 이것이다—이렇게 그는 설명하는 것이었습니다. 그리고 다시, 이렇게까지 가난에 시달리며 살고 있는 줄은 몰랐다, 이런 돼지우리 같은 데서 살면 병에 걸리는 게 오히려 당연하다, 만일 앞으로 한 달만 더 이런 생활을 하면 당신은 틀림없이 죽어 버릴 것이다, 페테르부르크의 하숙집은 하나같이 지저분하기 짝이 없다—이런 말을 하고 나서, 마지막으로 뭐 필요한 것은 없느냐고 물었습니다.

저는 그의 청혼을 받고 너무나도 놀라서 그만 울음을 터뜨리고 말았습니다. 무엇 때문에 눈물을 흘렸는지, 그 이유는 저 자신도 똑똑히 알 수 없어요. 그러나 그는 그것이 감사의 눈물인 줄 알고, 나는 이전부터 당신이 착하고 감수성이 강하며 영리한 처녀라고 믿고 있었다. 그러나 당신의 현재의 생활 태도를 자세히 알기 전까지는 이렇게 청혼할 수가 없었던 것이다, 라고 말했습니다.

그리고 그는 당신에 대해 여러 가지로 묻고 나서, 그분이 행실이 바르고 점잖은 양반이라는 건 나도 들은 일이 있다, 그렇지만 내 입장에서 본다면 당신이 그분에게 빚을 지고 있게 할 수는 없으니까 갚아 줘야겠는데, 500루블쯤 주면 신세를 진 대가로 넉넉하지 않겠느냐, 라고 하지 않겠습니까. 그래서 저는, 그분이 제게 베풀어 준 은혜는 금전으로 갚을 수 있는 그런 성질의 것이 아니라고 대답했습니다. 그러자 그는, 그건 다 쓸데없는 소리다, 모두 소설 같은 공상에 지나지 않는다, 아직 나이가 어려서 시 같은 걸 읽기 좋아하니까 그런 소리를 하는 것이다, 소설이란 젊은 처녀들을 망치고 도덕을 파괴하는 역할밖엔 하는 것이 없다, 나는 그따위 소설책 같은 건 도저히 읽고 앉아 있을 수가 없다, 이렇게 말하고, 당신도 나이를 나만큼이나 먹고 난 후에 세상 사람들에 대해 말하는 게 좋을 것이다, 라고 충고 비슷하게 말했습니다. 그리고 나서 그는 이렇게 덧붙였습니다.

"그때 비로소 당신은 인간이란 어떤 것인지를 알게 될 거요."

그 다음 그는, 내 청혼을 심사숙고해 주기 바란다, 이런 중대한 일을 경솔하게 결정해 버린다면 나도 역시 고 맙게 여기지는 않을 것이다. 경솔과 열정은 세상을 모르는 젊은 사람들을 망쳐 버리는 것이다. 그러나 나는 당신에게서 반가운 대답이 있기를 진심으로 바란다, 라고 덧붙이고 나서 마지막으로, 만일 당신이 싫다고 한다면 그때는 하는 수 없이 모스크바에 사는 어느 상인의 딸과 결혼할 수밖에 없다. 나는 어떤 일이 있어도 그 망나니 조카녀석에게 재산을 상속해 주고 싶지는 않기 때문에 꼭 결혼은 해야겠다고 말했습니다.

그러고 나서, 제가 싫다는데도 불구하고 과자라도 사먹으라고 500루블을 선반 위에 내놓았습니다. 또 시골에 가서 살면 당신은 만두처럼 토실토실하게 살이 찔 것이라느니, 버터 속에 치즈를 넣은 듯이 마음이 평안하게 될 것이라느니, 나는 지금 눈코 뜰새 없이 바빠서 날마다 온종일 여기저기 뛰어 돌아다니는 형편이지만, 일부러 틈을 내서 당신을 찾아온 것이라느니, 이렇게 말하고는 돌아갔습니다.

저는 오랫동안 생각해 보았습니다. 생각하고 또 생각하며 여러 가지로 고민했습니다. 그리고 마침내 결심했습니다. 사랑하는 벗이여, 저는 그와 결혼하겠습니다. 저는 그의 구혼에 응해야 옳을 것입니다. 저를 치욕의 구렁텅이에서 구해 주고, 제 명예를 회복시켜 주며, 앞으로도 계속될 빈곤과 궁핍과 불행을 면하게 해줄 수 있는 사람이 있다면, 아무리 생각을 해봐도 그 사람 이외에는 없을 것 같습니다. 미래에 대하여 이 이상 무엇을 기대할 수 있겠습니까? 또 운명에 대해 이 이상 무엇을 바랄 수 있겠습니까? 행운을 놓쳐서는 안 된다고 표도라 말하고 있습니다. 이것이 행복이 아니면 대체 어떤 것이 행복이냐? 이런 말도 합니다.

 귀중한 벗이여, 저로서는 이밖에 다른 길을 찾을 수는 없습니다. 이 길을 택하지 않는다면, 제게 어떤 길이 있겠습니까? 삯바느질 때문에 저는 건강이 형편없게 되었습니다. 따라서 앞으로는 계속해서 일을 할 수도 없습니다. 그렇다면 남의 집에 일자리를 찾아서 취직이라도 하면 어떠냐고 할지 모르지만, 그렇게 되면 저는 설움 때문에 더욱 쇠약해지고 말 것입니다. 더구나 저는 누구네 집에 가든지 제 구실을 못 할 게 뻔합니다. 저는 원래 체질이 약하기 때문에 늘 남의 신세만 지게 될 것입니다. 물론, 이 결혼이 천국에 들어가는 것처럼 즐거운 결혼은 아닙니다. 그렇지만 사랑하는 벗이여, 어쩔 수 없는 일이 아닙니까! 제가 달리 어떤 길을 택할 수 있겠어요!

 저는 당신에게 충고를 구하지도 않았습니다. 혼자서 깊이 생각해 보고 싶었기 때문입니다. 지금 말씀드리는 제 결심은 결정적인 것입니다. 그리고 저는 이 결심을 곧 브이코프 씨에게 알리겠습니다. 그러잖아도 그는 제게 최종적인 확실한 대답을 재촉하고 있으니까요. 급한 일들이 많아서 자기는 시골에 빨리 돌아가 봐야 하는데, 이런 사소한 문제 때문에 급한 일을 미룰 수는 없다는 것입니다. 제가 과연 행복하게 될는지, 그리고 제 운명이 하느님의 거룩하고 오묘한 뜻인지 어떤지, 그것은 오직 하느님만이 알고 계십니다. 그러나 저는 결혼하기로 결심했습니다. 브이코프 씨는 친절한 분이라고들 합니다. 그렇다면 저를 아껴 주겠지요. 그리고 저도 역시 그를 존경하게 되겠지요. 그와의 결혼 생활에서 이 이상 무엇을 더 바라겠습니까?

마카르 알렉세예비치, 저는 당신에게 모든 것을 남김없이 말씀드렸습니다. 저는 당신이 제 슬픈 마음을 잘 알아주시리라 믿습니다. 제 결심을 바꿀 생각은 아예 하지 말아 주십시오. 아무리 애써 보셔도 소용없습니다. 제가 이런 결심을 할 수밖에 없게 된 모든 사정을 잘 살펴 주십시오. 처음에는 저도 무척 번민했습니다만, 지금은 한결 마음이 가라앉았습니다. 제가 갈 길에 무엇이 가로놓였는지, 그것은 알 수 없습니다. 결국 될 대로 되겠지요. 하느님 뜻에 순종하는 수밖엔 없습니다!

아, 저기 브이코프 씨가 왔군요. 아직도 하고 싶은 말이 태산같이 남아 있지만, 그만둬야겠습니다. 벌써 브이코프 씨가 방 안에 들어왔어요……

V. D

9월 23일 ― 마카르의 편지

사랑하는 바르바라 알렉세예브나!

급히 회답을 씁니다. 당신의 편지를 받고 너무도 깜짝 놀랐다는 것부터 우선 말씀드리고 싶습니다. 그리고 이것은 다른 얘기입니다만, 어제 이 집에서는 고르슈코프의 장례식이 있었답니다.

바렌카, 그러면 주신 편지의 회답을 드리겠는데, 당신의 결심은 지극히 당연합니다. 브이코프 씨가 취한 태도는 훌륭했으니까요. 따라서 당신도 승낙할 수밖엔 없을 것입니다. 다시 말할 필요도 없이 세상의 모든 일이 하느님의 뜻에 달린 것입니다. 사실 그렇습니다. 또 반드시 그렇지 않으면 안 될 것입니다. 즉, 하느님의 뜻이 반드시 있어야 한단 말입니다. 하늘에 계시는 조물주의 섭리는 항상 올바른 것이며, 또 오묘하기 짝이 없는 것입니다. 운명도 역시 그렇습니다. 하느님의 섭리와 운명은 동일한 것이지요. 표도라도 자기 일처럼 기뻐하리라 믿습니다. 사랑하는 천사여, 물론 이번에는 당신도 행복하게 되겠지요. 풍족한 생활을 하시겠지요. 그렇지만 바렌카, 나는 당신이 어째서 그렇게 결혼을 서두르시는지 모르겠습니다…… 아, 정말, 급한 일이 있어서…… 브이코프 씨가 급히 시골에 가야 할 일이 있기 때문이라 하셨지요? 물론 일이 없는 사람은 세상에 없으니까, 브이코프 씨에게도 역시 일이 있겠지요. 그건 그렇고, 나는 당신을 찾아갔다가 돌아가는 브이코프 씨를 먼 빛으로 보았습니다. 훌륭한 사람이더군요. 사실 풍채가 그만큼 좋은 사람도 드물겁니다. 그러나 그런 건 문제가 아닙니다. 그분이 풍채가 좋든 나쁘든 사실 그런 건 문제삼을 것이 못 되니까요. 내가 지금 좀 정신이 나간 모양입니다.

그건 그렇고 앞으로 어떻게 서로 편지를 주고받을 수 있을지 그것이 걱정입니다. 그리고 이 늙은 놈은 혼자 남아서 어떻게 살 수 있겠습니까? 사랑하는 천사여, 나는 당신이 써 보낸 편지 내용을 여러 모로 분석해 보았습니다. 이런 결과를 초래하게 된 원인이 내게 있는지를 생각하고 또 생각해 보았습니다. 나는 그 새 원고 정서를 스무 장이나 끝내고, 앞으로도 열심히 일해서 좀더 부수입을 올리려고 생각하고 있었습니다. 그런데 일이 이렇게 되고 보니, 정말 낙심천만입니다! 바렌카! 당신은 먼 길을 떠나야 하니까 구두니 옷이니 여러 가지 물건을 사들여야 하겠군요. 그렇다면 고로호바야 거리에 내가 잘 아는 상점이 있으니 마침 잘 되었습니다. 언젠가 내가 그 상점에 대해서 자세히 써 보낸 일이 있으니까, 당신도 아마 기억하고 계실 겁니다. 그렇지만 절대로 안 될 말입니다! 바렌카, 어째서 당신은 그런 무모한 생각을 하십니까! 지금 곧 길을 떠나다니, 그게 어디 될 말입니까! 절대로 안 될 말입니다! 당신은 물건을 많이 사들여야 하지 않겠습니까. 그리고 타고 가실 마차도 준비해야 할 것이고, 게다가 요새는 날씨가 말이 아닙니다. 보십시오, 저렇게 비가 억수처럼 퍼붓고 있지 않습니까! 언제 그칠는지도 모릅니다. 그리고 또…… 나의 천사여, 당신은 도중에 몸이 얼어 버릴 겁니다. 그 조그만 심장이 아주 얼어 버리고 말 겁니다!

 낯선 사람을 무서워하던 당신이 이번엔 그 낯선 사람에게 가버리시려는군요. 하지만 나는 누구를 믿고 혼자 남아 있어야 한단 말입니까? 표도라는 커다란 행복이 당신을 기다리고 있다고 말했다지만…… 그러나 그 여자는 못된 여편네입니다. 내가 못 살게 되기만 바라고 있는 여자입니다. 오늘 저녁 기도에 당신은 참석하지 않으시렵니까? 참석하신다면 당신을 만나 보러 나도 가겠습니다. 바렌카, 브이코프 씨는 당신을 영리하고 착하고 감수성이 강한 분이라고 했다지요? 그건 사실 옳은 말입니다. 하지만 그런 사람은 그 상인의 딸이라는 여자와 결혼하는 편이 좋을 겁니다! 바렌카, 그런 친구에겐 상인의 딸이라는 여자가 훨씬 어울리지 않겠어요?

 사랑하는 나의 바렌카, 날이 어두워지면 한 시간쯤 당신을 찾아가 뵙겠습니다. 요즈음은 빨리 어두워지니까 이제 곧 달려가겠습니다. 오늘은 반드시 찾아가서 한 시간쯤 실례하겠습니다. 당신은 지금 브이코프 씨를 기다리고 계시겠지요. 그 사람이 돌아가면, 그때 곧…… 바렌카, 그때 곧 달려갈 테니 기다려 주십시오…….

마카르 제부슈킨

9월 27일 — 바르바르의 편지

친애하는 마카르 알렉세예비치!

브이코프 씨의 말은, 리넨으로 만든 루바슈카를 어떤 일이 있어도 세 다스는 가지고 가야 한다고 합니다. 그래서 될 수 있는 대로 빨리 바느질하는 여자를 구해서 두 다스를 더 만들어야겠는데, 시일이 촉박해서 큰일입니다. 브이코프 씨는 이따위 쓰지도 못할 걸레 조각 같은 건 암만 많아야 소용없다고 화를 내며 투덜거리고 있습니다. 우리들은 닷새 후에 결혼식을 올리고, 그 이튿날엔 출발할 예정입니다. 브이코프 씨는 이런 하찮은 일에 언제까지나 시간을 보낼 수는 없다고 몹시 서두르고 있습니다. 너무나 일이 바빠서 저는 아주 지쳐 버렸습니다. 그래서 이제는 가까스로 서 있을 지경입니다. 정말이지 아무 것도 준비하지 않아도 된다면 얼마나 좋겠습니까. 그런데 또 한 가지 일거리가 생겼어요. 다름 아니라, 저는 옷깃에 다는 레이스를 별로 가지고 있지 않은데, 그걸 좀더 사야만 한답니다. 브이코프 씨는, 내 아내에게 식모 같은 너절한 옷을 입히고 싶지는 않다, 당신은 어떤 일이 있어도 '시골 지주 여편네들의 코를 아주 납작하게' 만들어야 한다, 이렇게 말하고 있으니까요. 이건 브이코프 씨 자신이 한 말입니다.

그래서 말입니다, 마카르 알렉세예비치. 어려운 부탁이지만, 고로호바야 거리의 시폰 부인을 찾아가셔서, 우선 바느질하는 여자 서너 명을 보내 주고, 그 다음에 수고스럽지만 부인도 좀 와주었으면 고맙겠다고 전해 주실 수 없을까요. 저는 오늘 몸이 편치 않습니다. 우리가 이번에 이사온 이 집은 굉장히 추울 뿐 아니라 몹시 어수선합니다. 브이코프 씨의 아주머니뻘 되는 사람이 살고 있는데, 너무 늙어서 숨도 겨우 쉬고 있는 할머니입니다. 우리가 출발하기 전에 혹시 죽지나 않을까 겁이 납니다. 그러나 브이코프 씨의 말은, 다시 기운을 회복할 테니까 걱정할 건 조금도 없다고 합니다. 지금 이 집은 정말 모든 것이 뒤죽박죽입니다. 브이코프 씨는 이 집에 함께 지내고 있지 않기 때문에, 그분을 따라온 하인들은 도대체 어디로 싸돌아다니는지 알 수 없지만, 이 집엔 한 사람도 얼굴을 나타내지 않습니다. 그래서 일을 거들어 주는 사람은 표도라밖엔 없습니다. 모든 일을 맡아서 봐줘야 할 브이코프 씨의 하인들은 어디에 가 들어박혀 있는지 벌써 사흘째나 보이지 않습니다. 브이코프 씨는 매일 아침 마차를 타고 찾아오는데 언제나 화만 내고 있습니다. 어제는 이 집 관리인을 채찍으로 후려갈겼기 때문에 경찰관까지 나타나서 말썽을 일으켰습니다.

편지를 전해 줄 만한 사람이 아무도 없어서 시내 우편으로 보내야겠습니다. 아, 정말! 하마터면 제일 중요한 것을 잊을 뻔했군요. 시폰 부인을 찾아가시거든, 레이스는 어제 본 그 견본과 같은 것으로 꼭 바꿔 달아달라 하시고, 새로 만든 투피스는 부인이 직접 가지고 와서 보여 주었으면 좋겠다고 전해 주십시오. 그리고 재킷의 무늬는 모양을 바꾸기로 했으니, 조그만 점을 가득 찍은 것처럼 만들어 달라고 하세요. 그리고 또 있어요. 손수건의 이니셜은 글자가 도드라지게 수놓아 달라고 전하세요. 아시겠지요, 글자가 도드라지게 말입니다. 잊지 마시도록 하세요. 아, 그리고 또 있어요, 깜박 잊을 뻔했군요! 목도리에 새기는 화초 잎사귀도 역시 도드라지게, 그리고 덩굴과 가시는 특히 정성을 들여 수놓고, 칼라는 레이스로 가장자리를 장식하든지 아니면 그냥 모양을 넣어 널따랗게 만들든지 하라고 일러주십시오. 부탁합니다. 그럼, 마카르 알렉세예비치, 안녕히 계십시오.

당신의 V. D.

추신(1) 이렇게 귀찮은 심부름까지 시켜 드려 정말 죄송합니다. 그저께도 아침부터 점심때가 지나도록 제 일로 뛰어다니셨지요? 그렇지만 달리 부탁할 사람이 없으니 어떡합니까! 집 안은 온통 뒤죽박죽이고, 게다가 장본인인 저까지 이렇게 몸이 약하니 정말 하는 수 없어요. 그러나 마카르 알렉세예비치, 너무 언짢게 생각하지는 말아주세요. 생각할수록 서글프기만 합니다! 아아, 친절한 마카르 알렉세예비치, 앞으로 어떻게 될까요? 저는 앞날을 생각하는 것조차 무섭습니다. 줄곧 이상한 예감이 들어요. 그리고 짙은 안개 속을 헤매고 있는 듯합니다.

추신(2) 제발 지금 말씀드린 것 잊지 마시기 바랍니다.

어쩐지 잘못 전하실 것만 같아서 마음이 놓이지 않는군요. 똑똑히 기억해 두세요. 보통 자수가 아니라 도드라지게 수를 놓는 것 말이에요.

V. D.

9월 27일 — 마카르의 편지

친애하는 바르바라 알렉세예브나!

당신이 부탁한 것은 하나도 틀림없이 그대로 이행했습니다. 시폰 부인은, 자기도 도드라져 보이게 수를 놓아야겠다고 생각하던 참이라 하더군요. 그렇게 하는 편이 훨씬 고상하게 보인다구요. 그 밖에도 뭐라고 설명을 늘어놓았지만, 나는 무슨 뜻인지 잘 알아들을 수 없었습니다. 또 당신도 편지에 그런 말을 썼지만, 그 여자도 역시 옷깃 모양에 대해 말하더군요. 그러나 옷깃 모양이 어떻다고 말했는지 지금 생각이 안 납니다. 다만 굉장히 많이 지껄여댔다는 것만 기억하고 있을 뿐이지요. 하여튼 몹시 천박한 여자였습니다. 무슨 소리를 그렇게 수다스럽게 늘어놓는지 알 수가 없었습니다. 그렇지만 당신은 직접 그 여자에게 자세한 얘기를 들을 겁니다.

바렌카, 나는 이제 완전히 기력을 잃고 말았습니다. 오늘은 관청에도 출근하지 않았습니다. 그러나 사랑하는 벗이여, 당신만은 공연히 낙심하지 마십시오. 당신을 안심시키기 위해서라면, 나는 시내의 상점이란 상점을 모조리 뛰어 돌아다닐 수도 있습니다. 당신은 앞날을 생각하는 것조차 두렵다고 편지에 썼더군요. 하지만 오늘 저녁 여섯 시만 되면 다 알게 될 겁니다. 시폰 부인이 직접 당신을 찾아갈 테니까, 바렌카, 낙심일랑 하지 마십시오. 희망을 가지십시오. 만사가 다 잘 되어갈 것입니다. 틀림없어요! 그렇지만 나는 그 옷깃 모양이 어떻게 될는지 마음에 걸리는군요!

나의 천사여, 나는 당신에게 달려가고 싶습니다. 무슨 일이 있어도 달려가서 만나 보고 싶습니다. 사실은 벌써 두 번이나 당신 집 문 앞까지 갔었습니다만, 브이코프 씨가 있어서 들어가지 못했습니다. 들어가면 안 된다는 법이야 없겠지만, 언제나 화만 낸다는 브이코프 씨가 혹시 이상하게 생각하면 곤란하니까요…… 아아, 이제는 만사가 절망입니다.

마카르 제부슈킨

9월 28일 ─ 바르바라의 편지

경애하는 마카르 알렉세예비치!

미안한 부탁이지만 들어주셔야 하겠어요. 지금 곧 보석상에 달려가셔서 진주와 비취를 박은 귀걸이는 만들 필요가 없다고 일러 주세요. 브이코프 씨가 너무 사치스럽고 돈이 많이 들어서 안 되겠다고 하니까요. 그이는 저희들이 돈을 함부로 쓰려 하기 때문에 호주머니가 비어 버렸다고 화를 내며 투덜거립니다. 어제는, 이렇게 돈이 많이 들 줄 알았더라면 결혼할 생각은 아예 하지도 않았을 거라는 말까지 했습니다. 그리고 결혼식이 끝나면 곧 출발하자, 어차피 손님도 없을 테니까 당신도 춤을 추거나 빙글빙글 돌아가거나 할 생각은 하지 않는 게 좋을 거야, 정식 피로연은 나중에 시골에 가서 베풀기로 하지, 이렇게 말하지 않겠어요.

그렇지만 그런 사치품을 갖고 싶은 생각은 제게 조금도 없다는 것을 하느님께서 알고 계십니다! 그런 건 모두 브이코프 씨 자신이 마음대로 주문한 것입니다. 저는 그이한테 한 마디도 대꾸할 용기가 없어요. 너무 성미가 급해서요. 정말 저는 앞으로 어떻게 될까요!

V. D.

9월 28일 ─ 마카르의 편지

나의 귀중한 바르바라 알렉세예브나!

우리는―이건 보석상 주인의 말입니다만―괜찮습니다, 라고 하더군요. 그런데 우선 내 얘기부터 해야겠습니다. 실은 병에 걸려서 지금 자리에서 일어나지 못하고 있는 형편입니다. 하필이면 할 일이 산더미같이 많은 이런 중요한

시기에 감기가 들다니, 정말 생각할수록 원통하기 짝이 없습니다! 또 한 가지 알려 드릴 일이 있습니다. 다름 아니라 장관각하의 태도가 몹시 엄격해졌고, 내 불행도 이제는 극도에 달했다는 점입니다. 각하는 에멜리얀 이바노비치에게도 자주 화를 내며 고함을 치곤 합니다. 그러다가 나중에 가서는 가엾게도 기진맥진해지고 맙니다. 제가 할 얘기는 이것이 전부입니다. 그 밖에도 하고 싶은 말이 있기는 하지만, 당신의 마음을 어지럽힐 것 같아서 그만두기로 하겠습니다. 바렌카, 아시다시피 나는 우둔하고 단순한 인간입니다. 나는 마음에 떠오르는 것을 그대로 적을 뿐입니다. 그러니까 당신은 거기서 그 무엇을, 그 어떤…… 아니, 그러나 이젠 어떠하든지 상관없습니다!

당신의 마카르 제부슈킨

9월 29일 — 마카르의 편지

더없이 귀중한 바르바라 알렉세예브나!
오늘 표도라를 만났습니다. 표도라에게서 당신이 내일 결혼식을 올리고, 모레 출발하신다는 말을 들었습니다. 브이코프 씨는 벌써 마차까지 빌려 놓았더군요. 각하에 대한 얘기는 어제 편지에 써보냈습니다만, 또 한 가지 말씀드릴 것이 있습니다. 고로호바야 거리에 있는 그 상점에서 보내온 계산서를 보았는데, 계산은 틀린 데가 없었지만 너무 비싼 것 같습니다. 그건 그렇고, 브이코프 씨가 당신에게 화를 내는 이유는 도대체 어디 있습니까? 바렌카, 부디 행복하게 살아 주십시오! 나는 기쁩니다. 암, 기쁘고말고요! 당신이 행복해지신다면 나도 역시 기쁩니다. 나도 결혼식을 보러 교회에 가고 싶은 마음은 간절하지만, 허리가 몹시 아파서 갈 수가 없습니다. 앞으로도 계속해서 편지만은 교환했으면 합니다. 그러나 이제는 누가 그것을 전해 주겠습니까? 아, 바렌카, 당신은 표도라에게 은혜를 베풀어 주었더군요! 사랑하는 벗이여, 당신은 정말 좋은 일을 하셨습니다. 정말 잘 하셨어요! 그러한 당신의 선행에 대하여 하느님은 반드시 축복을 주실 겁니다. 그러한 선행에 대해서 상을 주시지 않을 리가 있겠습니까. 착한 사람은 조만간 반드시 하느님의 영광을 누리게 될 것입니다.

아아, 바렌카! 나는 당신에게 쓰고 싶은 말이 태산같이 많이 쌓여 있습니다. 한 시간도 쉬지 않고, 아니 1분도 쉬지 않고 그냥 무한정으로 쓰고 싶습니다! 내게는 아직도 ≪벨킨 이야기≫라는 당신의 책이 한 권 남아 있습니다. 그러나 사랑하는 벗이여, 제발 이 책만은 가져가지 마시고 내게 기념으로 주시기 바랍니다. 그렇다고 지금 당장 이 책이 읽고 싶어 못 견딜 지경이라는 건 아닙니다. 아시다시피, 이제 머지않아 겨울이 옵니다. 밤이 길어집니다. 나는 쓸쓸하고 슬퍼서 견딜 수가 없게 될 겁니다. 그런 때, 이 책을 꺼내서 읽고 싶단 말입니다.

바렌카, 나는 이 집에서 당신이 계시던 집으로 옮기려고 합니다. 표도라 곁에서 함께 살아나갈 작정입니다. 그리고 나는 앞으로 어떤 일이 있더라도 그 정직한 여자의 곁을 떠나지 않을 생각입니다. 더욱이 표도라는 굉장히 부지런한 여자니까요. 어제 나는 당신이 떠나간 그 방을 샅샅이 살펴보았습니다. 당신의 손때가 묻은 조그만 재봉틀은 그냥 그대로 한쪽 구석에 얌전히 놓여 있었습니다. 그 위엔 바느질감이 역시 그대로 놓여 있었습니다. 나는 당신의 바느질감을 들여다보았습니다. 그 밖에도 여러 가지 헝겊 조각들이 남아 있었습니다. 당신은 내가 보낸 편지를 접어 거기다 실을 감다가 그만두었더군요. 그리고 조그만 탁자 위에는 종이 조각이 놓여 있었는데, 거기에는 이렇게 적혀 있었습니다. "경애하는 마카르 알렉세예비치, 다름 아니라……." 이것이 전부였습니다. 누군가 가장 중요한 대목에 훼방을 놓은 모양이군요. 한쪽 구석에 세워 놓은 칸막이 뒤로 당신의 침대가 보였습니다. 아아, 사랑하는 나의 비둘기여! 그러면 안녕히…… 부디 안녕히! 이 편지에 되도록 빨리 답장을 주시기 바랍니다.

마카르 제부슈킨

9월 30일 — 바렌카의 편지

더없이 귀중한 벗인 마카르 알렉세예비치!

모든 것은 결말이 났습니다! 운명의 주사위는 이미 던져졌으니까요. 어떤 운명이 결정되었는지 그것은 알 수 없지만, 이제는 오직 하느님의 뜻에 순종할 따름입니다. 내일이면 우리는 떠나고 맙니다. 저는 지금 당신에게 마지막 이별의 인사를 드리고 있습니다. 아아, 귀중한 제 벗이여, 은인이여, 생명의 임이여! 부디 저 때문에 상심하지 마시고 행복하게 살아 주십시오. 그리고 저를 잊지 마시고 자주 생각해 주세요. 당신에게 하느님의 은총이 내리시기를 빕니다! 저는 무슨 생각에 잠길 때마다 항상 당신의 모습을 눈앞에 그려 볼 작정입니다. 아아, 우리들의 생활은 이것으로 끝났군요!

저는 지나간 날의 추억 속에서 즐거웠던 몇 가지 추억만을 곱게 간직하고, 새로운 생활에 들어가려 합니다. 당신에 대한 추억은 날이 갈수록 더욱 귀중하게 될 것입니다. 그리고 당신은 제 마음속에서 더욱더 존귀한 존재가 될 것입니다. 당신은 제게 단 한 사람의 귀중한 벗입니다. 이 페테르부르크에서 저를 사랑해 준 사람은 당신밖엔 없었습니다. 저는 모두 알고 있습니다. 당신이 저를 얼마나 사랑해 주셨는지 저는 잘 알고 있습니다! 제 웃는 얼굴을 보시는 것만으로도, 한두 줄밖에 안 되는 저의 편지를 받으시는 것만으로도 당신은 행복을 느끼셨지요. 그러나 이제부터 당신은 제가 없는 생활에 익숙해지도록 노력하셔야 겠군요!

아아, 착하고 귀중하고 오직 하나인 벗이여, 여기 혼자 쓸쓸히 남아서 당신은 어떻게 살아가시겠습니까! 누구를 의지하고 살아가시겠습니까! 당신이 말씀하신 그 책과 재봉틀과 쓰다가 그만 둔 편지를 당신에게 기념으로 남겨 두고 가겠습니다. 그 편지의 첫 구절을 보실 때마다 제게서 듣고 싶다 생각하신 모든 말을 마음속으로 잇달아 읽어 주십시오. 지금은 아무 말씀도 드릴 수가 없습니다! 당신을 깊이 사모하던 가난하고 불쌍한 당신의 바렌카를 자주 생각해 주십시오. 당신이 주신 편지는 표도라의 옷장 맨 윗서랍에 모두 넣어 두고 왔습니다. 당신은 몸이 편치 않으시다구요? 그런데도 브이코프 씨는 오늘 저를 아무 데도 내보내 주지 않습니다. 그러나 편지만은 반드시 보내 드리겠습니다. 정말 보내드릴 것을 약속합니다. 아아, 그렇지만 앞으로 어떻게 될 것인지, 그것은 하느님밖엔 알 수 없는 일입니다.

  그럼 이것으로 영원한 이별이 되는군요! 아아, 목숨보다 더 귀중한 벗이여, 이것이 영원한 이별이로군요! 저는 지금 당신에게 달려가서 그 가슴에 매달리고 싶습니다! 그러면 안녕히, 사모하는 임이여, 안녕히, 안녕히! 부디 행복하게 지내 주십시오. 몸 건강히 지내 주십시오! 당신을 위한 제 기도는 영원히 그치지 않을 것입니다. 아아! 이렇게 슬픈 일이 어디 있겠습니까! 얼이라도 빠져나가는 듯합니다! 아아, 브이코프 씨가 부르는군요. 그럼 이만 붓을 놓습니다.

영원히 당신을 사모하는 V. D.

추신—제 마음속엔 눈물이 가득 괴었습니다. 이제는 넘쳐 흐릅니다. 그 눈물은 제 가슴을 찢어 놓습니다. 그럼, 안녕히! 아아, 정말 서러워 못 견디겠습니다! 부디 잊지 마세요. 당신의 불쌍한 바렌카를 부디 잊지 말아 주세요! 부디 생각해 주세요.

── 마카르의 편지

 더없이 귀중한 보배여, 사랑하는 바렌카여!
 당신은 끌려가는군요. 드디어 가버리는군요! 정말이지 내게서 당신을 빼앗아 가는 것보다는 차라리 내 가슴속에서 염통을 빼내어 가는 편이 훨씬 나을 것 같습니다! 어쩌자고 당신은 그런 결심을 했단 말입니까! 당신은 울고 있지 않습니까, 울면서 떠나가지 않습니까! 나는 지금 당신에게서 온통 눈물로 얼룩진 편지를 받았습니다. 그러고 보면, 당신도 떠나기가 싫은가 보군요. 억지로 끌려가는군요.. 그리고 나를 불쌍하게 생각하시는군요. 나를 사랑하고 계시는군요!
 앞으로 당신은 대체 누구와 어떤 생활을 하실 작정입니까? 그런 곳에 가기만 하면, 당신의 그 조그만 심장은 슬픔과 권태로 이그러지고 차디차게 얼어붙고 말 것입니다. 우울증에 걸려 비탄하다가 마침내는 두 조각으로 갈라지고 말 것입니다. 그리고 당신은 죽어 버리겠지요. 축축한

흙 속에 파묻혀 버리겠지요. 그때 당신을 위해 눈물을 흘려 줄 사람은 아무도 없을 것입니다! 브이코프 씨는 여전히 태연한 얼굴로 토끼 사냥이나 하러 나서겠지요. 아아, 바렌카! 글쎄 어쩌자고 당신은 그런 결심을 했습니까? 글쎄 어쩌자고 그런 일을 했느냔 말입니다! 당신은 잘못했습니다. 자기 자신을 위해 정말 엉뚱한 잘못을 저질렀습니다. 당신은 무덤 속으로 끌려가는 것이나 다름없지 않습니까.

아름다운 천사여, 그들은 당신을 못 살게 학대할 것입니다. 게다가 당신은 날개처럼 연약한 몸이 아닙니까! 그런데 나는, 이 늙은 놈은 어디서 뭘 하고 있었을까요? 이 바보 같은 녀석은 어째서 그저 멀거니 남의 일처럼 바라보고만 있었느냐 말입니다! 마치 철없는 어린애가 말을 안 듣고 장난을 치다가 나중에 가서는 머리가 아프다고 울어대는데도 수수방관하고 있는 것과 다름이 없지요! 열 일을 제쳐놓고서라도 나는 마땅히 그것을 말렸어야 했는데 그러지도 않았단 말입니다! 이 얼빠진 등신 같은 녀석은 아무 생각도 하지 않았고 또 아무 것도 눈여겨 보지 않았습니다. 마치 그것이 옳은 행위인 것처럼, 마치 나와는 아무 상관없는 일인 것처럼. 아니, 그뿐입니까, 옷깃 모양을 고쳐달라는 말을 전해 주러 뛰어다니기조차 했지요…….

그러나 바렌카, 나는 자리에서 일어날 수 있을 것입니다. 내일까지는 반드시 병이 나을 테니까 나는 일어나겠습니다! 나는 당신이 타고 가는 마차 바퀴 밑에 몸을 던져서라도 당신이 떠나지 못하게 하겠습니다! 암, 하고말고요! 정말이지 이런 법이 어디 있습니까? 도대체 무슨 권리가 있어서 당신을 끌고간단 말입니까? 나도 당신과 함께 가겠습니다! 나를 태워 주지 않는다면, 마차 뒤를 쫓아 달려가겠습니다. 숨이 끊어질 때까지 있는 힘을 다하여 달려가겠습니다.

그렇지만 바렌카, 당신이 가시는 곳이 대체 어떤 곳인지나 아십니까? 아마 모르시겠지요. 그렇다면 내게 물어 보십시오! 나의 보배여, 거기는 황량한 초원입니다. 끝없는 광야입니다. 마치 내 손바닥처럼 허허벌판입니다! 몰인정한 시골 여편네들과 무지막지한 농부들과 술주정꾼들만이 살고 있는 곳입니다. 지금쯤은 나뭇잎들도 다 떨어지고, 비만 축축히 내리고 있겠지요. 무서운 추위가 당신을 기다리고 있을 겁니다. 당신이 가시려는 시골이란 바로 이런 곳입니다! 물론 브이코프 씨는 그런 시골에 틀어박혀 있어도 할 일이 있을 겁니다. 그 사람은 토끼 사냥이라는 일이 있으니까요. 하지만 당신이 할 일은 무엇입니까?

바렌카, 당신은 지주 부인 노릇을 하고 싶습니까? 사랑하는 나의 천사여, 스스로 한번 생각해 보십시오. 당신이 과연 지주의 아내로서 적당한 사람입니까? 바렌카, 어떻게 당신이 그런 것이 될 수 있겠습니까! 그뿐만 아니라, 나는 앞으로 누구에게 편지를 써야 한단 말입니까? 정말 그렇군요! 당신은 이 점을 잘 생각해 주셔야겠습니다. 이 놈이 대체 누구에게 편지를 쓸 수 있겠나 하는 점을 말입니다. 또 나는 누구를 귀엽고 사랑스러운 보배라고 불러야 합니까? 누구에게 그러한 애칭을 바쳐야 합니까? 나의 천사여, 앞으로 나는 어디서 당신의 모습을 찾아볼 수 있단 말입니까? 나는 죽습니다, 바렌카. 나는 틀림없이 죽고 말 것입니다! 나의 심장은 이러한 불행을 견뎌 낼 수 없을 것이 분명하니까요! 나는 당신을 하느님의 빛처럼 사랑해 왔습니다. 친딸이나 다름 없이 사랑해 왔습니다. 더없이 귀여운 사람이여, 다시없는 보배여, 나는 당신의 전부를 사랑해 왔습니다. 그리고 당신 하나만을 마음의 기둥으로 삼고 살아왔습니다. 당신이 여기, 가까운 곳에 있었기 때문에 나는 부지런히 일할 수 있었고, 원고의 정서도 할 수 있었고, 찾아가 볼 수도 있었고, 함께 소풍을 갈 수도 있었고, 여러 가지 보고 느낀 점을 편지의 형식으로 적어서 보내 드릴 수도 있었던 것입니다. 혹시 당신은 이 점을 모르고 계셨을지도 모르지만, 이것은 틀림없는 사실입니다!

그리고 말입니다, 바렌카. 귀엽고 귀여운 바렌카, 한번 생각해 보십시오. 당신이 내게서 떠나시다니, 그것이 과연 있을 수 있는 일입니까? 나의 보배여, 그런 몰인정한 짓을 당신은 못 합니다. 불가능한 일입니다. 여러 말할 필요도 없이 절대로 불가능한 일입니다! 게다가 이렇게 비가 구질구질 내리고 있지 않습니까. 당신은 몸이 약합니다. 아마 감기에 걸리고 말 것입니다.

　당신의 마차에는 빗물이 스며들 겁니다. 틀림없이 스며들 겁니다. 그리고 성문을 빠져나가기가 무섭게 부서질 겁니다. 일부러 그러는 것처럼 꼭 부서지고야 말 겁니다. 여기 페테르부르크에서는 마차를 아주 엉터리로 만드니까요. 나는 그 마차 제조업자란 자들을 잘 알고 있습니다. 그들은 모형이나 장난감을 만드는 재주밖에 없는 자들입니다. 그러니까 튼튼하지 못하단 말입니다! 이건 맹세해도 좋습니다. 그들이 만든 마차는 절대로 튼튼할 리가 없어요! 바렌카, 나는 브이코프 씨 앞에 무릎을 꿇고 이것을 증언하겠습니다. 빈틈없이 입증해 보이겠습니다. 바렌카, 당신도 증언해 주십시오. 이치를 따져서 그에게 증언해 주십시오! 나는 안 가겠다, 이런 마차를 타고 갈 수는 없다고 하십시오!

　아아, 어째서 그 사람은 모스크바에 사는 상인의 딸과 결혼하지 않았을까요? 그 사람은 그런 여자와 결혼하는 게 좋았을 겁니다! 그 사람에게는 상인의 딸이 어울립니다. 상인의 딸이 그 사람에게는 훨씬 잘 어울린단 말입니다. 이제야 나는 그 이유를 똑똑히 알았습니다. 그리고 당신은 내 곁에다가 꼭 붙잡아 두어야만 했던 겁니다.

　바렌카, 당신에게 그 브이코프란 사람은 도대체 무엇입니까? 어째서 그 사람이 당신에게 갑자기 그리운 존재가 되었느냐 말입니다! 아마 그것은 그 사람이 당신에게 예쁜 칼라를 맞춰 주었기 때문이겠지요? 분명히 그 때문일 것입니다! 그러나 예쁜 칼라는 해서 뭘 합니까? 참으로 하찮은 물건이 아닙니까! 인생의 가장 중대한 문제를 다루는 시점에서 그까짓 칼라 따위는 걸레 조각과 마찬가지가 아닙니까. 바렌카, 그런 것은 정말 걸레 조각만도 못합니다! 그까짓 물건은 내가 사드리지요. 월급을 받는 대로 곧 사드리겠습니다. 바렌카, 내가 반드시 사드리리다. 백화점에 아는 사람이 있습니다. 바렌카, 나의 천사여, 오래 기다리란 말은 하지 않겠습니다. 월급이 나올 때까지만 기다려 주십시오!

아아, 이것은 부질없는 나의 넋두리입니까? 그러면 당신은 기어이 브이코프 씨와 함께 그 허허벌판으로 떠나시겠단 말이지요? 그리고 다시는 돌아오시지 않겠단 말이지요? 아아, 바렌카…… 아니, 그렇지만 제발 편지라도 주십시오. 모든 것을 자세히 적은 편지나 가끔 보내 주십시오! 시골로 가면 거기서도 편지를 주십시오! 만일 주시지 않는다면, 나의 그리운 천사여, 이것이 마지막 편지가 되고 말지 않습니까! 이것이 마지막 편지가 되다니 절대로 그럴 수는 없습니다! 이렇게 갑자기, 다시는 편지를 쓰지 못한다, 이것이 마지막 편지다, 라는 소리를 어떻게 할 수 있겠어요! 그것은 안 될 말입니다. 나는 앞으로도 편지를 쓰겠습니다. 당신도 써보내 주십시오. 그렇게 하지 않으면, 모처럼 겨우 틀이 잡혀가는 내 문장이…… 아아, 바렌카, 이제는 그까짓 문장쯤은 아무런 문제도 아닙니다! 나는 지금 내가 무엇을 쓰고 있는지도 모릅니다.

전혀 모릅니다. 나는 다시 한 번 읽어 보지도 않고 문장을 고치지도 않습니다. 그저 붓이 달리는 대로 쓰고 있을 뿐입니다. 조금이라도 더 길게 쓰려고 붓을 놀리고 있을 뿐입니다. 아아, 바렌카, 더없이 귀중한 나의 보배여, 사랑스럽고 귀여운 나의 임이여……

옮긴이 약력

한국외국어대학 교수

역   서
푸슈킨 ≪대위의 딸≫
고골리 ≪검찰관≫
도스토예프스키 ≪카라마조프 가의 형제들≫
파스테르나크 ≪닥터 지바고≫

가난한 사람들 〈서문문고 006〉

초판 발행 / 1972년 3월 5일
개정판 1쇄 / 1996년 9월 30일
옮긴이 / 이 동 현
펴낸이 / 최 석 로
펴낸곳 / 서 문 당
주 소 / 서울시 마포구 성산1동 20-12호
전 화 / 322—4916~8 팩스 / 322-9154
등록일자 / 1973. 10. 10
등록번호 / 제13-16

* 잘못된 책은 바꾸어 드립니다

서문문고 목록

001~303
◆ 번호 1의 단위는 국학
◆ 번호 홀수는 명저
◆ 번호 짝수는 문학

001 한국회화소사 / 이동주
002 황야의 늑대 / 헤세
003 고독한 산책자의 몽상 / 루소
004 멋진 신세계 / 헉슬리
005 20세기의 의미 / 보울딩
006 가난한 사람들 / 도스토예프스키
007 실존철학이란 무엇인가 / 볼노브
008 주홍글씨 / 호돈
009 영문학사 / 에반스
010 쯔바이크 단편집 / 쯔바이크
011 한국 사상사 / 박종홍
012 플로베르 단편집 / 플로베르
013 엘리어트 문학론 / 엘리어트
014 모음 단편집 / 서머셋 모옴
015 몽테뉴수상록 / 몽테뉴
016 헤밍웨이 단편집 / E. 헤밍웨이
017 나의 세계관 / 아인스타인
018 춘희 / 뒤마피스
019 불교의 진리 / 버트
020 뷔뷔 드 몽빠르나스 / 루이 필립
021 한국의 신화 / 이어령
022 몰리에르 희곡집 / 몰리에르
023 새로운 사회 / 카아
024 체호프 단편집 / 체호프
025 서구의 정신 / 시그프리드
026 대학 시절 / 슈토름
027 태초에 행동이 있었다 / 모로아
028 젊은 미망인 / 쉬니츨러
029 미국 문학사 / 스필러
030 타이스 / 아나톨프랑스
031 한국의 민담 / 임동권
032 비계 덩어리 / 모파상
033 은자의 황혼 / 페스탈로치
034 토마스만 단편집 / 토마스만
035 독서술 / 에밀파게
036 보물섬 / 스티븐슨
037 일본제국 흥망사 / 라이샤워
038 카프카 단편집 / 카프카
039 이십세기 철학 / 화이트
040 지성과 사랑 / 헤세
041 한국 장신구사 / 황호근
042 영혼의 푸른 상흔 / 사강
043 러셀과의 대화 / 러셀
044 사랑의 풍토 / 모로아
045 문학의 이해 / 이상섭
046 스탕달 단편집 / 스탕달
047 그리스. 로마신화 / 벌핀치
048 육체의 악마 / 라디게
049 베이컨 수상록 / 베이컨
050 마농레스코 / 아베프레보
051 한국 속담집 / 한국민속학회
052 정의의 사람들 / A. 까뮈
053 프랭클린 자서전 / 프랭클린
054 투르게네프단편집 / 투르게네프
055 삼국지 (1) / 김광주 역
056 삼국지 (2) / 김광주 역
057 삼국지 (3) / 김광주 역
058 삼국지 (4) / 김광주 역
059 삼국지 (5) / 김광주 역
060 삼국지 (6) / 김광주 역
061 한국 세시풍속 / 임동권
062 노천명 시집 / 노천명
063 인간의 이모저모 / 라 브뤼에르
064 소월 시집 / 김정식
065 서유기 (1) / 우현민 역
066 서유기 (2) / 우현민 역
067 서유기 (3) / 우현민 역
068 서유기 (4) / 우현민 역
069 서유기 (5) / 우현민 역
070 서유기 (6) / 우현민 역
071 한국 고대사회와 그 문화
 / 이병도
072 피서지에서 생긴일 / 슬론 윌슨

서문문고목록 2

073 마하트마 간디전 / 로망롤랑
074 투명인간 / 웰즈
075 수호지 (1) / 김광주 역
076 수호지 (2) / 김광주 역
077 수호지 (3) / 김광주 역
078 수호지 (4) / 김광주 역
079 수호지 (5) / 김광주 역
080 수호지 (6) / 김광주 역
081 근대 한국 경제사 / 최호진
082 사랑은 죽음보다 / 모파상
083 퇴계의 생애와 학문 / 이상은
084 사랑의 승리 / 모옴
085 백범일지 / 김구
086 결혼의 생태 / 펄벅
087 서양 고사 일화 / 홍윤기
088 대위의 딸 / 푸시킨
089 독일사 (상) / 텐브록
090 독일사 (하) / 텐브록
091 한국의 수수께끼 / 최상수
092 결혼의 행복 / 톨스토이
093 율곡의 생애와 사상 / 이병도
094 나심 / 보들레르
095 에머슨 수상록 / 에머슨
096 소냐의 이단자 / 하우프트만
097 숲속의 생활 / 소로우
098 마을의 로미오와 줄리엔 / 켈러
099 참회록 / 톨스토이
100 한국 판소리 전집 /신재효,강한영
101 한국의 사상 / 최창규
102 결산 / 하인리히 빌
103 대학의 이념 / 야스퍼스
104 무덤없는 주검 / 사르트르
105 손자 병법 / 우현민 역주
106 바이런 시집 / 바이런
107 종교록,국민교육론 / 톨스토이
108 더러운 손 / 사르트르
109 신역 맹자 (상) / 이민수 역주
110 신역 맹자 (하) / 이민수 역주
111 한국 기술 교육사 / 이원호
112 가시 돋힌 백합/ 어스킨콜드웰
113 나의 연극 교실 / 김경옥
114 목녀의 로맨스 / 하디
115 세계발행금지도서100선
　 / 안춘근
116 춘향전 / 이민수 역주
117 형이상학이란 무엇인가
　 / 하이데거
118 어머니의 비밀 / 모파상
119 프랑스 문학의 이해 / 송면
120 사랑의 핵심 / 그린
121 한국 근대문학 사상 / 김윤식
122 아느 여인의 경우 / 콜드웰
123 현대문학의 지표 외/ 사르트르
124 무서운 아이들 / 장콕토
125 대학·중용 / 권태익
126 사씨 남정기 / 김만중
127 행복은 지금도 가능한가
　 / B. 러셀
128 검찰관 / 고골리
129 현대 중국 문학사 / 윤영춘
130 펄벅 단편 10선 / 펄벅
131 한국 화폐 소사 / 최호진
132 사형수 최후의 날 / 위고
133 사르트르 평전/ 프랑시스 장송
134 독일인의 사랑 / 막스 뮐러
135 사서삼경 입문 / 이민수
136 로미오와 줄리엔 /셰익스피어
137 햄릿 / 셰익스피어
138 오델로 / 셰익스피어
139 리어왕 / 셰익스피어
140 맥베스 / 셰익스피어
141 한국 고시조 500선/강한영 편
142 오색의 베일 /서머셋 모옴
143 인간 소송 / P.H. 시몽
144 불의 강 외 1편 / 모리악
145 논어 /남만성 역주
146 한여름밤의 꿈 / 셰익스피어
147 베니스의 상인 / 셰익스피어
148 태풍 / 셰익스피어
149 말괄량이 길들이기/셰익스피어

150 뜻대로 하셔요 / 셰익스피어	189 춘향가 (상) / 샤르돈느
151 한국의 기후와 식생 / 차종환	190 춘향가 (하) / 샤르돈느
152 공원묘지 / 이블린	191 한국독립운동지혈사(상) / 박은식
153 중국 회화 소사 / 허영환	192 한국독립운동지혈사(하) / 박은식
154 데미안 / 헤세	193 항일 민족시집/안중근외 50인
155 신역 서경 / 이민수 역주	194 대한민국 임시정부사 / 이강훈
156 임어당 에세이선 / 임어당	195 항일운동가의 일기/장지연 외
157 신정치행태론 / D.E.버틀러	196 독립운동가 30인전 / 이민수
158 영국사 (상) / 모로아	197 무장 독립 운동사 / 이강훈
159 영국사 (중) / 모로아	198 일제하의 명논설집/안창호 외
160 영국사 (하) / 모로아	199 항일선언·창의문집 / 김구 외
161 한국의 괴기담 / 박용구	200 한말 우국 명상소문집/최창규
162 윤손 단편 선집 / 윤손	201 한국 개화사 / 김용욱
163 권력론 / 러셀	202 전원 교향악 외 / A. 지드
164 군도 / 실러	203 직업으로서의 학문 외 / M. 베버
165 신역 주역 / 이기석	204 나도향 단편선 / 나빈
166 한국 한문소설선 / 이민수 역주	205 윤봉길 전 / 이민수
167 동의수세보원 / 이제마	206 다니엘라 (외) / L. 린저
168 좁은 문 / A. 지드	207 이성과 실존 / 야스퍼스
169 미국의 도전 (상) / 시라이버	208 노인과 바다 / E. 헤밍웨이
170 미국의 도전 (하) / 시라이버	209 골짜기의 백합 (상) / 발자크
171 한국의 지혜 / 김덕형	210 골짜기의 백합 (하) / 발자크
172 감정의 혼란 / 쯔바이크	211 한국 민속악 / 이선우
173 동학 백년사 / B. 윔스	212 젊은 베르테르의 슬픔 / 괴테
174 성 도밍고성의 약혼 /클라이스트	213 한문 해석 입문 / 김종권
175 신역 시경 (상) / 신석초	214 상록수 / 심훈
176 신역 시경 (하) / 신석초	215 채근담 강의 / 홍응명
177 베를렌느 시집 / 베를렌느	216 하디 단편선집 / T. 하디
178 미시시피씨의 결혼 / 뒤렌마트	217 이상 시전집 / 김해경
179 인간이란 무엇인가 / 프랭클	218 고요한물방아간이야기 / H. 주다만
180 구운몽 / 김만중	219 제주도 신화 / 현용준
181 한국 고사조사 / 박을수	220 제주도 전설 / 현용준
182 어른을 위한 동화집 / 김요섭	221 한국 현대사의 이해 / 이현희
183 한국 위기(圍棋)사 / 김용국	222 부와 빈 / E. 헤밍웨이
184 숲속의 오솔길 / A.시티프터	223 막스 베버 / 황산덕
185 미학사 / 에밀 우티쯔	224 적도 / 현진건
186 한중록 / 혜경궁 홍씨	
187 이백 시선집 / 신석초	
188 민중들 반란을 연습하다 / 귄터 그라스	

서문문고목록 4

225 민족주의와 국제체제 / 힌슬리
226 이상 단편집 / 김해경
227 삼략신강 / 강무학 역주
228 굿바이 미스터 칩스 (외) / 힐튼
229 도연명 시전집 (상) / 우현민 역주
230 도연명 시전집 (하) / 우현민 역주
231 한국 현대 문학사 (상) / 전규태
232 한국 현대 문학사 (하) / 전규태
233 말테의 수기 / R.H. 릴케
234 박경리 단편선 / 박경리
235 대학과 학문 / 최호진
236 김유정 단편선 / 김유정
237 고려 인물 열전 / 이민수 역주
238 에밀리 디킨슨 시선 / 디킨슨
239 역사와 문명 / 스트로스
240 인형의 집 / 입센
241 한국 골동 입문 / 유병서
242 토마스 울프 단편선 / 토마스 울프
243 철학자들과의 대화 / 김준섭
244 파리시절의 릴케 / 버틀러
245 변증법이란 무엇인가 / 하이스
246 한용운 시전집 / 한용운
247 중론송 / 나아가르쥬나
248 알퐁스도데 단편선 / 알퐁스 도데
249 엘리트와 사회 / 보트모어
250 O. 헨리 단편선 / O. 헨리
251 한국 고전문학사 / 전규태
252 정을병 단편집 / 정을병
253 악의 꽃들 / 보들레르
254 포우 걸작 단편선 / 포우
255 양명학이란 무엇인가 / 이민수
256 이육사 시문집 / 이원록
257 고시 십구수 연구 / 이계주
258 안도라 / 막스프리시
259 병자남한일기 / 나만갑
260 행복을 찾아서 / 파울 하이제
261 한국의 효사상 / 김익수
262 갈매기 조나단 / 리처드 바크
263 세계의 사진사 / 버먼트 뉴홀
264 환영(幻影) / 리처드 바크
265 농업 문화의 기원 / C. 사우어
266 젊은 처녀들 / 몽테를랑
267 국가론 / 스피노자
268 임진록 / 김기동 편
269 근사록 (상) / 주희
270 근사록 (하) / 주희
271 (속)한국근대문학사상/ 김윤식
272 로렌스 단편선 / 로렌스
273 노천명 수필집 / 노천명
274 콜롱바 / 메리메
275 한국의 연정담 /박용구 편저
276 심혈학 / 황산덕
277 한국 명창 열전 / 박경수
278 메리메 단편집 / 메리메
279 예언자 /칼릴 지브란
280 충무공 일화 / 성동호
281 한국 사회풍속야사 / 임종국
282 행복한 죽음 / A. 까뮈
283 소학 신강 (내편) / 김종권
284 소학 신강 (외편) / 김종권
285 홍루몽 (1) / 우현민 역
286 홍루몽 (2) / 우현민 역
287 홍루몽 (3) / 우현민 역
288 홍루몽 (4) / 우현민 역
289 홍루몽 (5) / 우현민 역
290 홍루몽 (6) / 우현민 역
291 현대 한국시의 이해 / 김해성
292 이효석 단편집 / 이효석
293 현진건 단편집 / 현진건
294 채만식 단편집 / 채만식
295 삼국사기 (1) / 김종권 역
296 삼국사기 (2) / 김종권 역
297 삼국사기 (3) / 김종권 역
298 삼국사기 (4) / 김종권 역
299 삼국사기 (5) / 김종권 역
300 삼국사기 (6) / 김종권 역
301 민화란 무엇인가 / 임두빈 저
302 건초더미 속의 사랑 / 로렌스
303 야스퍼스의 철학 사상
   / C.F. 월레프